青山应如是

紫 艳 ◎著

时代出版传媒股份有限公司
安徽文艺出版社

图书在版编目（CIP）数据

青山应如是 / 紫艳著. -- 合肥：安徽文艺出版社，2025.3. -- ISBN 978-7-5396-8247-1

Ⅰ. I267

中国国家版本馆 CIP 数据核字第 2024AF0282 号

出 版 人：姚 巍	策 划：韩 露
责任编辑：卢嘉洋	装帧设计：张诚鑫

出版发行：安徽文艺出版社　　www.awpub.com
地　　址：合肥市翡翠路 1118 号　　邮政编码：230071
营 销 部：(0551)63533889
印　　制：安徽新华印刷股份有限公司　(0551)65859551

开本：880×1230　1/32　印张：12.5　字数：240 千字
版次：2025 年 3 月第 1 版
印次：2025 年 3 月第 1 次印刷
定价：68.00 元

（如发现印装质量问题，影响阅读，请与出版社联系调换）

版权所有，侵权必究

目 录

序 以笔写心 灵动多样
　　——紫艳散文集《青山应如是》 余昌谷 / 001

第一辑 亲情篇
　　在鲜活的生命面前，我们俯首 / 003
　　与晚霞一起消失的父亲 / 027
　　小交通员虎子 / 046
　　父亲的剃头箱子 / 051
　　母亲的鹅 / 054
　　盛满浮云的晚秋 / 068
　　飘逝的云 / 074

第二辑 乡愁篇
　　青山应如是 / 083
　　苦楮树下 / 113

挖笋 / 117

过年 / 121

一座桥,一条河,一个村落 / 123

第三辑　游记篇

欧洲大教堂 / 131

巴黎塞纳河 / 137

欧洲袖珍国 / 141

罗马斗兽场 / 144

欧洲风情小镇 / 148

巴黎凯旋门 / 153

宫殿与城堡 / 156

威尼斯水城剪影 / 162

阿尔卑斯山 / 165

比萨斜塔 / 168

走进欧洲 / 170

照片背景 / 175

泰国游记 / 211

第四辑　行走安庆篇

味道——柏兆记 / 221

"皖河行"寻访古皖口 / 226

夕阳红·彩蝶飞 / 233

"湖畔聊吧"与石塘湖飞鱼 / 247

古镇 / 255

铿锵玫瑰 / 260

别有洞天 / 266

巨石山奇遇 / 270

共饮长江水 / 273

峡谷风情 / 279

望仙谷之旅 / 285

第五辑　杂谭篇

雨的演技 / 295

只为落一场雪 / 297

告别2022 / 299

一壶清茶 / 300

"鬼打墙" / 305

放下时光 / 313

灯光秀 / 315

放血及针灸 / 320

吃瓜 / 324

祭拜陶渊明 / 327

记忆的碎片 / 330

升金湖 / 332

走出去,飞回来 / 336

附录

个人生存境遇的体验式书写
——小说集《潮汐》序言　姚岚 / 347

紫艳小说的三个维度　余昌谷 / 353

紫艳诗集《回声》序言　沙马 / 365

后记 / 385

序

以笔写心　灵动多样
——紫艳散文集《青山应如是》

余昌谷

近年来，紫艳接二连三地推出自己的散文新作，就像令人目不暇接的礼花一样，引起了读者的关注和兴趣。当她把这些散文结集出版，邀我写篇序时，我愉快地答应了。

这是一本记录着紫艳个人人生体验的散文集，其所历、所见、所闻、所思，无不表现出鲜活的个人感受和艺术趣味，无不显示出一个走上纯文学写作道路的作家在写作中寻到的生活的乐趣和心灵的安慰。不能说每篇文章均以文字取胜，但都做到了以笔写心；也不能说每篇文章都做到了"严于选材"，但无不表现出散文自由自在、灵动多样的本性。

一、杂糅小说的叙事艺术

小说和散文都写人物，都需要叙事，但叙事方式却有着质的不同。小说是我说的世界，散文是说我的世界。紫艳却故意模糊散文、小说的体式界限，实则采用了一种杂糅文体，以此来丰富散文的表现形式。

人所共知,一种文体一旦形成,总有其相对稳定的共同的审美形态,有其特殊的构成因素和独特的表现手法。创作者在创作时一般应尊重各种文体的艺术规律,但正如任何事物都有两面性,文体也不可能固定化和绝对化。特别是作为艺术门类的各种文体,总有互渗互通的地方。因此,曾有人为散文取了一个词,叫"边缘文学",说:"小说家写人物的才能,童话作家幻想的羽翼,哲学家的雄辩,尽可以施展。"[1]紫艳本来是善于写小说的,其小说集《潮汐》出版后便产生了广泛的影响,其中有些篇章更是让人津津乐道。而现在,紫艳却把小说中用于刻画人物的叙事艺术施展于散文创作,《在鲜活的生命面前,我们俯首》《与晚霞一起消失的父亲》《小交通员虎子》《母亲的鹅》《照片背景》《铿锵玫瑰》等篇章,似乎都远离了抽象的抒情,而以清晰的叙事线索,描画出自然、朴实、真切的日常生活画面,给人实实在在的人生感悟和体验。以《与晚霞一起消失的父亲》为例,"父亲"一生屡受挫折,经历坎坷,但从不向命运屈服。他以剃头为业,又有"剃光头、落胎头"的绝活,使一家人过上了比较好的生活;他上知天文,下知地理,通晓历史和《易经》,什么都会,尤其会说书,给自己也给乡邻带来了无穷的欢乐;他与"母亲"是两个属于完全不同世界的人,磕磕碰碰,还闹过离婚风波,然

---

[1] 韩静霆:《走向广阔的生活》,《文艺报》1982年第2期。

而他们却又磨合着度过了一生。直到弥留之际,他知道自己要"走了",还不忘把党费证交给女儿,让她交纳欠下的党费。与其说这篇文章写出了一个父亲一生的经历,倒不如说它写活了"这一个人"。

紫艳将小说的叙事艺术用于散文创作。一是做到了因人写事,事中见人,即从人物出发,以人的活动为中心,通过人的活动生发出故事,从而实现"事在人为,人以事显"之效。如《铿锵玫瑰》,写女主人公刘艳二十年前在人民路经营着一家规模不小,可说是安庆餐饮界标杆的饭店——"艳阳天大酒店"。后来,她不顾家人和亲朋好友的反对,在开发区买下"金百合大酒店",并把它装修改造为设施齐备、服务周全的大酒店。可两年后,她又将所有的装潢砸掉,耗巨资重新装潢,使一个崭新的、亮眼的智能化酒店——"美可居大酒店"矗立在市民面前。刘艳所做的这些事,在旁人看来也许是"折腾",可对刘艳来说,正是适应时代和餐饮业发展的需要。所以,她的每一次华丽转身都取得了成功,而一个开拓进取、敢说敢干的女企业家形象也就树立起来了。

二是通过细节凸显人物性格的闪光点,给人留下难以忘怀的印象。细节描写本是小说中构成情节叙事的最基本的单位,是刻画人物性格、揭示人物内心世界、表现人物细微复杂感情、点化人物关系等最重要的方法。而在紫艳的散文创作中,这样的细节描写也俯拾皆是。且举一例:"过去那个窘迫贫穷的年代,很多人头上生了疮,也称癞痢,不洗也不治疗,久而久之,头上就生脓结痂了。只有剃光头,抹上菜籽油,头上的癞痢才会慢慢好。抹上油,是因为苍蝇怕油,在油上无立足之地,且会被油粘住……但是,剃头匠给癞痢头剃光头时就受罪了。小时候,我亲眼所见,父亲剃癞痢头的时候要屏住呼吸,要不然会反胃,而我躲得远远的,那种腥臭味难闻死了,简直令人作呕。父亲也是强忍着怪味给人家剃癞痢头的。大方的人家看到父亲被恶臭味熏得难受的样子,很是过意不去,就会拿点东西给父亲。父亲想着家里的几个孩子等着他回家的殷切目光,推托几下也就收下了。"这是《盛满浮云的晚秋》中关于"父亲"剃癞痢头的一个细节描写,虽属平常却蕴含着丰富的内容。其一,过去由于贫穷,卫生条件差,人们头上生疮、生脓、结痂。恶疾与贫穷总是联系在一起的,这就揭示出癞痢头产生的根源。其二,癞痢是种病,要让它慢慢地好,就得剃光头,抹上油。民间自有民间的治疗办法。其三,每次剃癞痢头,"父亲"都屏住呼吸,强忍着怪味,显示出自己的"绝活",这说明他技艺高超又有敬业精神。其四,人们拿点东西给"父亲",既是为他的精神所感动,也是对他辛苦劳动的回报。真可谓细节虽细,然细而不小。

紫艳因她的小说而知名于世,到目前为止,我们还不能说她的散文水平已超过其小说的。然而,我们又分明感受到,小说创作为她的散文创作积累了丰富的艺术经验,从而使她创作出独具特色的叙事散文。当年,杨朔说他写散文是"当诗一样写"①,而紫艳则把散文当小说一样写。散文的边界就这样被模糊了。实际上,这种现象在中外文学史上一直都存在着。如契诃夫和莫泊桑的许多作品虽是散文,却被放在小说集子里;鲁迅的《一件小事》是散文,也被放在小说集子里;史铁生曾写过一篇《我与地坛》,既被小说选刊当小说转载,也被散文期刊当散文转载。只要不是学究头脑,就只能承认它们既是散文,也是小说。当然,同样是"叙事",在散文与小说性质上却是根本不同的。如果说,小说的叙事是虚构性叙事,并不要求人物或事件都是真实存在的,只要合乎情感逻辑、思维逻辑或事物发展的内在逻辑就行,那么,散文的叙事则是真正意义上的真实性叙事。这种真实性也就是事件发生的现实性,它要求事件连同人物都是现实存在的。紫艳的散文创作,正是以这种无可置疑的真实性,描画了父辈们的人生轨迹,展示了中国乡村几十年间的变化;也记录了自己经历的诸多人和事,成为时代的文学写照。这是紫艳本人创作的重要收获,也从一个层面显示了当今散文创作的实绩。

二、渗透文本的隽永情思

　　这里的情思并非单一的情感,而是多种情感的组合,是内心

---

① 吴周文:《杨朔散文的艺术》,上海:上海文艺出版社,1984年版,第9页。

所产生的对于情感和思想的体验;也不是一时的情感,而是在内心被激发以后萦绕于心、挥之不去的思绪或思念。紫艳的散文创作,就是以这种情思拨动读者心弦、引发读者共鸣的。

"每次知道我们要回来了,母亲大清早便去店里买肉和野生鱼,每次都会炖骨头汤或者鸡鸭汤,常常还没到家门口我们就能闻到厨房里飘出的香味。母亲用炭火瓦罐来煨汤,那独有的味道,伴随着我们走过多少年年岁岁。"(《盛满浮云的晚秋》)人们以不同的方式写自己的母亲。"母亲"的确是世界上最神圣、最伟大的字眼。母爱,就如一股暖流,温暖着儿女疲惫、受伤的身心;亦如一股清泉,幽远地缭绕在儿女的周围。紫艳在书中不止一次写到母爱,而这一次,她截取了一个温馨的场景:母亲以丰盛的佳肴迎候儿女们归来。人们读了,谁不牵动记忆、感同身受啊?!这爱不仅属于紫艳的母亲,也让我们想到了天下母亲共有的特征。特别是"那独有的味道,伴随着我们走过多少年年岁岁"一句,更是情深意长,令人回味无穷,母爱是说不尽的!

紫艳爱自己的母亲,在紫艳眼中,母亲勤劳、贤惠、善良,还具有牺牲和奉献精神。她用柔弱的肩膀撑起一个家,一个人打理家中大小烦琐的事情。无论何时,也不管对与错,她都忍受、迁就和包容紫艳的父亲,化解家中的磕磕碰碰。实在承受不了,她也只好悄悄地躲在一边抹眼泪。然而,她骨子里却有着一股不屈的坚强。父亲走了,她顽强地活着,与衰老和疾病抗衡,一次又一次战胜了死神。《在鲜活的生命面前,我们俯首》,既是一曲献给"母亲"的歌,也是一曲人间大爱之歌。在生与死的临界点上,紫艳写出了母亲的坚毅、顽强和对生命的热爱与追寻。而作为女儿,紫艳姐妹也没有因为母亲年事已高而放弃对她的救治,更没有因为母亲的平凡而忽略那份至亲至纯的爱,而是将这份爱回报于母亲,倾力而为,一次又一次将母亲从死亡线上拉了回来。紫艳用手中的笔记下这一切,既抒发了母女之间血浓于水的深沉的爱,也表达了儿女们应尽的职责。唯其如此,才使得这篇散文没有沉溺于单一的个人情感之中,而是将个体的情感与人类共有的情感统一起来,从而展现了强烈的责任感和价值信念。

在安庆当代作家中,不乏对生活敏感而又善于表现的才女。她们善于细腻地体味生活,升华出自己的情感和思考,同时具有足够独特的表达能力。现在,我们也欣喜地看到紫艳朝这一方向努力。她的散文看起来似乎散漫和不经意,却以内含隽永情思的素淡朴实的文字,显示出非同一般的艺术功力。她有一双细腻的眼睛,有一支温馨的笔,极善于写父子情、母女情、姐妹情、邻里情、故乡情,尤其善于在丰富的人生背景中状绘绵绵情意,进而使人物高尚的情操更为瑰丽丰满。在以《青山应如是》为代表的一组文章中,作者寄情于故乡的山水,感慨家乡发生的变化,各种景象从记忆深处徐徐而来,而催动记忆复活的正是一股依恋之情。无论是瓷茶古道、桃红岭、凤冠湖,还是美哉上十岭、醉哉三角,一座桥、一条河、一个村落,这一切无不闪动着绵绵思念之意——对于那"青山多妩媚"的山乡风情的向往,对于那生于斯、长于斯的故土的一往情深。念旧既是一种情感记忆,似梦非梦,又是一种挥之不去的挂怀,如同酒之陈酿,日久生香。正是这种情思,似一片淡淡的轻烟薄雾笼罩着紫艳的文字,在朴实无华中透着一股冲淡而又悠远的乡愁韵味。

文学是人学,更是情学。写情,是散文应具的质素,却又更见难度。因为散文比起其他文学样式来,最不讲究技巧,也确实没有多少复杂的技巧需要掌握,可以无拘无束,自由挥洒,以达到直抒胸臆的目的。从表面看来这似乎是容易做到的,其实却又相当困难,难就难在它缺少可以遵循的规矩,全靠作家匠心独运,自出机杼。如果缺乏独创精神,没有相当的思想水平和艺术修养,就无能为力,寸步难行。克服这种困难的关键,即在于抛弃一切造作和虚假的东西,敢于坦率地流露自己的真情实感。一切出于真挚和至诚,写出人世间最根本的一点——世态人情。这是散文万世不会改变的本性,也是紫艳散文给我们带来感动的根源。

三、散布游记的文化知识

紫艳爱旅游,亦爱写游记。在这本散文集中,游记就占有相当大的比重。但紫艳的游记,不是对游走经历的简单记述,也不是对观光对象的简单描摹,而是既有趣味性,又有知识性,具有较高的历史文化含量。从一定意义上说,有点类似于余秋雨的文化散文。

紫艳很认真,凡是到过的地方、参观过的人文景观和山水名胜,她都会做详尽的了解和记录。《欧洲大教堂》《巴黎塞纳河》《欧洲袖珍国》《罗马斗兽场》《欧洲风情小镇》《巴黎凯旋门》《威尼斯水城剪影》《阿尔卑斯山》《比萨斜塔》……紫艳宛如一个导游,一一道来,如数家珍。更重要的是,紫艳还能做到用理性、客观的眼光打量周围的一切,既深入历史又跳出历史,高扬主体意识,让自己深入写作对象内部,有所发现和新解。她赞美欧洲的大教堂,是因为欧洲人把绘画、雕塑都献给了它,其中积淀了丰富的历史和文明。教堂的辉煌壮丽使城市增色,悠久历史、发达文化又使教堂更显光彩。教堂和历史、文化就是如此融为一体的。她赞美欧洲的小镇,是因为它们极具特色,被青山绿草围绕在山脚下和山坡上,尖顶、红瓦、白墙以及木质结构的农场房舍,错落有致地排列成一幅幅美丽的画,无不充满了童话色彩。如卢塞恩,包含了瑞士几乎所有的精髓,文艺复兴时期的宫殿、宅邸及百年老店、长街古巷比比皆是,悠游其中,亦真亦幻。而对于罗马斗兽场,作者在震惊的同时,一股寒意涌上心头,感受到的是当时奴隶们的悲怆与绝望。

紫艳把脚迈进欧洲的历史褶皱中,异国游走的经历拓宽了她的眼界,异域的人文风貌打开了她的心境。她对世界的评判,跨越中外文化的界域，不让利益考量的喧嚣影响笔端的表达。如在《走进欧洲》一文中，紫艳写下了这么一段话："所有的农舍，虽然考究精致，却全部采用纯净的自然色，或是原木色，或是灰褐色，或是琥珀红，或是墨蓝色，不再有别的色彩。在形态上也追求板屋、茅寮的效果，绝没有丝毫的炫华斗奇，甘愿被自然掩盖和埋没。像我们中国一样，欧洲的这样美丽的农村，想必也有很多城里人居住。要回归自然，首先要把自己'回归'了，回归成一个散淡的村野之人，居所当然也毫无市侩气息，而是彻底消融，如雨入湖，不分彼此。"在对比中揭示中西乡村的差异，进而提出回归自然、融入自然的深刻命题。紫艳的思考显然是成熟的，也是值得我们珍视的。在《泰国游记》中，紫艳则以具体数据说明了中国是泰国旅游业最大的市场，即使缺乏行业规范，但泰国还是成为中国游客最喜欢去的国家之一。个中原因不值得深思吗？思考是思维的一种探索活动，是源于主体对意向信息的加工。思考的触角来自于内心，却可以飞向遥远的宇宙。历史、时代、民族、家园、命运、现实人生等，无不可以构成包罗万象的思考内容。这种不因时空而阻隔，不因族类而疏离的思考，在紫艳的游记散文中时有所见。

　　紫艳的游记散文因内含文化知识而被人喜爱，对于未曾去过国外旅游的读者来说，更是大开眼界，受益甚多。虽然散文并不以传播知识为主要职能，人们阅读散文时也不一定有意识地从中寻觅知识，但通过对现实人生的具体生动的描绘，散文可以给人带来各种各样的知识,更不用说那种文化含量很高的知识性散文了。当然,创作具有广泛知识性的散文,并非轻而易举之事。知识贫乏的人,自然无能为力,而即使具有广博知识的人,也不一定能写出优美的篇章。因为散文是一种艺术,不是堆积知识的仓库。紫艳既掌握了散文写作的艺术,又善于学习,广泛摄取各种知识,这才使她创作出很多含有文化知识的游记散文。她一方面在理智的支配下根据文章表情达意的需要,严格合理地选用必要的知识,另一方面又做到了节制,不东拉西扯,不掉书袋。读她的游记散文,就好像听一个博学者话家常一样,无意间收获了知识,也得到了精神上的陶冶。

紫艳中短篇小说集《潮汐》出版后,我曾在评论文章中指出,其文学性方面存在的可议之处在于,某些方言的运用未免粗俗,尚未完全摆脱生吞活剥之嫌。这本散文集存在的可议之处还是在语言上,比如形容词用得多了、泛了一些。小说、散文都是写语言的。与小说相比,散文由于没有较多的技巧可以凭借,在表现形式上就更得依靠语言本身的光泽。这种语言,无论是像浩荡江海般雄伟开阔,还是像潺潺流水般温柔委婉,最好都具有流畅、单纯和洁净的美质,以自然浑成为佳,如果过于追求华美的话,反会给人矫揉造作之感。形容词不是不可以用,是最好少用、慎用。法国大文豪伏尔泰有句名言:"形容词是名词的敌人。"①意思是说,只有名词直抵事物本身,直面、直接呈示事物,形容词用多了反而会遮蔽事物的内质,所以是名词的敌人。美国作家马克·吐温也有类似的表达:"……形容词挤在一块儿,文章没力,离远一点就有力。"②这些充满哲理的话,是值得我们深思并牢记的。

紫艳正处于创作的旺盛期,相信她会创作出更多更好的作品。

是为序。

2023 年 7 月 18 日

---

① 吴晓东:《从卡夫卡到昆德拉》,北京:生活·读书·新知三联书店,2003 年版,第 115 页。
② 同上。

第一辑　亲情篇

第一辑　亲情篇

在鲜活的生命面前，我们俯首

母亲差一点就死了。

医院里，母亲在生与死之间挣扎徘徊，几经轮回，在鬼门关走了一遭又一遭。生与死，仅一线之隔，她奇迹般地活了下来，这源于她自身强烈的求生欲望。

母亲怎么舍得离开家人，怎么舍得离开她生活了一辈子，像画卷一样宁静、美丽、祥和的小山村呢？日常，她去后山捡捡鸡蛋、采摘野浆果、挖挖竹笋……空闲时，她踱步去门前的公园散散步，去看看大河、小河里的鸭和鹅，去菜园拔拔草、剪剪枝、扶扶秧苗、瞅瞅菜蔬的长势，然后摘篮蔬菜，回家喂喂家禽。

一

医生，护士，我妈妈叫不醒，快来看看！我急促而撕心裂肺地大声叫喊。昨晚轮到我看护母亲，医院的嘈杂令人无法入睡，刚眯了一会儿又担心起母亲，便反复爬起来看她。时针指向早上五点二十分，我看到母亲侧卧着睡得正香。等我刷完牙，习惯性地仔细打量母亲时，发现不对，怎么也叫不醒她。

她瞅一眼血压测量仪,数据没有异常。医生蹙眉说,去做核磁共振。我的心怦怦狂跳不已,打电话给小妹和我老公,说,快过来,妈昏迷了!说话间,医生说,把病床一起推下楼去做核磁共振吧,我也一起去。很快,小妹赶来了,老公也到了。小妹伤心地哭喊着,而我的脑袋却轰隆作响、一片空白,整个人方寸大乱……

耄耋之年的母亲,似乎就在一夜之间衰老了,睡时还是"春光明媚",醒来已是"满身雪霜"。九旬的母亲,平时极少生病,给人的印象就像一棵常青树,一棵不老松,一直枝叶茂盛,绿意盎然。然而,当时光的车轮驶入高危地带时,谨慎驾驶仿佛成了空谈和虚无。

趁母亲做核磁共振的间隙,我战栗着掏出手机,哽咽着把这个消息告诉大妹。此刻,我的眼泪像决堤的洪水奔涌而下。我泣不成声地说,你快过来,妈妈昏迷了。看着母亲骨瘦如柴的身体被悄无声息地推出来,小妹沙哑地哭喊,妈妈,您怎么了?!我昨晚走的时候还好好的,我不该走哇!我要是不离开您,您就不会昏迷了。听到小妹话里有话地责备,我委屈地说,我昨晚几乎没睡觉,一直担心妈妈,绷紧神经,总是担心她一个人下床解手。母亲不愿麻烦我们,生怕把我们吵醒,常常半夜一个人窸窸窣窣地摸索着下床大小便,幸好每次都被我们及时发现。可是,病重的母亲,仍然不忘为我着想,半夜曾几次探头,声音微弱地说,巧,不要冻着,要盖被子。

九十三岁的老母亲,平生第一次住院,给了我们当头一棒。

她的身体恍如断崖式降温的极端天气,凛冽的风带着一股肃杀之气,让一个身心健全的老人,陷入至暗时刻。

想起昔日母亲精神饱满到处忙碌的身影,在风雨的缝隙里驰骋,在时光的沉默间泛起清波;再看眼前风烛残年的母亲散发出苍老的气息,仿佛风将大地上落陷的事物全部扫尽。我们心酸不已,泪水奔涌而下。族人都非常焦急,人心躁动,感觉家族的那颗启明星将要坠落。

二

我瞄着小妹责备的眼神,自责地说,凌晨三点半的时候,等妈妈小解后,我才敢在折叠床上眯会儿,不料睡着了。五点二十分,我一下子惊醒了,看妈睡得挺香,我便刷了个牙,哪想到妈妈是昏迷了呀?

小妹抽噎着说,你不知道妈妈是什么时候昏迷的?一旁的护士插嘴说,五点钟我量血压的时候老人还是清醒的,我还跟她说了话。我说,半夜两个护士查房的时候,妈还是好好的。主治医生在床头柜上的血压仪上翻动查询血压测量记录,寻找导致母亲昏迷的原因。医生问,仪器有没有报警?我说,没有,如果有报警,我会按呼叫器或去找护士。医生说,仪器警报只是一瞬间,也许只有十秒。小妹气哼哼地说,你肯定是睡着了没听见。

见小妹如此埋怨，我辩解道，我不可能整晚都盯着仪器设备看吧？谁都有打盹的时候。

　　隔壁病床上的阿姨对小妹说，可怜你姐姐一晚上都没睡，生怕你妈妈有什么闪失。说话的这位阿姨特别和善亲切，她和母亲一样也是有心脏病兼其他毛病。阿姨是由她儿媳在照顾，她儿媳要上班，要接送孩子上下学，然后回家烧饭、做菜、煲汤，再送饭到医院，忙得不可开交，但从无怨言。她儿媳事无巨细地贴心护理阿姨，洗脸、擦身体、换衣服、梳头、喂饭、接屎倒尿。我第一次进病房见她俩在窃窃私语时，以为她们是亲母女，还突兀地问阿姨，这是您女儿吧？阿姨柔声细语地说，别人都这么说，我媳妇比我女儿还好。

三

　　大妹焦急地赶过来，泪水涟涟地问，妈怎么样了？我说，妈还在昏迷，不知道会不会醒过来。一想到母亲可能再也醒不过来，我就伤心欲绝，头痛欲裂，泪水像断线的珠子一样滚落。大妹说，把妈送回去吧，妈可能不行了。然后她煞有介事地说，今天大清早她做了个梦，梦见妈在厨房里咚咚咚地剁青菜给鸡吃，而且菜的颜色特诡异，是那种傍晚的黄或者褐色吧，反正色彩比较暗，等她到厨房一看，妈不见了。估计这是不祥之兆。所以说，赶紧把妈送回去，要等"那个"了，拉不回去，还不被人骂死。

我说,不急,等妈醒了再说。大妹说,想开点,妈这么大岁数了,走了也正常。小妹说,我也觉得妈不太好,我每天都观察妈的脸色,你看妈的脸从眉心开始呈三角形散开,一直到下巴都是土黄色的。我心里咯噔一下,一看,果然如小妹所说。在外面"那个"了不好,在家里也走得安心,不行就回去吧。我嗫嚅着说,那就送回去吧。想了想,我又说,要不,去问问医生?看看有没有救治的必要,我们听医生的。

我大包大揽地表示,这次妈妈住院所花的所有费用我来负责。妹妹嗔怪道,不是钱的问题,是妈妈的去留问题怎么办?

医生说,如果此时放弃就太可惜了。老人家没有什么危及生命的疾病,只是年龄太大,体质太弱,就像一台老旧的机器……现在就担心脑血栓,建议留院观察。我也知道农村的风俗……但回去就意味着死亡。你们考虑一下。

衰老和疾病是双轨并行的车轮,日升月落,一刻不停,那种持续的力量不断地将生命之舟推向前方,最后必然抵达终点。对于母亲的疾病、衰老和离世,我来不及细想,或许是不愿猜测,或者说不敢预测、不敢想象吧。可是,毋庸置疑,每一个人都要经历生死轮回,最终都要回归大自然,与落叶一起化为泥土。除非像神话里那样,将人的灵魂无限夸大,上天入地,摘星揽月,成仙成佛,无所不能。

在母亲继续治疗与放弃治疗回家的选择上,我们一直纠结。大家都心知肚明,一旦回去就是在家等死。不管怎样,我们都是为妈妈好,还是尽力把妈妈的病治好吧。大妹叹口气,担忧地说,随便你们吧,不过乡下人认为,人不能在外面"那个",在外面"那个"就成了孤魂野鬼,是进不了祖坟的。大妹嗟叹着继续絮叨,我又觉得,还是回去吧,村里人说妈肯定不行了。在农村,老人到了八十岁以上,基本就不送医院了。妈活这么大岁数已经很不错了,有几个人能活到九十多岁呢?这么大年龄,病这么重,体质又那么弱,肯定扛不过去,我觉得没有多大的救治意义。水凤和金成在家里布置呢,一切都差不多准备妥当了。我们都知道大妹这句话的潜台词。难道眼睁睁地看着一条鲜活的生命,就这样在我们的眼皮子底下辞世吗?于心何忍?我心里一阵翻腾难过,仿佛母亲真的化作一股青烟飘然而去,再也见不到了。

乡下以母舅为大,在母亲的去留问题上,是要征求母舅的意见的。母亲有福气,耄耋之年还有两个弟弟。舅舅们的意思大致相同,也是回去静养。

我们三姐妹焦急无助地哭作一团,看着躺在病床上瘦削无力、奄奄一息的母亲,心如刀割。我们轮番抚摸着母亲的脸、头发和肩膀哭喊,妈,你醒过来看看,我们都在这里!妈,你怎么舍得离开我们,您好日子还没过够呢!妈,您睁开眼睛看看,慧慧、源源、丹丹、高沥……等一会儿都要来了。妈,家里的小鸡长大了,鸭生蛋了。妈,地里的黄瓜、辣椒、豆角,还有您最爱吃的西瓜也结果了。妈,后院的丝瓜、南瓜、葡萄都挂果了。您醒醒,回家看看。妈,您睁开眼看看我们,好不好?……任凭我们怎么呼喊,母亲还是一点反应都没有。大妹挨近母亲的耳朵哭泣着大声说,妈,胡慧敏独自开车从湖南赶过来看您来了,您一定要醒过来呀!杨舒棋和"包子"(大妹的两个外孙女)一会儿都过来看您。

父母膝下无儿,大妹的女儿胡慧敏算是胡家的后代。父亲曾无数次高兴地说,我家慧慧是胡家的人。在母亲眼里,这两个重孙自然也是胡家的人。听到胡慧敏的名字,母亲的眼皮动了一下,嘴唇翕动着,轻轻地"哦"了一声。母亲醒过来了,我们欢呼着拍手蹦跳起来。我趁热打铁,俯身对母亲说,妈,高沥和张念昕也在回来的路上。

我女儿高沥在杭州工作,她刚打电话告诉我,说他们开车还有两个小时就到了,她感觉自己低烧,浑身无力。她哽咽着说,接到外婆病重住院的消息时崩溃了。我怀疑女儿可能是因伤心过度而致身体不适,我担忧地说,你们回去吧,如果发烧了,就不能看外婆了。

医生说,老人家,您能听见我说话就点点头,母亲没有反应。医生按住母亲的心口问,这里不舒服吗?听见了就点点头。母亲轻轻地点头。医生点了一下母亲的腹部问,这里不舒服吗?母亲点点头。老人家,把手抬起来,再抬高点;把脚抬起来,再抬高点。母亲另一边的手和脚也照样做了一遍这个动作。医生高兴地说,基本上可以排除中风和偏瘫的可能。老人家主要是心衰引起的房颤，年龄太大了，身体机能都老化了。现在就怕脑血栓，要密切观察。

四

真是乐极生悲。清醒后的第三天早上，刚吃完早餐，母亲就蔫了。她软绵绵轻飘飘地如一片树叶飘落在病床上，又一次陷入昏迷状态，怎么也叫不醒。我们的心又一次揪了起来，难过与绝望再次排山倒海般袭来。

快速赶来的医生说，老人家体质太虚弱了，要输营养液。

护士给母亲的两只手上都打了留置针。母亲输了几瓶液后，感觉缓和了一些，似乎睡着了。医生将前天母亲昏迷时的问答和动作重复了一遍。

见母亲缓解些了，我对小妹说，你看，妈在我们的眼皮底下昏迷了，怪不得我们吧？我似乎找到解释前天妈妈昏迷而我没有发现的理由了。

母亲老是昏迷，谜团在蔓延。县级医院的医疗水平及条件毕竟有限，我们想到了转院。小妹叹息，早知道这样，倒不如直接去安庆或者九江。

母亲到县医院是不得已而为之。

那天，大妹打电话给我，说妈病得不轻，问我是否回去。我立马就包车回去了。那天晚上，母亲在家突发心脏病，情况很危急。问镇医院阮医生,阮医生说,赶快去县医院。我们考虑的和阮医生想的一样:县医院离家近,能够及时抢救。这才就近住进了县医院进行治疗。

经过一系列的检查和治疗,仪器显示母亲的身体指标都正常。

怎么会忽然眩晕或迷糊呢?难道是药物的相互作用导致的?医生自言自语,又像是对我们说一样。连医生都束手无策,我们更加慌乱了。母亲的状态时好时坏,好一会儿之后,又昏迷不醒。我们又是一轮绝望的呼喊,母亲始终紧闭双眼,似乎没有气息。妈,您听见我们的声音了吗?听见了就点头。母亲像木头人一样一动不动。大妹把我和小妹叫到过道商量,她再次说,家门口人说,妈可能不行了,上次是回光返照,还是拉回去调养。不然的话,"那个"了就拉不回去了。乡下人说,出虚汗不好,人"走"之前是要榨干身体的水分的,这是"那个"的预兆。我知道大妹是受到乡俗的影响或者说蛊惑。我说,不急,等妈醒了征求一下她的意见。可是,母亲醒不醒得过来还是个问号。这次母亲昏迷的时间较上次要长,状态更加不好。我们都有了放弃的想法。听了大妹的话,小妹无声地点头表示赞同。

医生说,你们也不要过于沮丧,家人要不断地呼唤,看看是否叫得醒。医生俯身问道,老人家,您听见我说话吗?听得见就点头。医生见没有反应,便用力按了一下母亲的眉心,又用力弹了一下母亲的眉头,还是没有反应。医生用更大的力道重重地弹向母亲高高隆起的眉骨。这时奇迹出现了,母亲"哎呀"一声,高举起手啪地一下挥向医生。医生笑着说,老人家,弄痛你了吧?母亲又沉睡过去。医生说,我说话您听得见是不是?母亲点了一下头。见母亲没事,我们笑逐颜开。医生说,看看老人家的反应如何。老人家,抓住我的手,抓紧我。母亲真的抓紧了医生的手。老人家,抬起手臂。母亲抬起了手臂。抬起脚,抬高点,再抬高点。母亲都一一做到了。医生转到另一侧,母亲重复了一遍刚才的动作。医生又说,老人家,您把舌头伸出来给我看看。母亲伸了伸舌头。您能听见我说话吗?母亲点点头。医生对我们说,老人家的舌头有点萎缩了,从片子上看老人家脑萎缩了,暂时没有阿尔茨海默病的迹象,也没有中风和偏瘫。现在,还是担心脑血栓,脑萎缩也是个问题。

　　写在纸上的"脑萎缩"只是一个普通的医学名词,但是一旦附着于人的身体,就像开启了诡异的魔瓶。一群被时光喂养的蛀虫,像被策反的尖兵,蚕食着老人做人的尊严。但愿母亲能够抵抗那些无赖兵痞的袭扰。

　　小妹大声问,妈,我们回去好不好?母亲紧闭双眼。您想回去就点头。您不点头,是不想回去吗?母亲还是没有反应。我说,你问问妈是去安庆治疗还是回家。小妹俯身问,妈,您是回家还是去安庆治疗?忽然,母亲嘴里微弱地吐出三个字"去安庆"。好,我们去安庆。哇,妈妈说去安庆,那我们就去安庆继续治疗。我们喜极而泣。

我仿佛受到了刺激,几天几夜没有合眼,不仅一点睡意都没有,反而非常清醒,生怕一合眼,母亲就没了。大妹失眠更严重,后来我才知道,大妹将近一个月没睡好觉,她说一分钟都睡不着。她不知道如果母亲走了,她该何去何从。离乡几十年,复又回乡照顾母亲七年,现在她已经适应了农村生活,也融入了农村生活,叶落归根。如今,她年龄也大了,如果回到安庆,能找什么工作呢?大妹夫是安庆某监狱狱警,今年退休,说回家乡与她一起生活,或者安庆、上十岭两头住。可是,如果母亲不在了,她留在老家又有什么意思呢?大妹倍感焦虑、纠结和困惑。

五

大妹的两个外孙女来到病房,一岁多的包子扑到床前大声叫老太太。在大人的引导下,包子用稚嫩的声音甜腻地说,老太太,快快好起来哟,宝宝爱您!大妹把这天籁之音录了下来。(住院期间,母亲只要听到这个录音就会两眼发亮,神采奕奕。)忽然,母亲睁开晶亮的眼睛(她浑浊的眼睛仿佛不见了),吃力地伸出双手要抱抱包子。她柔声说,包子来了。她轻轻抚摸着包子。包子咯咯咯地笑个不停,把粉嫩的小脸凑上去贴住老太太沟壑纵横的老脸,吧嗒吧嗒地亲吻老太太的额头和脸颊。此刻的母亲,满脸慈爱,笑意盈盈,一反常态。

两个重孙子一走,母亲又陷入深度睡眠,毫无生气。

六

县医院的服务态度极好,医生有问必答,不厌其烦地解答每一位询问母亲病情的亲友的各种问题甚至与他们讨论医疗方案。在医生的不懈努力下,母亲的病情有了起色。医生说,过两天准备出院吧。

可是,好事多磨。俗话说,雪上加霜。可这夏天的雪和霜啊,怎么就落到了我们头上?!是清凉还是炙热?是好事还是坏事?

那天,小妹搀扶母亲去医院一楼吃早餐。回到病房,母亲开始咳嗽,继而发低烧,当天晚上烧到38摄氏度。母亲接连两个晚上出了很多虚汗,衣服都湿透了,一天要换几套衣服。无奈,又是一轮吃药打针。

母亲这次发烧,险些对她造成致命的伤害,她的身体更加虚弱了,每天吃四五种药。我们怀疑是药物的"狂轰滥炸"导致母亲身体极度虚弱及不适,大量出汗导致身体严重脱水。我们担心她那摇摇欲坠的身体随时会倒下,再也起不来。

母亲体重只有六十多斤,面黄肌瘦。医生说,老人家太瘦弱了,等出院后,要注意增加营养。除一日三餐外,还要加入辅食,比如牛奶、鸡蛋、营养餐之类的。听了医生轻描淡写的话,我们对母亲又重新燃起了希望。

一天，我陡然瞥见测量仪上方显示，母亲的心律为猩红的"0"，同一时间警报器轰然炸响。我顾不上哭泣，踉跄着狂奔，惶恐地惊呼，医生，快，我妈心跳没了！话音未落，疾速冲进来几名护士，一位年轻的护士立即给母亲实施心肺复苏，用力地按压母亲肋骨根的瘦小的胸部。诧然间，我拖着哭腔说，轻点，我妈受不了。护士头也不抬，继续做着心肺复苏。话音刚落，母亲的心脏迅速恢复了跳动。此时，又进来几位医生。一位医生说，老人家没事了，可能是机器故障或者其他原因，要密切观察仪器异常变化，如果发出警报，立即通知护士站。我们担忧地要求医院对母亲进行会诊。"你母亲的主治医生就是心血管专家。"一位医生答非所问。

我们开始质疑县医院的医疗条件，想等母亲清醒过来就转院。但是，县医院的医生和护士的服务态度无可挑剔。主治医生找家属谈话，他诚恳地说，老人家没有什么重大疾病，身体的各项指标都正常，昏迷可能是药物的相互作用导致的。如果明天病情没有好转，再转院也不迟。鉴于医院的态度，我们答应再留院观察一天。其实，我们已经决定，无论如何，明天都要转院去安庆，让母亲接受更好的治疗。

可怜的母亲似乎去阎王殿里走了一遭又一遭。最后，阎王爷大怒说，老夫看你可怜，劳累了一生，也该享享清福了。你阳寿未尽，回去吧，本殿不能收你。阎王爷将生死牌一挥，于是，母亲喜颠颠地又回到了尘世。

母亲每一次昏迷,每一次获得新生,每一次奄奄一息,每一次逃脱死神的魔爪,让回光返照成为无人问津的"流浪成语"。这无疑使我们对母亲病情的好转充满了期待和信心。

见母亲醒了过来,我欢喜之余,甚是好奇,试探性地问母亲,妈,您昏迷的时候有没有做梦?母亲说,没做梦,跟睡着了一样,你们说话我都听得见,就是说不出话。我一听,释然了。

不是迷信。听说将死之人在弥留之际会做噩梦,会梦见奇奇怪怪的人和事物,民间说是魂魄去了阴间报到,不久就会归西。记忆的闸门被打开。父亲去世前的一个星期,一天清晨,父亲颤颤巍巍地走出房门对我们说,他梦见家里围坐了一屋子人,都是死去的村民。母亲悄悄对我说,你爸可能不行了。我被疑惑萦绕,想,父亲好好的怎么就不行了呢?

那时候父亲常常无端地摔倒,我们无知地认为,摔倒是因为年老体弱,却从不曾带父亲去医院看看。并且愚昧地笃定,人的老去终究要面对满脸皱纹、白发丛生、身板佝偻、步履蹒跚、手指颤抖、目光浑浊。我们盲目地认定,除此之外,父亲并没有什么疾病,故而依旧不以为然。到现在我才知道,其实,多年前父亲就有慢性病的表现。如果去医院医治的话,父亲也许会多活几年,哪怕一年,那也是赚啊。

谁也没料到,此后的事真的验证了母亲的话。几天后,父亲忽然摔了一跤,也没什么大碍,却在三天后猝然离世。

七

母亲好不容易与死神擦肩而过。

我们姐妹仨决定给母亲最好的照顾,给予她无微不至的关怀,恨不得把母亲抱在怀里,像小时候母亲待我们一样,擦洗、喂食、翻身、盖被……不休不眠地陪伴照顾。我们仍觉得无以报答母亲的养育之恩,只有母亲活着,才是我们最大的快乐和幸福。

我们甚至不敢想象,人终究是要死的,不管穷富。

有一天,大妹九岁的外孙女杨舒棋说,她看到隔壁病床上的老大爷在流泪,看到被我们无微不至地照顾老太太,老大爷感动地哭了。那位老大爷有四个儿子,他躺在床上,病恹恹地一个人默默流泪。只有一个儿子带着媳妇偶尔来看他,却没有好脸色,甚至对他大声呵斥。有时早上送来几个包子、馒头和一碗稀饭,扔下就走。老大爷低声下气可怜兮兮地问,走了哇,什么时候再来看我?"不知道,有空就来。"儿子、媳妇撂下这句话,扭头就走。老大爷伤心地叹息,唉,作孽呀,生了这么多个孽障,要是有一个女儿就好了。

八

小妹通过熟人关系找了医生,我女儿同学的老公也在安庆市立医院工作,母亲转院就便利得多。我们从医院急诊室推了一辆车直接上十三楼心血管疾病住院部,在走廊里等待。找的那位医生出来查看了所有的片子和县医院的出院小结之后说,老太太的病没有什么能用的特效药,年龄这么大,身体机能都老化了,如同一台机器,转着转着就转不动了,不如回家调养。市医院的结论和县医院的大致相同。

此刻,恍若所有希望都破灭了,我感觉自己坠入了深渊,一坠到底。我告诫自己,切莫放弃,不能让母亲被死神裹挟而去。我激动地哀求医生,没关系,就让我母亲住下吧,麻烦帮我们看看。这样回去,我们心有不甘啊!小妹和我女儿又是一通电话打来。过了一会儿,刚才那位医生出来说,现在没有病床,要等到下午五点。这么长时间,老太太在过道里受得了吗?没关系,我们等。真是幸运,小妹找的医生和女儿找的医生,在同一科室同一小组。我窃喜,天助我也!天佑母亲!我们猜想,这样就没有微妙的弊端和尴尬了,两位医生可以一起商讨治疗方案。我们顿时心情大为放松。

母亲住进病房,很快输上了液,护士拿来了治疗心脏病和胃病的药。主任医师说,老太太腿浮肿,体内有积水,要吃点利尿药。第二天清晨,护士抽了母亲四管血化验,第三天早上又抽了八管。母亲虚弱无力、气若游丝地躺在病床上。我觉得母亲的血都被抽干了,心揪起来痛。可又有什么办法呢?医院也是为了治病救人。我们正担心母亲抽这么多血身体吃不消,两位熟悉的医生又来询问母亲病情,这给了我们些许安慰。

市立医院不愧为三甲医院,医学水平令人赞叹。母亲入院后,没有做CT,也没有做核磁共振,病情却一天天好转。母亲能自己用手撑床坐起来了。医生说,老太太是发烧后太虚弱了,这么大年龄已经很不错了。这几天给老太太输些营养液,下个星期就可以出院了。

我问医生,如果我妈回去好好调养,能活到一百岁吗?医生说,能,老太太就是身体太虚弱了,回去加强营养,少吃多餐。只要营养均衡,能得到很好的照顾,活一百岁不是问题。彼时,我意欲振臂高呼,内心雀跃。

二女儿笑道,医生是在您的诱导下说的。这话有待琢磨,我可没诱导你。但是,医生的话确实听起来令人振奋。

九

父母养我们的小,我们就该养他们的老。这是不变的至理名言。

父母在,家就在。父母在世一天,我们就该好好孝顺他们一天,那样才没有遗憾。

现在社会上,在对待老人的问题上,很多乱象与做法令人不齿。有些老人在世时得不到儿女的孝心和照顾,甚至被冷漠和粗暴地对待。等老人死了,儿女们却大张旗鼓地讲排场,灵堂搞得喧哗不已、热闹非凡(很多地方请人哭丧),送葬的队伍长龙似的(有些地方请人送葬),游行般轰轰烈烈。试问,一个不孝之子将父母的丧事办得再隆重,父母在天之灵就能得到安慰?特别是有些农村地区,大肆操办丧事,隆重程度丝毫不逊色于一场婚礼。婚礼只有一天,而丧事则要持续三到五天,甚至更久,直至守丧人筋疲力尽。死者为大,我就不多说了。攀比之风的蔓延令人无从言说,灵魂又能否得以升华?对于一个不孝之子来说,这些有什么用呢?还不是做给活人看的!这是面子在作祟。俗话说,人死如灯灭。大办丧事对于离去的人又有何意义?

前几天,我看了一档电视节目。一位大学教授把儿子培养成才了,出息了,竭尽全力帮助儿子在美国定居,并结婚生子。有一天,老爷子生病了,打电话给儿子。儿子说,爸,我工作很忙,您那是慢性病,我回去也没用。一个月后,老人驾鹤西去。儿子痛哭流涕,后悔不已。

多少人都是如此,父母在世的时候都说自己忙,没有时间和精力关心照顾他们,只顾自己的小家庭,忙自己的工作,把父母忘在了脑后。

反思自己,父亲在世的时候(父亲七年前去世了),我何尝不是这样?那时候,忙生意、忙照顾三个孩子,甚至连吃饭睡觉都成了奢侈。

安庆虽然离位于彭泽的父母家不远,但我一年最多回去三次,很多时候都是匆忙地吃一顿饭就走。

父母对儿女舐犊情深,又得到了多少回应?

也许,失去了才会成长、才会沉思、才会觉醒、才会觉得珍贵。珍惜拥有的东西吧!如今,我依然很忙,可我再忙,也要把对父亲的不孝转化为孝心倾注在母亲身上,这样才能弥补对父亲的亏欠、对母亲的不公平。以前,母亲为我们操劳,没有享过一天清福。直至七年前,大妹承载着家族的托付与重任,放弃城里的一切,奔赴老家陪伴照顾母亲,母亲才得以过上好日子。而如今,母亲成为老家长寿幸福老人的标杆和被羡慕的对象。

可是,为了生计,我们有时也身不由己,家庭、生意、工作、孩子……都要兼顾。自古"忠孝不能两全",一些事往往事与愿违。有一句话说得好,"计划永远赶不上变化"。就像今天的我一样,不得不离开大病初愈的老母亲,回到安庆过自己的日子。

十

欣慰的是,母亲出院后,状况一天比一天好,这还得益于大妹做的营养餐。

这里要说说大妹,这个"父母不喜欢的女儿(不能定义)",最后还是她陪伴左右,照顾母亲的饮食起居。母亲不挑食,肉类、鱼虾等都成了母亲的盘中餐。另加一种纯中医保健品作为辅助治疗的食物和营养品,以提高母亲的免疫力及食欲。在我们的精心照顾和不懈努力下,母亲的气色和身体状况日益见好,从原来的不能吃到少吃，从少吃到一日多餐，从一日多餐到食量增大。母亲按照我们的期望一步步向前，她逐渐可以独自吃饭，一个人拄拐棍去后院上厕所。

母亲一天一个变化，好消息纷至沓来。

那日，母亲认真地端坐在小凳子上，看我择菜。平时空茫混沌的眼睛，此刻却闪耀出别样的光芒。她痴迷地看着我手上的动作，跃跃欲试。我笑道，妈，您不是想择菜吧？母亲笑笑，摇摇头。我说，妈，以后您不要做事，这次您就是累病的。您说您那么大年龄了，还去地里拔草。说着说着，我认真起来，妈，您以后真的不能这样做。医生说，您不能弯腰低头，不能用力做事，您只管睡觉、吃饭或在家门口逛逛。最后，我郑重地说，妈，您要是想长寿的话，就不能做事，知道吗？我知道母亲求生欲望强，拿这句话吓唬她最有效。母亲喏喏着说，不做事了。

大妹"投诉"说，妈就是那天拔草累病的。那天气温很高，妈一上午都在地里拔草，中午回家累得大张着嘴呼吸，气喘吁吁的。吃过中饭，她又去地里拔草，天黑了才回家。从那天以后，妈就打不起精神，总是无精打采、浑身无力。

我后来问母亲这事，她得意地说，我那天把一菜园子的草都拔掉了，拔得干干净净。这是多么难以完成的劳动呀！我们调侃大妹是"种菜狂魔"，她把那些出去打工或者去县城落户人家的闲置、荒芜的土地都种上了菜。一菜园的地是多大？起码有一亩吧。一天的工作量，一个壮劳力都难以完成，一个九十多岁的老人居然做到了。那是何等的劳作啊！真是令人咋舌！

大妹说，母亲做事有瘾，她总是偷偷地去做事，拦都拦不住。比如，大妹摘茶叶去了，母亲看大妹走远了，就悄悄地去后山摘一围兜茶叶回家。大妹无可奈何。有时，她吓唬母亲说，妈，如果您累病了，我就回安庆，把您一个人扔在老家，不管您了啊。她们两个人工作都忙，更不会管您。母亲把大妹的话当耳边风，你说你的，她做她的。大妹只得用迂回战术，找我们轮番劝说母亲。

我本来计划在老家多待几天，等母亲生活完全能够自理了再回安庆。因为，母亲生病住院以来，我一直伴其左右。那天回家，小女儿惊讶地说，妈妈，您头发全白了。我吓了一大跳，难道"一夜愁白了头"不是讹传？我立马照镜子，没白呀？女儿说，您一边头发全白了。没有那么夸张吧？我看了看镜子，还真是，一边鬓发全白了。家里和店里许多事都等待我去处理，可耄耋之年的母亲在世的时日有限，在这有限的时日里，让母亲过好每一天是所有家人的责任和夙愿。

母亲一生都是为我们而活着，她没有自我，一辈子活在子孙的影子里。母亲没有作茧自缚，却也没有破茧成蝶。她攒的每一分钱都为下一代所用，甚至没有为自己买过一件像样的东西。记忆里，母亲一辈子都没有找儿孙们要过任何一样东西。

看到母亲清瘦的面容，看到她体态轻盈地漫步在山野阡陌间，我仿佛看到上十岭的晨曦睡眼惺忪，氤氲的晨雾像一个美少女般曼妙而羞答答。很多农户家的大门还没有打开,母亲便提着菜篮去菜地摘菜。此情此景,让人感到清新而惬意。

知道家人要回来,母亲便喜颠颠地毫不吝惜地去小店剁肉,买黑鱼、鸡爪、鸭掌、河虾、水果等等。母亲吃力地拎着大袋小袋走在回家的小路上,时光赋予母亲恬静和温婉的气质,而她瘦小的身躯被乡村的景色映衬得格外醒目。从背后看母亲清瘦而缓慢的身影,我想,倘若给母亲披上一件雪白的斗篷,一定衬托得她宛如一位踏雪寻梅的女子,岁月覆盖不住母亲自身的光芒。

十一

我很高兴,或许是我们姐妹的坚持和不离不弃的恒心,让母亲得到了新生。或是老天垂怜我们,被我们的孝心感动了吧!我们曾暗暗发誓,只要有一线希望,就算倾尽所有,也要尽百分之百的努力保住母亲的生命。这不是口号,事实证明了一切。

很欣慰,现在我能安静地坐在电脑前专心致志写这篇文章,无须为缠绕母亲的病情分心。写作过程中,我即便数次落泪,那也是被母亲顽强的生命力所感染,继而感动,感慨上天公平,让母亲又实实在在地回到了我们身边。

说一千道一万,归根究底,母亲是自己救了自己。

那天在县医院的时候,在去留问题上,在生与死之间,她选择了"生",而不是"死"。回头想想,好悬。那天,只要母亲点头了,一念之差,生死牌落地,谁能决定母亲生死?

母亲顽强的生命力和求生欲望,令人叹服!

关于母亲的好消息不断传来。

前几日傍晚,大妹在视频中说,母亲那天去河州菜园了。她说,母亲拄着拐杖蹀躞着,去菜园陪她做事。母亲把地里的菜都看了个遍,瞅瞅茄子、西红柿、辣椒,摸摸西瓜、甜瓜、豆角,看看韭菜、芝麻、黄豆、玉米、花生、向日葵,像看到自己的孩子一样,高兴得合不拢嘴。

大前天,母亲推着轮椅,独自去河州陪大妹打理菜园。她坐在自己推来的轮椅上,笑眯眯地看着满园春色,恨自己不能亲手劳作,轻抚这郁郁葱葱的蔬菜。

前天,母亲不用拄拐杖,一个人蹒跚着去菜园和门前的公园。

昨天大清早,大妹听到唰唰唰的声响。咦,是谁在扫地?大妹出门一看,原来是母亲。妈,你不要动,快坐下来休息。母亲说,不要紧,我活动活动。

今天,大妹发来视频,母亲提着菜篮子,又去河州摘茶去了。

十二

母亲奇迹般地活了下来。在鲜活的生命面前,我们俯首,因为没有谁有权剥夺别人生存的权利。

人类从远古的洞穴一直走到今天高度发达的信息化社会，多少文人墨客用浓墨重彩的笔触，抒写着人间的色彩。"生命之花，永不凋落"只是文学对人类生活的一种描述。在生命之重面前，时间抑或成为生命的底色。

与晚霞一起消失的父亲

一

我不记得多久没回去了。那天回家探望父母,老远就看到一个老人佝偻着背,颤颤巍巍地在老屋前,步履蹒跚,不时向村子路口方向张望。我心里犯嘀咕,这老人是谁?难道是父亲?不,不像。定睛再看,原来真是父亲。看到父亲老态龙钟的样子,我心里不由得难过起来,思绪纷飞。父亲何时变成了这般模样?曾经那个意气风发、英俊挺拔的父亲不见了。我甚至产生了错觉,眼前这位衰老呆滞的老人是我的父亲吗?

没看到回家的我,父亲慢吞吞地转身,挪步去邻居家串门。父亲老了,老到快走不动了。我难过得有些泪湿,快步向老屋走去。

吃饭了。吃,吃什么好东西?又吃糊汤了吧,弄点好的吃,钱留着生钱啊?你这个死老头子又来戏笑我,你吃什么好东西了?又喝酒了吧?整天把酒当饭吃,这么大岁数了,也不知道注意身体。邻居大妈笑着揶揄父亲。说笑间,父亲一个趔趄险些摔倒,我快步跑上去搀扶他。不用你扶,我还没老到那一步。父亲瞪我一眼,试图甩掉我的手,嫌我多事一般推了我一把,却没用多大力气。父亲扭过头,刚反应过来似的说,啊,女儿,你回来了。

耄耋之年的父亲像很多老人一样,不仅脸上肌肉沉滞,显现出僵硬,身体也是,行动迟缓、弓腰咳嗽等状态都一一呈现,但精神尚可。我们猜测父亲是因为长期饮酒而引起酒精中毒。他一辈子好面子不服输。看到父亲老态龙钟的样子,我心里发酸,觉得喉咙有些发硬。爸,你慢点,不要摔倒了,老人就怕摔。摔死了好,人活一辈子图的就是死得轻松。眼一闭,腿一蹬,死了!前世修来的福气啊!人生自古谁无死?我是死过多次的人了,不怕死。父亲这句话倒是说得很利落。他常说,人总有一死,只是迟死和早死罢了。

我每次从父母家离开,父亲都眼巴巴地看着我的背影,低声不舍地问,那么忙?难道就不能在家住一晚上?得到的回答是摇头。父亲无奈地叮嘱,女儿啊,不要太累了,要懂得劳逸结合,要注意身体呀!

我后悔,那时候哪怕抽一点时间回去陪陪父亲,哪怕跟他说说话也好啊。如今,父亲那殷切的目光总在我眼前晃动,我常在梦里与父亲相见。梦境模糊而荒诞,亦如灰色的人生,但一点都不影响我们父女相见的欢愉。梦里,父亲鲜活地与我说话。他还是老样子,有时直率急躁,有时儒雅绅士;有时谈笑风生,有时沉默不语。父亲性格的双重性在梦里体现得淋漓尽致。梦里，有时我同父亲在一起也不知道具体做些什么、说些什么。尽管梦境虚幻而缥缈，但我与父亲生活的日常影像常在梦里再现，那动感的画面在梦里回荡缭绕。

父亲不怕死，他早已将生死置之度外。

小时候常听父亲说，他从七岁那年做八路军交通员，冒着枪林弹雨送情报时，生命就不属于自己了。他说，战争年代，一个有着坚定的革命信仰的人，为取得伟大革命的胜利牺牲个人生命是值得的。

我的父亲，一个老革命、老党员，常常热血沸腾地回忆过去的峥嵘岁月，而那对于和平年代的我们来说仿佛很遥远。

二

父亲七岁时给八路军送情报，《小交通员虎子》一文就是为了纪念父亲不为人知的英勇事迹。父亲在战争年代迅速成长起来，十八岁时就光荣地加入了中国共产党。年轻的父亲激情澎湃、展翅翱翔，开始了他火热的人生征程……

1956年，二十六岁的父亲任九江市铁路局铁路连连长。因为打得一手好枪，"双枪连长"的绰号远近闻名。

小时候听父亲说，他使双枪能左右开弓，百步穿杨。他还得意地说，牛皮不是吹的，得用事实证明卓越。

父亲生有一副好皮囊,英俊挺拔、气宇轩昂,站如松、坐如钟、行如风。俗话说,长成的相,熬成的酱。就像命运,上天都是安排好的,谁也不能违背。能说会道、相貌堂堂的父亲很有吸引力。正常情况下,他不亢不卑,大义凛然,威严而不失亲和,似乎还有绅士风度。用现在的话说,这样的男人是女人眼中的"高大帅"和"男神"。

三

一晃两年时间过去了,美好的生活总是转瞬即逝。不知何故,毫无征兆地,父亲忽然就被下放了。父亲被下放到家乡九江市彭泽县,担任杨梓人民公社社长。

也好,起码回到了原籍,也算是叶落归根吧!父亲安慰自己。

可是造化弄人,一年后,父亲还是丢掉了"铁饭碗",真正开始了他人生的长途跋涉——做了一辈子农民。据知情人说,与其说父亲是吃了坏脾气的亏,不如说是俊美的长相害了他。那人冲我赧然一笑说,说到底,你父亲是吃了女人的亏。我为父亲的命运而嗟叹。

然而,父亲的落魄,对于母亲来说不知道是好事还是坏事。反正,明眼人还是看得出来,母亲有一些小窃喜。的确,母亲一颗七上八下的心终于落了地。

父亲回到了上十岭，离他曾经工作过的杨梓远了些。这当然也是好事，毕竟没有同事间抬头不见低头见的尴尬。

父亲不忘剃头匠的手艺，农闲时挑起剃头挑子走乡串户给人理发。父亲认为，荒年饿不死手艺人，多学一门手艺不是坏事。他揣摩着学做篾匠。走村串户剃头的间隙，父亲就看篾匠师傅劈篾，看篾匠师傅怎样把一根竹子弄成各种各样的篾，然后编制成簸箕、篮子、箩筐……回家他就自己学着做。后来，家里所有的竹制品都是父亲亲手做的。

四

父亲喜欢看书，尤其是《西游记》《红楼梦》《三国演义》《水浒传》《论语》《孟子》《易经》和《说唐》等经典书籍。记得儿时，我们经常听到父亲如老夫子般"之乎者也"。父亲常常教导我们，要多看书，学文化知识。

我从小受父亲的熏陶和言传身教，于潜移默化中懂得了很多做人的道理。

父亲饱读诗书，通过好口才将所学知识发挥和展现出来。他身边总是不乏追随者、崇拜者、爱慕者。可是，任何事都有两面性。对于隽拔的父亲，旁人难免有非议。即便"躲在"乡野，还是因此招来羡慕、嫉妒和打压，甚至诽谤。

经历那么多事，父亲什么样的大风大浪没见过？父亲坦然地说，我一不当官，二不偷抢，怕什么？他坦荡、不亢不卑的气度，令人钦佩和折服。

读名著，父亲能记住书中大概情节和精彩的部分。这些书被父亲反复精读。毫不夸张地说，书中的内容他能记住百分之八十。

父亲常说，书中自有黄金屋，书中自有颜如玉。他用书来充实自己，调整心态，忘掉过去，展望未来。父亲的话如教科书般给予我启发，让我受益匪浅。

经过数次打击和变故，父亲心灰意冷，被生活磨平了棱角。他反省自己的不足，并打趣道，人都会犯错误，知错就改还是好同志嘛。正如"人总是会变的"，父亲真是变了，变得豁达幽默、明智理性。虽然潦倒了，但他没有气馁，潜下心来看书学习和修身养性，偶尔也去田地里转转，帮母亲干点儿农活。父亲认为他干农活是帮母亲干，因为他凭自己的手艺可以养家糊口，为家里分担，只是分工不同罢了。当然，家里的重活父亲也干，譬如用牛犁田耕地、打谷挑坝之类的体力活。

父亲剃头很辛苦，常常要走村串户。剃头的酬劳有现付的，也有年付的。没钱付的，酬劳就五花八门了，有人给布料，有人给鱼，有人给鸡蛋，有人给鸭鹅，有人给面条，有人家里杀猪了，就拿猪肉抵剃头的工钱，还有人拿大米和五谷杂粮来抵账。虽然没有多少钱，但那时候我们家的生活还算好的，起码吃穿不愁。

五

特别值得家人骄傲的是,父亲会说书。这种技能不是一般人能够掌握的。而且,父亲说书说得不是一般的好。

记得小时候,村里男女老幼,甚至周边的人,经常聚在我家门口听父亲说书。那时候还没有单田芳评书,在我们听来,父亲说书不亚于现代评书。奇怪的是,不管多忙,父亲总能挤出时间来说书。

父亲说书,每次说到关键时候便戛然而止,然后神气活现地说,想知结果如何,且听下回继续。每每弄得村民心里痒痒的,意犹未尽。没听过瘾,大家便拖着求着父亲接着说下去。有时,父亲也卖起关子,故意说,我要去做事了,嘿嘿,可有人帮我做事啊?村民忙不迭地答道,帮,帮,我们当然帮你做事,你是"大老爷"呢。父亲知道他们也忙,听书耽误了不少人的农活。他暗忖,自己过了说书的瘾就舒坦了,但事总是要有人做的,只要他们在农忙的时候帮衬我们家一把就够了。但村民们会用自己的方式感谢父亲,逢年过节的时候,他们拿出好吃的,鸡蛋、粑粑、面条,偶尔还有红烧肉、煨汤和鱼,热气腾腾地端来一碗。意外的是,还有村民送来自酿的米酒,分量不多却是村民的心意。当然,米酒是父亲的最爱。

那个年代,这些吃的已经是很好的物品了。父亲不收,村民就说,你不收,我们怎么好意思再听你说书呢?说书耽误做事不说,还要耗费精力和体力。老胡,你喝口水,歇歇,看你说得口干舌燥的。往往说话间杯子就递到父亲嘴边了。父亲看到乡邻们这么殷勤,怎么好意思推托?于是只好继续说下去。有人匆匆来了,有人匆匆走了。有时候说着说着日上三竿了,有时候说着说着天就黑了。特别是逢梅雨季节和暴风雨天气,农人们被困在屋里,啥事也干不了。当然,为了听说书,他们总能编造最好的借口。

还好,村民们懂得劳逸结合。他们忙闲两不误,大体上忙完了该干的农活,也没耽误什么。那时候,春秋两季,父亲可以在家门口说书。冬天冷,就只好在家里说了。我家里总是宾朋满座,闹哄哄地被挤得水泄不通。到了饭点,父亲偶尔会挽留他的"铁粉"和好友吃饭。这样一来,母亲就要忙上一通了,毕竟家里有客人吃饭,总要弄几个菜吧。面对父亲的自作主张,老实的母亲不好驳父亲的面子,只好缄默不言。她的脸色也不知甩给谁看,反正抱怨从来都是说给她自己听。

父亲好酒,但喝酒非常有节制,中午和晚上各喝一杯。他估摸着说,我一餐就喝二三两酒,多一点都不喝。父亲是醉怕了。他回忆说,年轻的时候,有一次,几个好友一起拼酒,喝了几大海碗,醉得不省人事,被人抬回家都不知道。他几天都回不了魂,那次险些丢了性命。父亲一生中,每天喝两餐酒的习惯从没间断过。

父亲很有影响力和号召力,会"呼风唤雨",总能吸引人。

清晨,早起的鸟儿找虫吃的时候,家门口就陆续地来人了,他们聊着家长里短。但只要父亲参与进来,话题就马上演变成谈论书里的人物及事件,或者当前的时事。接下来,人一多,大家便自觉地呈扇形散开,父亲也开始翕动他的嘴皮子说书了。

孩童时候的我特喜欢这样的场景,还真是应了那句话:"水涨船高,人抬人高。"家里人多也闹腾,而我竟然欢喜得不得了。在我们心里,抑或在母亲心里,应该都为有这样有本事、有能耐的父亲和丈夫而感到骄傲和自豪吧!

因为我们觉得,不管父亲处于高处抑或低处,平凡抑或不平凡,他都是一颗闪耀的星星。

父亲真是了不起,上知天文下知地理。村民们遇到不懂的事就来向他讨教。

父亲记性好,口才好,出口成章。

我颇感震撼,书里这么多故事、情景、事件、人物,他怎能都一一记下来呢?我对父亲膜拜得五体投地。

那时候,我不明白大人们为什么总是天没亮就起床,难道他们是金身银塑?而我总也睡不够。

父亲说的书仿佛是催眠曲,外面再吵,我总是睡得很沉很香,像个瞌睡虫一样贪睡。躺在床上迷迷瞪瞪的,如至九霄云外。那时候我总是把欣喜挂在脸上,听着故事进入梦乡,雷打不醒。梦里自己就变身为书里的某个角色了,譬如林黛玉,譬如孙悟空,譬如程咬金……舞呀,飞呀,跳呀,打呀,闹呀,跌入悬崖,冲进云霄,跳入火海,飞檐走壁,无所不能,神通广大,三头六臂。

父亲很喜欢《隋唐演义》里的人物程咬金,受他的影响,我们也喜欢程咬金。也许父亲的性格里就有程咬金的影子吧!他把程咬金说得活灵活现,他口中的程咬金是个性格直爽、粗中有细的福将,既有趣味又有灵魂。程咬金使用的兵器是一柄斧头,他"三斧定瓦岗"的故事时常在我的梦里出现。

父亲很有说书天赋,这跟他幽默风趣的性格分不开。他不光说书,在说书的间隙还穿插一些有趣的成分进去,通过娱乐的形式再现书中的人物形象和故事,把听众吸引到故事中去,使之和书中人物的感情融合在一起,共悲喜,同欢乐。或许,这就是说书人最想达到的目的和境界吧!

父亲的"说功"有目共睹。虽然他不像单田芳那样善于用口、齿、舌、喉的技巧,但他说得利落,句句送到听众的耳朵里。父亲话语中夹杂的乡音,在乡邻们听来是最美的语言,让人感到分外亲切。他吐字清楚,力道适中,声音嘹亮,富于感情。

真是印证了这句话,"世间万事万物都是一柄双刃剑"。

父亲说书"招蜂引蝶",一有风吹草动,母亲就受不了了。在众人面前,母亲不动声色,但私下里气恼,碗筷被弄得叮当响。

母亲是个简单的人,尽管她压抑着自己的情绪,但只要她不高兴,父亲就能感觉得到。没人的时候,父亲就阴下脸诟病母亲,又怎么了?谁惹你了?无端猜疑,神经病。他说这话就好像此地无银三百两。母亲气咻咻地悄悄抹泪,我求求你,不要说书了好不好?话说得软绵绵的,没有多大力度。父亲继续我行我素。

长此以往,听者快活过瘾,又有谁知道,我母亲眼里却常常噙着泪水?她数落父亲,说书能当饭吃吗?每天家里一大堆人,挤得水泄不通,做事都碍手碍脚的,这日子还怎么过?

可是,这话很快就被一阵风吹走了。

父亲依然我行我素。

母亲是个典型的贤惠传统的农村妇女,知道有些话不能当着大伙的面说,常常在背地里唱独角戏。有时父亲高兴,也蛮尊重母亲,就拿话哄她。有次母亲又为这事发牢骚,父亲哄道,莲,又生气了?你不喜欢听我说书吗?大家可都喜欢听哦,等闲了我说给你一个人听。就说得好听,什么时候说给我一个人听过?恐怕是说给"别人"听的吧,就一张死嘴说得好听。母亲好哄,她撑父亲,其实心里的气已经消了。她心里暗忖:那个人,一看就是死要风光的样子。

哈哈,懵懂的我好像知道母亲嘴里的"别人"是什么意思了。

父亲继续谈天说地、幽默风趣,家里依然宾朋满座。母亲时常也会放下手中活计,津津有味地听父亲说书。她听得入迷,常常忘了锅里的饭菜,等烟雾缭绕焦味扑鼻的时候,她才跳起来,不得了,饭菜烧焦了。

生气时,母亲也口无遮拦,悄悄骂父亲,就会耍嘴皮子,什么说书?就会招摇,引得那些女人像苍蝇一样围着嗡嗡叫。

当然,这话仿佛是说给她自己听的,尽管母亲常常把我们当空气,但父亲肯定听不见。

我知道,母亲这样是有原因的。

六

父亲的世界犹如万花筒般色彩斑斓,而母亲的世界里只有家,她大字不识一个,依赖于父亲。父亲就是她的天地,孩子们就是她的全部。母亲整天围着锅台、家人及田地转,没有自我。古话说,"女子无才便是德","重德不重才"。这不只是古人的事!母亲的贤淑、豁达、善良也是父亲最满意的地方。母亲的相貌用父亲的话说是雷头凹眼……至于母亲好看不好看,就另当别论吧。母亲身体胖瘦不匀皮肤黝黑倒是真的。父亲对母亲的蔑视和不屑显而易见,每次我们总免不了撇撇嘴,为母亲打抱不平。爸,你就知足吧!如果不是妈妈包揽家里家外的一切事务,精心伺候、宽容体谅,您哪有那么多闲工夫自由快活,看书说书,想干吗就干吗?恐怕早就成大老粗了吧!

后来,我问母亲为什么轻易地同意跟父亲离婚。母亲说自己大字不识一个,又是农村妇女,长得还不好看,父亲有本事、有文化,见过世面,说她配不上父亲,与其天天担惊受怕,不如离婚。这就是我的母亲,她的高度不是身高和相貌可以衡量的。

父亲兴趣广泛,会推牌九和下象棋,甚至会下围棋。

记得儿时,父亲曾经带我去总场看他和场长下围棋。等黑白两色的棋子摆上棋盘的时候,父亲的眼光就再也看不到我了,我早就跑得无影无踪自己玩儿去了。

父亲下象棋更不在话下。我总也厘不清搞不懂那些帅与将、仕与士、相与象、兵与卒之间的关系,棋盘中间的楚河汉界是两军对垒的分界线,这我倒能看懂。闲暇时,父亲找来好友对垒。你来我往,他们时而举棋不定,时而丢车保帅,时而绝路逢生,两人技艺相当,真是棋逢对手不分胜负。

父亲他们推牌九也很有意思,周围围了一圈村民,兴奋的时候玩牌九的人就站起来。牌九比点数,谁的点数大谁赢,胜负立现,干脆利落。你放心,我父亲推牌九从来不赌钱,只是在家里自娱自乐。不管是大牌九还是小牌九,他都玩得很好。这都是几十年前的事了,我耳濡目染也没有学会。当然,我从来没有认真地学过,也从来没想学,因为我对这些不感兴趣,只是扫一眼看看热闹,权当好玩。我觉得,那时候父亲的生活真是丰富多彩。

七

　　想当年,我出来打拼得早,如今也算小有成就吧。离开家乡后,我一直忙于生计,对父母的关心便少了。随着生意的进一步扩大,我回家的次数越来越少,跟父母的沟通交流也越来越少。父母就像陀螺一样不停地运转,像一艘破旧的船随风飘荡,被我遗忘在脑后。而我这艘船则乘风破浪,在暴风雨的肆虐下欲停,回望那艘破船还在原地打转。我想到它可能会沉入水底再也见不到了,心里不免有些酸楚和难过,设想该怎样去补救。等返航去拖曳的时候,才发现,那艘破船如同一块腐烂的木板,稍不留意就会哗啦一声散掉。我幡然醒悟,原来每艘船都会经历岁月的侵蚀、过往的烽烟,结局同样是消失得无影无踪。

　　原来,有时候"化腐朽为神奇"只是空谈。

　　父亲老了,但他骨子里依然清高,甚至有些自负。他从不服老,凡事好面子。对于我们的关心和不安,他不屑,还很固执,并一再重申,我还没有老到需要你们照顾的程度,等我动不了的时候再说。我知道,衰老的父亲已没有了昔日的风采。他性情大变,喜欢清静安宁,或许是不愿平静的老年生活被打扰吧!可这不是理由,父亲或许是不想我们为他付出太多,因为他觉得,有老伴照顾就够了。他常说,孩子们有自己的生活,何必去麻烦他们、打扰他们呢?他是不想拖累我们,才找借口搪塞。可我竟然没有深想,不觉之间竟大意地相信了,所以也没有坚持要照顾父母的晚年生活。直到有一天父亲不在了,我才恍然大悟,才毅然决然地采取措施。我们安排妹妹照顾孤独的母亲,从此,两人相依为命。

父亲在八十六岁那年莫名其妙地摔了一跤,要怪就怪那绮丽诡异的晚霞。

说来也怪,那天傍晚,晚霞肆意地涂抹着天际,半边天都红了,红彤彤地印染在西边的山冈上。父亲朝着晚霞,慢悠悠地从家里走出去。我看见父亲脸上挂着笑,恬静、苍茫、孤独、诗意、安然,这些神态表情交织在一起,就像梵高的油画,粗厚、喷薄、绮丽、灵动,好像有什么好事要发生。我好奇地跟出去,离父亲不远,观察他的举动。

父亲来到远处的一块荒地里。

那是深秋,草有些枯黄了,散发着热气和植物死亡的气息。

父亲立定,昂头朝着晚霞看去,如雕塑般。他自言自语,莲,你快来看,火烧云,半边天都烧红了,这是谁要走啦?我回头,没看到母亲。父亲一个人语无伦次,火烧云,咋把半边天都烧红了呢?看哪,好大一片云,看那一朵,变成了马,变成了牛,又变成了龙。看,齐天大圣登场,七仙女下凡。我能上天吗?骑大马挂大刀,飘呀飘,不知要飘到哪里去?驮我一起去好不好?爸,您一个人自言自语地胡说些什么呀?我问父亲。父亲好似没听见一样。看,看,火烧云,火烧得好烈呀,真热,热,热。父亲热得脸色通红,满头大汗。说完,他嘴角挂着笑,慢慢地倒下去,很是蹊跷。

我快步跑上前去,但还是慢了。我扶住父亲倒地的身子问,爸,爸,你怎么了?刚刚还好好的,摔到哪里没有?说完,我瞅了瞅父亲全身,好像都正常,没发现摔坏哪里,只是额头上磕破了一点皮,出了一点点血。擦拭完血迹,我用手掌按了按父亲的额头,好烫啊,不知道父亲到底是发烧还是热的?而彼时,破皮处的血又溢了出来。我吓得不轻,也像被火烧云燎了一样,热汗和着泪水肆意流淌,像决堤的洪水。我哭得稀里哗啦。

我拖着哭腔抽泣着问,爸,爸,你怎么了?快,快来人啊!快送医院,我急得大叫。父亲喘着气说,不……不要紧,我……我没事,休息一下……一下,就好了。说完,父亲勾起头,努力地凑近我的耳朵说,儿啊,我……我……我要跟晚霞一起……一起走了,你替……替我……交……交、欠……欠下的、欠下……欠下的党费。

这个时候,父亲一点都不糊涂,跟刚才判若两人。后来我想,这可能就是人们常说的回光返照吧。

父亲一只手哆哆嗦嗦地伸进内衣口袋里,颤抖着掏出一个红布包。我急忙打开红布包,看到一张发黄、毛边、字迹模糊的党费证。

"宇宙万物,世间百态,一切都像是安排好了的。"这些漂浮在形而上层面的东西没有谁去定义。我想,总有一天,我们在晚霞里也能看到自己的影子。"一切恍若真的,一切又恍若虚的",真真假假,虚虚实实。

一定是晚霞带走了父亲。

他走得很匆忙,甚至没来得及与家人道别。

父亲和晚霞一起消失在宇宙深处。这或许就是宿命,也或许是一种最好的灵魂归宿及臆想吧!

我的父亲,瞅准空当驾鹤西去,留给子女一个费解的背影。父亲以这样不可思议的方式,头也不回地走了,"六亲不认",决绝且胸有成竹。

回顾父亲的一生,用一句话概括就是:前半生活得精彩纷呈亦波涛汹涌,后半生却活得自由自在舒坦而平静。那么,父亲是否卸下了心中的那根弦?父亲出殡那天,上十岭垦殖场党委派人送来了慰问款和挽联。挽联上书:严颜已逝,风木与悲;精神不死,风范永存。

尾声

随着时代的变迁和时间的推移,许多事、许多人、许多东西都被遗忘在历史的车轮下。同样,我的父亲,因为长久得沉寂,他的事迹已经鲜为人知。

父亲那张浸染着年代和历史的老照片又浮现在我的眼前,

那些被年代封存的过往,恍如一幕幕电影般在我眼前回放演绎。

一个风华正茂的年轻男子,目光深邃,自信而不羁,脸上掩盖不住青春的朝气。而我母亲则是一个普通的村妇。这两个来自完全不同世界的人,无论是性格外貌还是见识都大相径庭,而他们却被无形的枷锁禁锢,抑或被某种契机和推手撮合在一起,以至于他们的婚姻风雨飘摇,闹得一夜风云突变也就不足为奇了。父母磨合拼凑一生,到老却也融为一体。老话说得好,"少年夫妻老来伴"。真可谓"人老六十无男女"啊。

父亲常入我的梦境,而妹妹们的梦里从来都没有父亲。

她们似乎很希望看到父亲,甚至有些羡慕我。

特别是我在写这篇文章之前,梦见父亲的频率越来越高,一个星期能梦见两三次。梦里的景象很是模糊,具体说了什么、做了什么、看到了什么,我都记不清楚,只记得梦里的一切都是灰色调的。反正,梦里我跟父亲说话,父亲跟我说话,有时两人相对无语,有时身处险境,有时又一片祥和,梦境稀奇古怪、乱七八糟。我猜想一定是父亲催促提醒我完成这篇文章的创作吧!

一天深夜,我躺在床上辗转难眠。尽管本文的构思已经初具雏形,但那一刻,文思如潮水般涌来……我不想熬夜,想等明早睡醒了再写,于是强迫自己入眠,但越睡越清醒,怎么也睡不踏实。不知过了多久,迷迷糊糊中我听到电脑线轻碰桌椅的声响,一下,两下……我睡眼惺忪地爬起来把凳子移开,把电脑线晃了晃、理了理,然后爬上床继续睡觉。迷糊中又听到跟刚才一样的电脑线撞击桌椅的声音,一下,两下,三下。如此折腾不如不睡了,我对自己说。于是索性起床坐到电脑桌旁,打开电脑写了起来。那夜,灵感如泉涌,我一气呵成写了上万字,直到东方破晓。真是奇怪,这件事或许会对我构成某种程度的心理暗示吧!我推测,父亲知道我跟他一样喜欢看书、喜欢文字。总之,他是希望我将他的生平事迹写下来,完成他的心愿!

当然,有时候梦里的一切都很美,也很虚幻。

有一次,我对妹妹说,昨晚我又梦见老爸了。与以往不同的是,这次梦里有了色彩,好漂亮啊!还记得咱家门前那两棵高大的枣树吗?梦里,高大茂盛的枣树,一边开满奇异的花朵,一边结满香甜的果实。地上到处散落着珍珠和玛瑙,金子在草丛中闪闪发光。爸爸手捧熟透的红枣,笑容可掬地问我吃不吃枣。梦总是模糊的,不记得我吃了还是没吃。妹妹惊讶地说,呃,奇怪,你总能梦见老爸,说明他偏心。

梦里见到父亲还是老样子,我很高兴,恍若他还活着,哪怕活在黑夜里,那也是父亲。

有些事,说怪也不怪,说不怪也怪。自从这篇文章完稿后,父亲再也没有走入过我的梦境。

小交通员虎子

时间退回到1938年的某一天,密集的枪声噼里啪啦地在东升街上炸响。不好了,日本兵来了,快跑!人们惊慌地飞跑,摊位上的杂货被人撞得丁零当啷,撒满一地。一户人家的厅堂里有人在剃头。虎子莫慌,不打紧,你过来,师傅有话跟你说。被师傅称作"虎子"的小男孩有七八岁的样子,是个小学徒,但机灵得很。虎子走上前问,师傅啥事?剃头师傅像变戏法一样,不知从哪里拿出个小竹筒递给虎子,说,快去上十岭八路军驻地报信,日军来了。快,快走,走小路,抄近道,跨过山坳,就到桃红岭了(因那一带山上常有大量的梅花鹿出没,又称梅花岭),再走过一片洼地就到了。你记得路吧?前天我带你走过的路。嗯,知道,师傅我记得,你放心,我一定把信送到。虎子答得干脆。

虎子当然记得那条山路,两天前师傅带着他穿过梅花岭的时候,他在一处山坡上看到几只梅花鹿在悠闲地吃着草。梅花鹿看到有人走过来,撒腿就跑,一转眼就不见了踪影。啊,梅花鹿真漂亮。虎子还是第一次见到梅花鹿,不觉多看了几眼。栗红色的梅花鹿身上长有许多白斑,如梅花般,难怪叫梅花鹿呢!它们的颈部还长有一圈鬃毛,虎子觉得梅花鹿跟其他动物相比有些不同。他忒喜欢梅花鹿,心想不知以后还能不能看到它们。

虎子刚走不久,两个日本兵就迈着八字步端着刺刀凶狠地冲进屋来。八嘎,什么的干活?剃头师傅不慌不忙地回答,剃头的干活,"皇军"要不要剃头?八嘎,八路军的干活,死啦死啦的。日本兵叽里呱啦地叫唤。什么八路军?我们是良民,良民的干活。你们要不要剃头?说完,剃头师傅弯腰做了一个邀请剃头的姿势。日本兵没发现什么破绽,便掉转枪口走了。或许是幸运吧!剃头师傅机智地捡回了一条命,他嘘了一口气。

日本兵在大街上追着人们跑,见人就开枪,打死、打伤了很多无辜的群众。日军下一个目标就是上十岭了,但愿虎子能顺利地把情报送到八路军驻地。剃头师傅心里默念着、祈祷着。其实,剃头师傅是游击队的交通员,他的剃头匠身份是为了掩人耳目。因为剃头师傅要走村串户到处跑,翻山越岭,什么村什么庄,什么街什么镇,什么路什么山,什么岭什么洞,这些地理位置都要摸得一清二楚。没有剃头师傅不知道的地方,且这种身份不容易引起怀疑。虎子是剃头师傅的徒弟,别看虎子年龄小,但他人小鬼大,非常聪明机灵。为了不引起怀疑,剃头师傅偶尔也叫虎子上手学理发。因为身高不够,虎子就搬个小凳子,站在上面给人理发,还真是像模像样。村民们乐呵呵地接受这样滑稽的场面,也有了闲扯的噱头。但剃头的人也有要求,头剃得不能像狗啃的一样,这是底线。当然,有师傅把关和修复,虎子便有恃无恐。

剃头师傅发展虎子也有他的不安和担心。说良心话,虎子还是个孩童,却要冒着生命危险送情报,于心何忍?不到危急时刻,剃头师傅是不会让虎子送情报的。但话又说回来,最危险的地方往往是最安全的。再说了,谁会注意一个小屁孩的行踪呢?基于这点,虎子无疑是最佳人选。每当虎子送情报时,剃头师傅的心就揪了起来。剃头师傅暗下决心,对自己说,这是最后一次了,等送完这次情报,再也不叫虎子冒险了。

可是,虎子跟日本兵有着血海深仇。虎子央求师傅,师傅,我不怕死。虽然我不能上战场杀敌人,但我可以送情报,让八路军杀更多的敌人,给爹娘和乡亲们报仇。

虎子记得,自己第一次送情报去八路军驻地的时候,八路军韩政委蹙眉摸着他的头怜爱地问,孩子,你今年几岁了?这么小就给八路军送情报,难道你不怕死吗?多危险啊,回家吧。我没有家,我不怕死,我爹娘和村里的乡亲们都死在日本兵的屠刀下,我要参加八路军为我爹娘报仇。孩子,你还小,杀日本鬼子是大人的事,等你长大了再来参加我们八路军好不好?不,我现在就要参加八路军。政委,我爹娘和乡亲们死得好惨。日本兵将村民集中在晒谷场上,威胁逼迫村民说出八路军的下落。如果没有人说出八路军藏身的地方,日本兵就每隔半小时杀害一个村民。村民们宁死不屈,最后,他们都被杀害了,只剩下我们几个外出没在村里的人躲过一劫。您派一队人马埋伏在日军必经之路上,打他个人仰马翻。政委惊讶地发现,这哪是小孩呀!逻辑清晰,头脑灵活,嘴像机关枪一样嗒嗒的,眼前的小毛头分明就是一位疾恶如仇的英勇战士。孩子,覆巢之下,安有完卵?苟利国家生死以,岂因祸福避趋之?政委俯身拉住虎子的手接着说,孩子,长大了你就懂了。你是好样的,军人最可贵的品质是忠诚,你有勇有谋,将来一定会成为一名合格的八路军战士,甚至是一位大英雄。真的吗?哦,我会成为八路军和大英雄喽!虎子稚嫩的声音飘散在硝烟弥漫的上空。

这次虎子完成任务后,小身板便瘫了下去。卫生员扒下虎子露出脚趾的破布鞋一看,他的脚血肉模糊,用温水擦拭后才发现,原来是脚上的水泡被鞋磨破了。在场的人无不感叹,这孩子,真勇敢,这么痛却哼都不哼一声,冒死完成了任务,了不起。

这次就是因为虎子及时送到的情报,上十岭驻地的八路军才打了个漂亮的伏击战。

话说日本兵在东升街上滥杀无辜后,因为没有得到八路军的消息,找不到八路军驻地,又开始猖狂"扫荡"了。八路军的游击战术防不胜防,打得日军摸不着头脑。恼羞成怒的日军在井田少佐的带领下,残忍杀戮,屠了王屋村和曹屋村。然后,又向另几个村镇进行"扫荡"。日军预测,如果遭遇八路军抵抗,半个小时后驻扎在附近的日军部队就会赶到,九江的岗崎联队也会在一个半小时内赶到。眼看上十岭和杨梓危在旦夕。

那么,像彭泽县这样一个名不见经传的小县城为何有大批的日军呢?原来,彭泽县地处赣皖两省交界处的长江中下游地区,北临大别山、黄山,南临庐山、鄱阳湖,可谓军事要塞。

与此同时,八路军驻地正在开会,研讨伏击战的作战计划。八路军发动一切可以团结的力量,挖战壕、埋地雷,利用有利地形准备打敌人个措手不及。在八路军齐团长和韩政委的指挥和带领下,战士和群众紧锣密鼓地行动起来。挖战壕,找堡垒,寻掩体,部队快速反应,占据有利地形和制高点。分派去埋地雷的战士报告说地雷已经埋好了,埋伏在峡谷两侧山峰上的队伍也准备就绪,他们的任务是向敌人援军投掷手榴弹,目的达到后快速撤退,不能恋战。按照会议谋划推算,只要切断鬼子援军的步伐,这次伏击战就胜利了一半。由于敌我武器悬殊,所以,八路军的战术是出其不意、攻其不备。

这一仗打得漂亮,军民合作,齐心协力,八路军大获全胜。挫败了日军的锐气,打击了敌人嚣张的气焰,全歼了日军。

可是,虎子心里仍然无法平静,他对日本人恨得咬牙切齿,恨不得杀光所有的日本侵略者。

这次战斗胜利后,那位剃头师傅交通员得到了上级表彰,小交通员虎子也得到了八路军的重视和保护。不久,他被送到八路军根据地去学习……

虎子在战争年代迅速成长起来,十八岁时光荣地加入了中国共产党……

虎子就是我的父亲。那年春天,八十六岁的父亲驾鹤西去,没有遗憾。父亲出殡那天,上十岭垦殖场派人送来了慰问金和挽联。挽联上书:严颜已逝,风木与悲;精神不死,风范永存。

第一辑　亲情篇

父亲的剃头箱子

看到父亲的剃头箱子,就像看到了父亲。

父亲的剃头箱子扁平方正,檀木制作,工艺精湛。箱盖四个角用绿色铁皮包裹,铁质搭扣同样是绿色的,箱盖内有分隔,可放置掏耳器具和剃须刀之类的工具。经过岁月的侵蚀,箱子早已失去了原本的颜色。灰褐色的箱子上镶嵌的绿色铁片斑驳不堪,两个转角的包片和螺丝钉不知道什么时候脱落了,脱落的零件被大妹收起来放在了剃头箱子里。没有主人的箱子静静躺于一隅,孤单、静默无语,像一个老者,苍老得令人心疼。

父亲的剃头箱子在他房间同样老旧的书桌上,仿佛摆放了几个世纪。特别是他离世后,箱子就更加孤寂,不堪岁月的侵蚀。我曾嘱咐大妹,爸爸的剃头箱子要好好保管,可不能丢弃。现在没有那种箱子了,那可是古董啊!说得多了,大妹就说,你拿回家收藏吧。我说,这可是爸爸最心爱的物件,我们一定要保存好,还是放在爸爸的遗像下面吧,不要挪动。

我打开父亲的剃头箱子,里里外外收拾了一遍,郑重地把剃头箱子放在老屋厅堂的条案上——父亲的遗像下面。我说,爸,我把您的剃头箱子跟您放在一起了,您可以天天看到它。

051

时间回溯到儿时。吃过早饭,红光满面、神采奕奕的父亲斜挎起剃头箱子去剃头。父亲一般中午会回家吃午饭,有时傍晚回来,偶尔裤兜里塞得鼓鼓囊囊,那定是有东西带回来给我们吃。

　　记得有一次,父亲穿着大裤衩回来。我们正诧异,但见他肩上驮着两裤腿熟透的桃子,那是我们吃过得最鲜美的桃子。鲜果成熟的季节里,我们总能吃到父亲带回来的猕猴桃、板栗、李子、梨子、枣子、柿子、石榴、野浆果等等。我们每天都盼望着父亲早点带好吃的东西回来。父亲有时带回家一块肉,肉是人家抵剃头工钱的;有时是一串鱼,鱼一般是父亲在河里或者沟渠里捉的,用树枝穿起来。肉和新鲜的鱼被母亲烧成鲜美无比的佳肴,现在却再也吃不到那种味道了。

　　那时候剃头师傅不多,远近的人都来找父亲剃头。剃头的人大清早就会来家里找父亲,父亲边剃头边说笑,谈天说地。家里总是坐满了人,人一多父亲就更来劲。特别是下雨天,父亲一说就是一上午,剃头的人也越来越多。有的人哪是来剃头的,分明是来听父亲谈古论今,话隋唐说三国……

　　闲暇时,父亲偶尔邀约一两个好友来家里推杯换盏,谈天说地。吃过饭,醉晕晕的,兴致来了,他们便下象棋、推牌九,玩得不亦乐乎。当然,他们找父亲剃头是借口。老友们来了就不舍离去,常常天快黑了才走。

　　父亲的剃头箱子跟随父亲走村串户,与父亲形影不离,宛如昨日。箱子沉淀着父亲的气息和过往。岁月弹指一挥间，如今，父亲已离开尘世七年多了，而父亲的剃头箱子不管多么陈旧，任岁月流转，都始终带着父亲的影像长存于儿女们的心间。

母亲的鹅

一

深夜,鹅嘎嘎的叫声划破黑暗的夜空。平日里我们对鹅的叫声早已司空见惯,此刻,竟莫名地觉得这叫声有些凄厉悲凉。似睡非睡中,凄厉高亢的嘎嘎声格外地响亮。如此三番地折腾到后半夜,尽管睡不着,也不便起来惊扰母亲和妹妹。

天快亮了,母亲穿衣起床,叨咕道,畜生,三更半夜吵死人了。我爬下床问,妈,怎么回事?鹅怎么在半夜叫唤?叫得好凄楚,好可怜啊。昨夜小鹅没回来,所以叫唤。母亲接着说,昨天两只小鹅走散了,傍晚这只公鹅(头鹅)绕大河找了好几圈,没找到小鹅,它就是不回来,是我和你妹妹强行把它撵回来的。

几年前,父亲走了,妹妹开始跟母亲一起生活。她辞去工作,从城里回老家照顾母亲的生活起居。乡下的生活枯燥无味,百无聊赖。于是,她们开始养家禽,现在越养越多,也养出了感情。如今,她们把家禽当宠物来养了。家里养了四十八只鸡,十只鸭,七只豚,九只灰鹅(又称狮头鹅),几条狗,一只猫。看样子，它们还在不断地繁衍生息。

为了遮阴避阳，妹妹在后院搭建了高大的凉棚，种上葡萄、丝瓜、甜瓜、苦瓜、南瓜、冬瓜和扁豆，并在凉棚四周栽上花卉。凉棚上爬满了藤蔓，斑驳的阳光洒在地上，躺在摇椅上，听鸡鸣鸟叫，看各色花朵争奇斗艳。到了秋天，架子下面一条条、一个个、一串串瓜果触手可及。夏天，棚下凉快，鸡鸭成群地在棚子里啄食玩耍，母亲也更加殷勤地忙着喂食并乐此不疲。

母亲常常说鹅，她说鹅通人性，甚至比主人还疼爱自己的孩子。每次提到鹅，母亲的眼里便会放出光来，充满了喜悦和慈爱。

我每次打电话都会问妹妹，妈妈怎么样？小鹅长多大了？妹妹很乐意回答关于鹅的问题。我原本并不在意。在我的印象里，鹅是看见人就追着咬的动物，所以，我一向对鹅敬而远之。常常听母亲和妹妹提到鹅、赞美鹅，潜移默化中我也对鹅产生了浓厚的兴趣和好感，慢慢喜欢上了这种傲慢的动物。妹妹聊起鹅来滔滔不绝。她说老鹅非常宠爱小鹅，每天吃食的时候，老鹅就站在一旁看小鹅吃饭，等小鹅吃饱了，踏着方步慢慢悠悠地离开，老鹅才嘎嘎地叫两声，表示自己开始进食了。小鹅长得飞快，转眼间就比老鹅肥大得多。此后，老鹅依然站在一旁嘎嘎叫，慈爱地看着肥壮的儿女吃饱了，才开始狼吞虎咽地啄食。老鹅没有因为小鹅长大成"鹅"了，就不再宠爱和照顾它们。这点确实像我们人类。

二

　　老鹅叫了一晚上。第二天一大早,母亲刚打开木栅栏,那只公鹅便迫不及待地跑向大河。鹅群径直跟着那只头鹅飞也似的扑向大河,去寻找它们的亲人。但鹅毕竟是鹅,到了河里就什么都忘了。有的在找小鱼小虾,有的在吃浮游生物,有的在水里扑腾着玩水。只有那只公鹅不忘使命,昂首嘎嘎地迎着水流向上游去。中午吃饭的时候,那只公鹅回来了。它伸长头颈左顾右盼,好像在告诉我们它回来了,身后还跟着那两只昨天走散的小鹅。这姿态,分明是在炫耀:嘎嘎,我把它们找回来了。妹妹快速地把挡道的黑狗抱起来闪入房间,母亲则踮起脚跑向后院准备食料。

　　养鹅等于养狗,鹅可以看家护院。有一天,一条粗壮的蟒蛇跑进后院,准备偷吃鸡蛋。鹅发现了,怒气冲冲地张开翅膀,高昂着头引吭大叫。其叫声凶猛不亚于狗的狂吠,蟒蛇哧溜溜地跑了。还有一天晚上,一个偷鸡贼蹑手蹑脚地准备偷鸡,鹅大叫着,不停地嘎嘎嘎。母亲和妹妹打着手电筒出来,看到那个小偷正慌慌张张地翻过木栅栏仓促而逃。

　　家禽一多,母亲就得不断地抛食喂养。由于鹅的霸道,其他家禽不敢靠近吃食,连黑狗都吓得贴着墙根观望。鸡鸭只好趁鹅不注意的时候,偷吃几口,鹅就撵着它们满地跑。因此,鸡鸭常饿肚子,蛋自然生得少了。每次喂食,鹅围在钵盆周围慢慢吞吞地吃,如有谁来吃食,鹅便像大爷一样怒骂,并伸长脖子猛啄过去。鸭子步调急速地跑来跑去,时而局促不安地站在一旁,想吃又不敢上前。有时,狗中有不自量力的家伙。有只新来的白狗跑来凑热闹,鹅掉转头冲过去要咬狗,狗吓得夹着尾巴跑了。

我发现,豚是个好吃懒惰的家伙,直肠子,上面进下面出,一天到晚就知道吃。母亲骂豚是喂不饱的脏东西,一吃一大钵,一拉一大坨,懒得都不愿挪步,天天赖在家里。豚慢悠悠、懒洋洋、脏兮兮,一副猥琐的样子,谁都能一伸手抓住它。它们或趴或站或躺在饭食旁,时不时地吃上几口。忍无可忍的鹅用喙猛拔豚的毛发,豚的头部、颈部和背上都成了鹅出气的地方。有时豚被鹅啄咬得头破血流,它依然不走。有些豚背上光秃秃的煞是丑陋。豚饿了就用喙敲击后门口那块铁栏板,以此提醒主人它饿了。你扔一点剩菜给它,它准能接住,一接一个准。妹妹笑着说,这都是训练出来的,吃饭的时候,不吃的菜就扔给豚吃。那块铁栏板是家里与家外的分界线,家禽是不许入内的。当然,鹅除外,鹅是自由的,但高傲的鹅绝不会在屋里多待一分钟。

三

为了每只家禽都能吃饱,多产蛋,母亲就少喂多餐,并依次分别喂养。鹅在母亲眼里排第一位,所以,早晨第一个喂鹅。鹅走了,喂鸭;鸭走了,喂鸡,鸡是不走的。以前,这些鸡跟野鸡差不多,晚上在树上睡觉,且这一习惯一直在延续。鸡在树上睡,可害苦了抓鸡的人,多数时候是捉不到鸡的。抓鸡要两个人配合,一人用打鱼人用的强光电筒直射鸡的眼睛,受强光照射,鸡就会直愣愣地站在树杈子上;另一个人一定要估算好鸡的准确位置,要轻手轻脚地靠近鸡,同时举起双手做好抓的动作,然后双手用力猛地扑上去,才能抓住鸡。有时也会失手,惊魂未定的鸡会飞到另一棵树上或者掉落在地上,但会很快跑入黑暗中藏起来。接着,再想抓鸡就难了。有人想吃鸡,要提前预约。妹妹夸张地说,抓一只鸡比抓一只兔子还难。家里养了那么多鸡鸭鹅,却没办法杀来吃。其实,妹妹不说大家心里也明白,她是舍不得。她说,这些东西,养的时间长了,总是有感情的,少了一只,心里就会难过一阵子。她这样一说,我们谁也不好意思再提想吃鸡了。

　　以前,母亲则不这么认为。她常抱怨,养这么多只鸡又不会耕田,不杀有什么用?吃得又多,一个月好几百块钱呢。再这样下去,我们家都被吃穷喽。生的蛋还不够分给你们,养几只鸡生蛋,留着过年杀了吃还差不多。乡下哪家养这么多,又不是养殖场。

　　开始,鸡是不用喂养的,天天自己上山吃昆虫和野果及其他杂食,后来被母亲惯坏了,天天赖在后院。有一只母鸡,吃起来不知道饱,体重飙升到六七斤,妹妹叫它"胖子"。这只鸡会生蛋,而且,生的蛋比其他鸡生的蛋都大。有好几天没看到胖子了,妹妹焦急地四处寻找,终于在后山上的一个灌木丛中发现了它。母鸡身下孵着十来个鸡蛋,妹妹说,这些鸡蛋都是胖子下的。妹妹爱怜地把胖子抱在怀里对它说,哎哟,胖子"一个人"在山上孵小鸡呢,真伟大。你怕不怕?你看见黄鼠狼没有?看到蛇没有?你准备孵几个"小胖子"呢?饿了吧,回家吃饱了再来好不好?小鸡孵出来后,胖子一刻不离地看护着它的孩子,妹妹叫"胖子",胖子便张开翅膀,俯身趴在地上咯咯地叫。妹妹抱起它怜爱地说,胖子真乖,哦,来吃饭喽。每次妹妹叫"胖子",那只鸡就会张开翅膀卧倒在地,随妹妹抱起来放下去,不作任何反抗。几个月后,我回家叫妹妹再表演一遍"捉胖子"的游戏。妹妹说,胖子不听话了,小鸡长大了,胖子不理我了。我不相信,非要妹妹再演示一遍。妹妹叫"胖子""胖子",那只鸡就像没听见一样,咯咯咯地跑开了。

四

现在,母亲和妹妹特别喜欢鹅,因为鹅蛋值钱。一个鹅蛋是鸡蛋的四倍大,最高卖到十元一个。鹅好养不烦神,春夏两季傍晚喂一次即可。而且,鹅白天不回家,除了生蛋。说到鹅生蛋这件事,你一定会感动得鼻子发酸。

一天,那只公鹅又护送母鹅回家生蛋了(公鹅护送母鹅回家生蛋,旁人或许闻所未闻,但在我家成了惯例)。远远看见鹅回来了,妹妹和母亲立即扫清一切障碍,把几只乱窜的狗关进房间,母鹅便迫不及待地向后院跑去。那只公鹅止步站在大门外,目睹母鹅穿堂而过,经过厨房到达后院。它焦急地等待着,听到狗的狂吠,有些紧张,时不时地朝家里张望。它大踏步地在门外走来走去,焦躁但不失威严,嘎嘎着傲然大叫。一个小时过去了,母鹅还没出来,公鹅跑到后院,看到主人敲着食盆正在奖励母鹅呢。它亲密地、欢快地用头挨着母鹅的脖颈嘎嘎地低鸣,然后带着母鹅一步一摇地向外走去。

母亲生怕鹅没吃饱,不断增加食料。她每天傍晚必去菜地里弄一簸箕青菜回来,切碎后加入稻谷或者玉米并搅拌均匀,倒进食盆里。初春和盛夏时地里青黄不接,母亲便不辞辛劳地去野地里采摘苦麻菜,那是鹅最喜欢吃的青菜,但野外也不是到处都有。苦麻菜喜长在荒地里,遇到整片的荒地,能采到几蛇皮袋。母亲将刚采摘来的苦麻菜摊开,然后捆成一份一份的,鹅一餐吃一份。

母亲懂得荤素搭配,营养均匀。这当然是受妹妹的影响。妹妹经常在网上查阅资料,怎么预防鸡瘟,怎样提高家禽的产蛋量,怎样与动物建立和谐共处的关系,怎样训练动物养成良好的生活习惯,等等。动物们嘴刁,不吃玉米,可能是玉米颗粒大不便吞咽。有时,妹妹气哼哼地硬起心肠饿它们一餐,这下,玉米也照吃不误了。

等后院凉棚架下的南瓜黄了,妹妹摘下来剁碎,家禽却都不吃。家里堆成山的南瓜怎么办?看到那么多南瓜和满菜园子的菜,妹妹计划着养猪。母亲将南瓜切成块,放在柴锅里煮熟,然后加入稻谷、青菜一起搅拌,红红黄黄绿绿的煞是好看,真是色香味俱全,鸡鸭鹅哄抢一空。妹妹笑着打趣,妈,你真是浪费啊,鸡吃得比人还好,你还要浪费多少柴火哟。

五

灰鹅野性十足,能勇敢地面对任何动物,是个天生的斗士。有人说灰鹅是加拿大鹅的杂交品种。

前阵子,"加拿大鹅"被曝光,说是温哥华最嚣张的动物,一下成为众多网友热议的话题。鹅在加拿大境内广泛分布,看起来人畜无害,还蛮可爱的,但是千万别去招惹它。前几天看《非诚勿扰》,一位移居温哥华的女嘉宾说,她和一位男同学去看鹅。当时正是鹅的发情期,那位男同学看到鹅非常可爱,就去撩拨一只鹅,没想到那只鹅嘎嘎大怒,跑来啄那位男同学。那位男同学吓得拔腿就跑,那只鹅在后面紧追不舍,追了大概有两里地。那位男同学跑进了一个玻璃门,鹅气势汹汹地在门外候着,并用喙不停地敲打玻璃门。

我想,母亲养的灰鹅一定是加拿大鹅的后裔!

> 鹅，鹅，鹅，
> 曲项向天歌。
> 白毛浮绿水，
> 红掌拨清波。

古诗《咏鹅》里描写的白鹅，自然、真切、传神，对鹅可爱的动态形象的刻画惟妙惟肖。千百年来，在世人眼里，鹅就是白色的。人们也因此喜爱这种纯洁、调皮、可爱又漂亮的动物。其实，不管是白鹅还是灰鹅，这种动物本身就具备其独特的品质和天性。白鹅与灰鹅，两者相较，灰鹅的爆发力和战斗力是不是更胜一筹呢？这种猜测很快得到了印证。

一次视频，妈妈和妹妹抢着跟我说鹅。妹妹说，今天在小河里，咱们家的鹅把养鸭人的鸭赶跑了。妈妈说，好大一群鸭，黑压压的一大片呢。妹妹说，你知道吗？是大麻鸭耶。妈妈说，足有几百上千只，鹅硬是把鸭追得满天飞。妹妹说，鹅是在捍卫自己的领地，不容别人侵占。妈妈乐呵呵地说，真威风，鹅硬是把一河的鸭子赶跑了。

妹妹乐了，嘻嘻哈哈地说，你什么时候回来哟？看看老娘和鹅。

那天，天刚麻麻亮，我就听见鹅催促家人起床的叫声（母亲这么说的）。嘎嘎，不紧不慢，不急不躁。我躺在床上想眯一会儿,听见母亲嘟囔,杀头的,叫,叫,谁不知道你饿了,天还没亮呢,等不及要出去了。听说灰鹅把鸭赶跑的故事后,我很好奇,睡意全无,一骨碌爬起来,想看看几只鹅究竟是怎样赶跑一群鸭子的。我大着嗓门问,妈,今天鹅是去小河还是大河呀?我想亲眼看看鹅的厉害。我哪知道是去大河还是小河?那天,是养鸭人经过这里,哪能天天来呢?母亲说着,打开了大门。

咯叽咯叽咯叽,母亲嘴里"咯叽"着,边喂鸡食边说,咱家的鹅是一霸呢,现在小河是它们的天下,大河也快成它们的了。妹妹说,妈妈老实巴交了一辈子,见了人都不敢说话,这下扬眉吐气了吧。嘿嘿。鬼哟,养着好玩,要不是养了这些东西,连个说话的人都没有。村子里哪还有人?打工的打工,去县城陪读的陪读,有点钱的去城里买房了,跟我年龄差不多的老人死得只剩下我这个老树蔸了。说完,母亲用围裙擦了擦手。

六

鹅伸长脖子,嘎嘎叫着大摇大摆地从家里走出来,却见那只黄狗挡住了它们的路。于是,鹅做出攻击性的姿势,大踏步地紧追几步,反应过来的黄狗一溜烟地跑开了。我们跟着鹅来到了大河边,看到一大群白鹅捷足先登。妹妹说,这是河那边人家的十七只白鹅,天天在大河里,现在咱们家的灰鹅来了,一会儿有好戏看了,可能要打架。我说,不会吧,咱家只有九只鹅,白鹅那么多，怎么可能打架呢？你看吧，我说打架就会打架，一会儿你就相信了。真的假的？我有些怀疑，却更加好奇。按弗洛伊德的理论，潜意识里好像有些期待，尽管这种期待似乎有些不道德、不怀好意。只见那群白鹅正欢腾着戏水，就像古诗中描述的：一群鹅面向蓝天，曲项向天长鸣，雪白的羽毛漂浮在碧绿的水面上，红色的脚掌划着清波，像船桨一样。

白鹅欢快地在水中嬉闹，时不时地引吭大叫，嘎嘎，一副悠闲自在的样子，全然不把灰鹅放在眼里。母亲站在一旁抿嘴笑了，她手指下游说，你看，来了。妹妹说，快去大桥上看，大桥上看得比较清楚。那只头鹅慢悠悠地游了过来，后面跟着它的兄弟姐妹、妻妾儿女。

在这之前，这条河历经沧桑，河道狭窄，堤坝被肆虐的洪水冲刷得几乎起不到防护作用。去年县政府拨款对河道、堤坝进行了全面改造，重新建造了一座宽约二十米、长约五十米的平板大桥。桥下有一个大闸口，闸口与大桥下的水域形成了一片大转盘似的圆形河面。河面宽阔纵横，水生植物茂盛，鱼虾众多。不是有一句话叫"我的地盘我做主"吗？这样大好的生活区域自然成了香饽饽，成为鹅鸭争抢的地盘。当然了，说鸭跟鹅抢地盘有点言过其实。事实上鸭是没有发言权的，它不跟鹅斗，也斗不过鹅，它有自知之明。鸭很聪明，它不会傻到以卵击石，所以尽量不去招惹鹅。鸭很乖地待在河边的角落里，待在它认为自己应该待的地方，当然这也是鹅的意思。鹅还是很有人情味的，如果有鸭游到河的中心区域或者是鹅管辖的地方,鹅也会睁一只眼闭一只眼,不去理会,因为鹅认为鸭对它构不成威胁。说到抢地盘,当然只有鹅跟鹅之间的抗衡了。鹅跟人一样是有帮派、有群体的,每一家的鹅都自成一派,它们团结一心,一致对外。

当然,弱小帮派的鹅也有自己的尊严和底线,一副"人不犯我,我不犯人;人若犯我,我必犯人"的姿态。

说来也怪,隔壁人家养了两只白鹅,从来没听说跟灰鹅发生过冲突。两家鹅碰面时淡然相视,两只白鹅从来都没有表现出惧怕的样子,双方伸长脖颈,象征性地嘎嘎随便叫两声算是打招呼,然后便若无其事地各自走开。

河是没有界限的,上下游地域广阔。鹅在水里玩累了、玩腻了,自然会上岸吃草,偶尔也溜进人家菜园里偷吃蔬菜。鹅吃了谁家的蔬菜,人家是会上门讨要说法的。他们会说,你看怎么办?我辛辛苦苦种的菜,全被你家鹅吃光了,又要拔掉重新种。这时,理亏的鹅主人通常就会表示,以后尽量看管好自家的鹅。

有一次,我家鹅把人家菜园里绿油油的菜吃了,但是看母亲这么大年龄,人家也没说什么。母亲反而不好意思,等菜园里的高秆白菜长到可以砍来腌制的时候,她全部砍了赔给人家。人家说什么也不要,说吃就吃了吧,鹅长了脚,谁也看不住,又不是故意的。

七

　　灰鹅头领时而曲项,时而伸长脖颈高傲地嘎嘎叫。它高昂着头,游一段就嘎嘎大叫两声,从容不迫,挑衅般地示威,沿河边水面游了一圈又一圈。它是在探察地形,不打无把握的仗。我盯着它看,看这只鹅是否真的会像妹妹说的那样挑起战斗。

　　果然,灰鹅开始行动了。只见那只头鹅嘎的一声仰天长鸣,扑棱扑棱地跃起,发起了进攻。它带头踏水而行,几乎飞出水面,气势汹汹地跃入白鹅群中。就在其他灰鹅一齐扑向白鹅时,头鹅已经抓住一只大白鹅撕咬起来,一时水花四溅……头鹅接连打败了好几只白鹅。白鹅尽管处于劣势,却不屈不挠,仍然在战斗。

　　战斗进入白热化,白鹅积极迎战毫不示弱,它们拼死反抗,时有白鹅跃出水面和灰鹅打成一团。灰鹅不愧是斗士,英勇善战,不依不饶。一只白鹅败下阵来,又一只败下阵来。灰鹅乘胜追击,直到把所有的白鹅赶出闸口,它们才以胜利者的姿态列队向上游挺进。此时,河面不断地传来嘎嘎的欢腾叫声。

　　灰鹅喧宾夺主,不断地在河中巡视,那天它们玩到很晚才回家。

　　第二天,那群白鹅又回到了"根据地",它们不愿去别的地方,更不会放弃这里。别的地方水浅河瘦,没什么好吃的。虽然没吃饱时主人也会喂食,但是,霸占就是侵占,让出领地就是耻辱。看到白鹅回到"大转盘",灰鹅纷纷拍打着翅膀,群起而攻之。在强大的对手面前,白鹅没有畏缩,齐心协力共同抗敌,可还是招架不住灰鹅的猛烈攻击。随即,白鹅改变战术,开始排队绕圈,将灰鹅团团围在河中央。灰鹅可能是累了,想歇息,也或许是被白鹅转晕了,它们嘎嘎大叫,原地不动。这次算打了个平手,白鹅铁下心坚守阵地。接下来,不管灰鹅怎么叫嚣和挑衅,白鹅就是不接招、不理睬。你在那边,我在这边,咱们井水不犯河水,彼此互不干扰,像签订了停战协议似的。偶尔也会发生摩擦,但大多不过是装腔作势。

八

有一天,灰鹅去了远方,谁也不知道它们去了哪里。

第二天,天擦黑时,灰鹅回来了。它们像是在战场上取得凯旋的将军一样步伐从容,又像评剧里的净角出场,昂首挺胸。母亲和妹妹高兴地呼唤着,鹅应声嘎嘎,扑棱扑棱地张开翅膀飞奔了起来。

盛满浮云的晚秋

今天鸭和鹅又没回家过夜,又要把蛋生在河里了。母亲像是自言自语,又像是对我诉说一般。看着母亲干枯瘦弱的身躯、苍老的面容和浑浊的眼睛,暮年的气息缠绕在她周身,我的心痉挛了一下。那盛满浮云的晚秋,是否有一张被时光摧残的面容,不分彼此?

有一天,我问,妈,鹅和鸭为什么不回来过夜?门口小河边有人在散步,它们不敢回来。那只鹅和那只鸭经常不回家吗?嗯,其他鸭子天天欺负那鹅和鸭。鹅个头那么大难道还怕鸭?我问。以前,公鹅没死的时候不怕鸭,现在这只母鹅没伴了,那只鸭小得可怜,保护不了鹅,每天半夜其他鸭子就啄咬那鹅和鸭。好几天了,它们都不敢回家过夜。唉,真可怜,有什么办法吗?有时公鸭会护送母鹅回家生蛋。有时公鸭只好陪着母鹅在大河里生蛋,你妹妹还看到过几次,找到蛋窝,捡了几个鹅蛋呢。

看到那只孤苦的母鹅,我思绪翻腾,联想到母亲。父亲忽然离世,对母亲的打击很大,她何尝不是孤单苍老的一人?那时,母亲的天塌了,她如同一副被时光掏空的皮囊,行尸走肉般僵木,清瘦的身体愈加瘦小了。可是,人从降生的那一刻开始,就注定了会衰老与死亡。时光不老,岁月如梭。光阴驯服了倔强的个体,在往复回旋的时空中,所有的肉身都验证了时光必胜的定律。在寸步不让、无坚不摧的时光面前,长生不老、生命永恒不过都是幻想,最终仍是众生拱手、万物臣服。除非神话里的神仙,否则肉眼凡胎的生命,没有谁能活在时间的法门之外。

父亲离世,悲伤如暴风雨般肆虐,摧残着母亲,很长一段时间里,母亲一直失魂落魄,双眼空茫。人活一世,草木一秋,告别与离去的方式多种多样,唯有失去伴侣最让人悲伤。年迈的母亲尽管有妹妹陪着,但从她呆滞无神的眼睛里可以看出,没有谁能够替代父亲的位置。儿孙们来了又走,走了又来,像走马灯一样。乡野的风,终留不住他们匆忙的身影。有谁懂得她的悲伤?亲情是根扯不断的线,从这头缝到那头。时间可以治愈一切,亦可以淡化和使人忘记一些悲伤。像我们期待的一样,时光不负所望,它渐渐抚平了母亲的忧伤。在有晨雾的早上,母亲的微笑浮现于日光之上,串联起来的光阴,覆盖了她漫长的一生。母亲终于懂得,人总是要往前看的,就像看折子戏,看完需要时间,没看完的人只能说一切都随曲而终吧。

在时间面前,耄耋之年的母亲并没有败下阵来。我们发现,时间好像并没有腐蚀她的大脑。她头脑清醒,逻辑分明,一点都不糊涂,仿佛越活越聪明,我们不清楚的事她都知道……我们不得不重新审视她。母亲振作起来,重新燃起了对生活的希望,她在后院里饲养起家禽,而且越养越多。她最喜欢鸭和鹅了,每天都将食盆装满稻谷,去地里摘回一大簸箕菜蔬,剁碎撒在地上。她情绪高涨,笑盈盈地喂给鹅和鸭吃,看着一只只家禽吃饱了,她便满心欢喜。母亲不喜欢豚和鸡,常常无端地怒斥它们,因为鸡和豚总在院子里转悠觅食,脏兮兮的,总也喂不饱。与其说九十三岁的老母亲仿佛不知疲惫,不如说她勤劳了一辈子都闲不下来。她从起床开始就不停地忙碌,我回家待了两天,做点零活儿就感觉有点累了。母亲笑呵呵地说,是因为我在城里待久了,来乡下就不适应了。母亲说要锻炼,锻炼了就不怕累了。

母亲一生都在做事,像一个陀螺一样不停地转动,除了睡觉从不停歇。母亲是从旧社会走过来的妇人,一生都用"三从四德"约束自己。母亲是贤惠、善良、勤劳、顺从的代名词,又具有奉献精神,她的一生就是为儿女和父亲活着。父亲在世的时候,母亲将父亲服侍得舒舒服服,家务事从不让父亲插手,饭端在手上,洗脸水、洗脚水打好放在父亲面前。而直率、急躁、脾气暴烈的父亲常常发无名火,每每这时候,母亲便忍气吞声,悄悄地躲在一边抹眼泪。年少时我常常替母亲抱不平,问她怎么不解释、不顶撞?母亲便擦擦眼泪安慰我说,没事,都习惯了,你爸就那脾气,明天就好了。母亲一生都在忍受、迁就和包容父亲,不管对与错,这是母亲的悲哀,也是旧社会封建残余思想的悲哀。

父亲除了脾气不好,倒没有其他什么劣迹。父亲是个剃头匠,走村串户剃头。记得父亲时常拎回猪肉或是鱼及其他好吃的。那时候我最喜欢染色的红鸡蛋了,这是父亲给满月婴儿剃"落胎头"时收到的喜蛋。在婴儿的啼哭声里,东家喜滋滋地把剃下的胎发揉成小"发球",当宝贝一样收藏起来,再毫不吝啬地给父亲一个红包。这是"落胎头"的喜钱,父亲乐呵呵地接过来,一面称谢,一面道喜。

过去,剃头是纯手艺活,父亲的绝活是剃光头和刮胡子。父亲说他只练习剃光头就练了两年,练习的时候,师傅从瓜藤上摘下一个毛茸茸的青葫芦给父亲练习,并规定,去青留白。父亲刚练习的时候光见青,也就没少挨"嗑脑门"。其实,很多功夫都花在剃、掏、捏的练习和揣摩上。剃头师傅可不单单会剃头,尤其是那些常年走村串户的老师傅,让他们闻名遐迩的往往不是剃头的手艺,而是经年累月练出的绝活。父亲的绝活是"剃光头,落胎头",人家没少给他好处。为什么说剃光头也有好处呢,这得说说癞痢头。过去那个窘迫贫穷的年代,很多人头上生了疮,也称癞痢,不洗也不治疗,久而久之,头上就生脓结痂了。只有剃光头,抹上菜籽油,头上的癞痢才会慢慢好。抹上油,是因为苍蝇怕油,在油上无立足之地,且会被油粘住……但是,剃头匠给癞痢头剃光头时就受罪了。小时候,我亲眼所见,父亲剃癞痢头的时候要屏住呼吸,要不然会反胃,而我躲得远远的,那种腥臭味难闻死了,简直令人作呕。父亲也是强忍着怪味给人家剃癞痢头的。大方的人家看到父亲被恶臭味熏得难受的样子，很是过意不去，就会拿点东西给父亲。父亲想着家里的几个孩子等着他回家的殷切目光，推托几下也就收下了。家人便喜滋滋地跟着享受。七十年代，家家户户生活窘迫，一年到头很少见到荤腥，因为父亲是剃头匠，所以，我们家的餐桌上偶有荤腥。因此，小时候，我们没有受过多大的苦，也没有挨过多少饿，那是幸运的。在我的印象中，母亲从没有过过一天好日子、享过一天清福，她只知道一味地付出，从不求回报。我常常告诉母亲，要什么就跟我说一声，我从城里带回来。可母亲总是回答，我什么都不要，什么都不缺，我有。母亲一生都是默不作声地埋头苦做，对儿女没有任何索求。在我的记忆中，母亲从来都没有开口找我们要过任何东西。

父亲离世后不久，妹妹放弃城里的工作回去专心照顾陪伴母亲，母亲才轻松了些。但母亲是个闲不住的人，总是没事找事做，妹妹说她拦都拦不住。为了让母亲开心，不惹她生气，久而久之，妹妹也只好听之任之，顺其自然了。

这两年母亲听力下降，跟她说话要扯起嗓子凑近了大声说，她才勉强听得见。每次知道我们要回来了，母亲大清早便去店里买肉和野生鱼，每次都会炖骨头汤或者鸡鸭汤，常常还没到家门口我们就能闻到厨房里飘出的香味。母亲用炭火瓦罐来煨汤，那独有的味道，伴随着我们走过多少年年岁岁。

近来母亲常说她的小腿没劲，我多年前就买了几款保健品给母亲，她也坚持吃，从没有间断过。但母亲毕竟九十多岁了，哪里有点不舒服也很正常。用妹妹的话说,这么大岁数了,能活着就很不错了。看着母亲忙前忙后,我多想母亲能永远在我的眼前晃动啊。我暗暗祈祷母亲能多活几年,再多活几年。

飘逝的云

一

姐姐喜欢掐人，在我很小的时候姐姐常常偷偷掐我和两个妹妹，但我们谁也不敢去告状。她很聪明，很少打我们，她知道，打人容易被发现。偶尔母亲看见姐姐掐我们，便训斥她，但母亲知道了又怎么样呢？姐姐依然我行我素，因为她也是个孩子，只大我六岁。

姐姐早已过了上学的年龄，可她每天都带着妹妹们往学校跑，个子不高的姐姐怀里抱一个、手里牵一个，后面还跟着一个。抱着的那个脚在地上拖着，跟着姐姐的脚步，大胯骑坐在姐姐特意翘起的臀部上。姐姐差不多是一把汗水一把鼻涕和着一把泪水地往前挪步。原来大河上还没建起石拱桥，河面上架着木板桥，几块宽大厚实的大木板用耙钉固定，桥宽不过一米，走在上面咯吱咯吱作响。一次，姐姐一个趔趄，一只鞋掉入了湍急的河水里。她号啕大哭起来，边哭边数落我们。当她看到妹妹们吓得瑟瑟发抖时，又怜爱地抱紧我们说，是姐姐不好，姐姐不该冲你们发脾气,姐姐只想念书。姐姐边说边呜咽着,泣不成声。姐姐就这样拖曳着我们去了学校,她趴在教室外的窗台上一动不动地听老师讲课。忽然,小妹妹扯开喉咙哇哇大哭,姐姐抱,姐姐抱。姐姐掐了小妹妹一把,小妹妹的哭声更大了,姐姐赶紧拖着我们离开教室的窗口。慢慢地,小妹妹的哭声小了,她撇着嘴抽泣着,用衣袖抹去满脸的眼泪和鼻涕。就这样,姐姐想读书的愿望便中止了,连旁听都成了奢望。

二

那时候,哥哥已经不在了,十五岁的哥哥是在一次意外中溺水身亡的。

母亲说哥哥瘦高个,帅气、聪明、懂事,学习成绩又好。哥哥勤快,放学后就帮父母分担家务,劈柴、挑水、种菜、带妹妹……

一个炎热的午后,哥哥和几个同学去水库游泳,游着游着忽然发现其中一个同学不见了,紧接着就听见有人喊救命。只见有人在深水区拼命地挣扎扑腾着,慢慢地往水下沉去,就在这千钧一发之际,哥哥猛地蹬了一下水,像鱼一样快速游过去,潜入水底抓住那个溺水同学的脚把他拽出水面,然后调整方位托举着他拼尽全力游向岸边。岸上吓得呆若木鸡的同学们慌乱地拽着那位呛水昏迷的同学上岸,筋疲力尽的哥哥则仰面朝天,慢慢沉入水底……幽深的水库像一个大吸盘一样吸走了哥哥,亦吸走了父亲的灵魂和精神支柱。

　　哥哥溺水后,父亲消沉下去,他也不想活了,好久才缓过来。哥哥的英雄事迹传遍了整个县城,县里乡里都很重视,派人日夜守护,怕父亲寻短见。一天半夜,伤心欲绝的父亲准备跳井,被看护他的人死死抱住了腰。之后,父亲在哥哥的坟茔旁不吃不喝地躺了三天三夜。

三

　　哥哥走后,父母忙于生计,姐姐便承担了家务和照顾妹妹的责任。在磕磕碰碰中,姐姐年满十五岁了,出落成了一个漂亮的大姑娘。有一天傍晚,姐姐在梳妆打扮,我们几个"小喽啰"高兴地围着姐姐转。姐姐,你是要去看电影吗?听说今晚邻村放电影,你带我们一起去好吗?调皮的小妹妹歪着头问姐姐。去去,哪里都有你们,你们跟爸爸妈妈在家睡觉,我看完电影就回家!好妹妹,你们不去,姐姐买糖给你们吃,好吗?姐姐哄着我们,不想让跟去看电影。

　　姐姐躲着我们去看了电影,她是跟附近小学的一位年轻的男老师一起去的。我们偷偷地跟在姐姐后面,天还没有完全黑下来,路上看电影的人陆陆续续,倒也不害怕。

　　看露天电影热闹有趣,家家户户搬出小板凳、长条凳、小竹椅挤在一起,大家叽叽喳喳。外村的人通常蹲在前面和站在后面看,照样看得聚精会神、津津有味。

来的时候我和两个妹妹说,不能被姐姐发现了,我们偷偷地来,悄悄地回去。

来到放电影的稻场时,夜幕降临,人头攒动。放映员正在调试放映机,齿轮运转发出咔嗒声。电影开始放映了,放映的是《草原英雄小姐妹》,这部电影在当时非常火,很适合孩子们看。电影放到一半的时候妹妹感觉身上凉凉的有点冷。姐姐,冷,我好冷,妹妹大声地叫姐姐。露水落在身上,妹妹冷得直哆嗦。

我也吓得哆哆嗦嗦,心想,这下姐姐又要发飙了。妹妹真是的,说好的不要被姐姐发现。

你不要动,我这就过来。姐姐三步两步就蹿了过来,把自己的外套脱下来披在妹妹身上,生气地说,谁叫你们跟过来的啊?你大些,是你带她俩过来的吧?!姐姐怒气冲冲地对我吼,还用力掐了我一下。我委屈得眼泪在眼眶里打转,愣是没忍住,吧嗒吧嗒地掉下来。在夜幕的掩盖下,我装作若无其事地说,姐姐你看电影吧!我这就带她俩回去。

电影还没放完,所以路上一个行人都没有。漆黑的夜晚,多想看到撩人的月色,可是连星星都不见了。伴随着几声夜鸟凄厉的叫声,我们三姐妹手牵手屏住呼吸,大跨步地沿着朦胧的路径快步地往前走。忽然听见后面有跑步的声音,你们等我一起,慢一点。是姐姐的声音,我们高兴地大声呼喊,姐姐,我们在前面,你快点来呀,我们害怕。

姐姐没有责备我们,俯身抱起小妹妹。我发现,那位男老师就在不远处不紧不慢地跟着。

四

不久,老家的表姑来了,还带来一个大姐姐十多岁的木讷的儿子,我们叫他表哥。父母对我们说,他们在咱家长住,不走了。这是怎么回事呢?家里一下子多出两个陌生人,好像乱了套,之后便是生出许多事端。

表姑做作地拉着姐姐的手说,儿呀,你是个懂事的孩子,又漂亮又能干,姑姑好喜欢你。姐姐勉强地笑了笑,说,姑姑,我去做事了。

自从表姑母子俩来家里后,姐姐就整天蹙着眉,一副不开心的样子。父母欲言又止,好像隐瞒着什么。

有一次放学,大妈叫住我问,你姐姐对你表哥怎么样?他们在一起说些什么呢?

他们不说话,姐姐整天不高兴,好像不喜欢表哥……我一五一十地告诉大妈。唉!这哪行,他们今后是要结婚的。啊!他们要结婚?谁说的?我懵懵懂懂地大呼小叫。是呀!是我撮合的,我把他从宿松老家接过来到你们家做上门女婿,你爸妈就你们几个丫头……哦,我明白了!原来是这样,难怪姐姐不开心。

我暗地里为姐姐打抱不平,撺掇姐姐反抗。姐姐不说如花似玉,却也漂亮可人、聪明伶俐。听我这么一叨咕,郁闷的姐姐这下更加忧郁伤心起来。

那天放学后,我和隔壁的女同学一起到大妈家喝水。大妈焦急地说,你还不知道吧?你爸准备了一把竹条,要打你姐姐呢,快去叫你姐姐到我家来躲一躲。

我和那个同学拔腿就往家里飞跑,我拉起姐姐的手向大妈家奔去。半路上,姐姐挣脱我的手,往嘴里塞着什么。不一会儿,姐姐便扑通一声倒在地上,抽搐着口吐白沫。我哇的一声号哭起来,摇晃着姐姐,我的同学飞快地跑去叫人。那天陪姐姐看电影的男老师第一时间赶到。男老师蹲下来,把姐姐脸朝上平放在地上,冲围观的村民大吼道,快,快弄肥皂水和筷子!他把筷子横放在姐姐的嘴里,有人捏住姐姐的鼻子,男老师端起碗往姐姐嘴里灌肥皂水。

姐姐在医院里抢救了几天,终于从深度昏迷中醒了过来,捡回了一条命。医生说,姐姐能活过来,得益于男老师第一时间的抢救措施。这件事后,表姑一家从家里搬了出去。姐姐几乎是用生命捍卫了自由,终于挣脱了包办婚姻的枷锁,回归了少女的纯真。

从此,父母就顺其自然,再也不干涉姐姐的婚姻。

五

  过了几年,姐姐喜欢上了父亲好友的儿子,并在县城结婚定居。初为人母的姐姐是幸福和快乐的。姐姐没有工作,她就自己炒些西瓜子拿到电影院门口叫卖,补贴家用。但是,卖瓜子的人一多,争执和矛盾就接踵而至。为了争夺摊位,有时姐姐会跟人吵嘴、打架。姐姐年轻气盛又能说会道,并没有吃亏,最终占有一席之地。几年后,姐姐生了两个女儿后终于生了一个儿子,一家人欢天喜地。可是好景不长,当得知姐夫出轨后,姐姐就大吵大闹,和姐夫大打出手……

第二辑　乡愁篇

青山应如是

一眼流岚醉十岭,桃园阡陌映三角。
恰逢人间好时节,遇见芳菲四月天。

这是我前不久写的一首诗,以赞颂家乡彭泽县上十岭垦殖场。

随着国家建设新农村、振兴乡村政策逐步落地,近年来,家乡发生了翻天覆地的变化。但无论如何变化,山川河流亘古不变。看山岭绵延、云雾缭绕,看川流不息、流水淙淙。山多水亦丰沛,它们或缄默不言,或激情澎湃,或柔情悠长。梅花鹿保护区更是林密幽深,大山神秘地将这片土地囊括其中,滋养得生机勃勃、郁郁葱葱,赛过南国风光。

随着年龄的增长,我越来越眷恋家乡。只要有空闲,我就想回乡。到田野中去感受田园气息;到天然氧吧去嗅一嗅那久违的清香;去大山里与大自然亲密接触,呼吸新鲜空气,闻一闻草木馨香;去原始森林感受不一样的苍穹与大地。抛开杂念、放空内心去感受山野风光,享受大自然赐予人类的宁静与美好。

很是怀念年少时在乡村度过的年年岁岁,哪怕是吃过的苦、受过的罪,都成为刻骨铭心的回忆。原来,乡愁是杯酒,越品越醇厚。品饮乡愁,我像是一个酒仙,不醉不归,欲罢不能。

美哉上十岭,醉哉三角村

当春风吹来的时候,我又一次去了故乡上十岭,并写了首名为"醉春风"的诗,来描述我的家乡:

葱茏绿意醉春风,疑似仙境落凡尘。
山峦叠翠雾朦胧,千般风情无疆中。

这次,我在家住了5天。我记得很清楚,这是我离开家乡几十年来在家待的时间最长的一次,也是我收获颇多的一次。不管是情感、精神,还是身体上,都有进一步的认知与顿悟,收获与付出衍生出无比的欢欣和回味。

我和母亲大声说话(母亲耳背),与同龄人聊旧时光,与村里老人聊家长里短,与妹妹在山野地头畅行寻味。

其实,山还是那个山,水还是那个水,只是每一次相见都像久别重逢的朋友,或山变得更高远,水变得更悠长。不,山还是原来的轮廓、旧时的模样;而世界总是在不断地变化,以迎合尘世间与时俱进的滚滚车轮。河流原来的狭窄处被荆棘野草覆盖,如今已变得宽阔、通畅,河岸还砌上了高陡的石坝,石缝勾勾连连,像稚拙的甲骨文,石坝看上去整齐拙美,固若金汤。河道变美了,一座座现代化的平板桥,替代了横跨两岸已逾百年的石拱桥或木桥。时代的车轮疾驶向前,世界也变得缤纷秀丽起来。看,马路旁几十栋"孪生"的农户的三层楼房一字排开,马头墙耸立,飞檐翘角,灰瓦白墙,让人宛若置身于古老的时空。小河对面的新式楼房错落有致、鳞次栉比,一家比一家气派。

公路一侧,别具一格的徽派建筑恍若穿越千年,无不散发出诗意。黑白相间的建筑,犹如泼洒而成的一幅水墨画,古朴典雅,韵味无穷。如遇暮春时节,天空堆积着灰褐色的云,风吹过,顷刻间天空湛蓝,万里无云。河流泛出潋滟的波光,田野上,鸟鸣与虫唱如潮水一样在草木间奏响。金银花缠绕在槿篱上,纤长的藤蔓携带金黄的花朵向着苍穹伸展,空气里弥漫着无处不在的淡雅馥郁的香气。你随便去某一家看看,铁艺拱形门上总会绽放出各色玫瑰,像一位位仙女笑靥相迎。

"大美上十岭,醉美三角村",这不是口号,上十岭的确将最好的乡村建设画卷铺设在了三角村。据说政府要投资三百万元建设三角村,许是因为三角村是所有村落通向外界的必经之路且衔接垦殖场部吧。村子中央建起孺子牛公园,花开时节去公园里散步观景,花草的清香夹杂着泥土的芬芳扑面而来。公园里的十里桃廊让我想起陶渊明的诗文:"芳草鲜美,落英缤纷"。陶渊明是江西九江人,他曾任彭泽县令,百世英才。我有幸与陶渊明这样伟大而杰出的大文豪成为同乡,千百年以来,九江人无不因这位伟大的诗人而感到骄傲和自豪。

　　三角村地理位置极佳,依山傍水,村口是一条流水潺潺的小河,过了小河就到大河,中间只隔着几棵古树。小河的水由一个又一个的沟渠、山涧、细流或泉水汇合而成,形成清澈而甘甜的潺流。它们纷纷向小河汇聚,或情深、或崇拜、或向往、或投入,奔赴而来,小河则用柔情蜜意接纳、拥抱和迎接它们。

　　大河则横穿整个上十岭及其他乡镇,它的支流途经山峦、河谷、池塘、水库、沟壑……它们窃窃私语,甚至来不及磋商,便毫不犹豫地,或狂奔、或汹涌、或澎湃或激情,向着大河浩瀚地进发。大河则用宽广无私的胸襟,一路高歌,不断扩大队伍奔赴长江,汇向大海。

　　上十岭垦殖场的居民,蜂拥着在总场和三角村沿途的公路旁建房安家,似乎在这里安家就意味着开启了美好的生活,惬意而满足。

　　我父亲那辈开始我们家就生活在这里,从家里出来,就到了新农村建设游览基地,家门前就是那条流水潺潺的小河。为了便于村民行走出入,村头和村尾的小河两端修建了两座小型平板桥,取代了原来的石拱桥和木桥。如今,倘若在河边散步,便可看筑起的高高堤坝,听流水潺潺,看水深水浅,看游鱼隐现。我坐在老屋里看书或者发呆,下再大的雨,也不用担心水没堤坎。

　　缕缕思绪在缓缓盘旋,恍若昨日。家门前的大河和小河啊,曾承载着多少凶险和不堪。记得小时候每次发大水,我们都提心吊胆,整个上十岭的河流的洪水犹如飞禽猛兽般横冲直撞,嘶吼着向广袤的土地汹涌而去,山间田野浊浪滔天、惊天动地,似乎要将这里毁灭。洪水冲毁大桥,淹没所有绿色植物,"水漫金山"般地漫溢到家门口。雨停了,太阳露出笑脸,洪水才慢慢退下去,好在每次都有惊无险。现在想想仍然心有余悸,过去已然成为追忆,今天,再大的雨水也撼动不了内心的防线。

想当年,小河终究是诱人的。小时候,我们常常背着书包,沿着长满荆棘藤蔓的河坝找吃的,野葡萄、野山泡,有时荆棘嫩苗也成了我们解馋的美味。大河、小河始终没有离开过我的视线,滋养了我们儿时的趣味与欢乐,成为一辈子的回忆。它伴随着我进城——在梦里,现在,它好像又回到了我身边。

美好家乡彭泽县上十岭,我即兴写了一首小诗吟咏:

夜渐亮来人未醒,日月星辰虚光阴。

回乡游子恋乡愁,昔日芳华天上有。

瓷茶古道

过去的小山岭,现在被命名为"小山岭瓷茶古道"。

"瓷茶古道"恍若被时代湮没了几个世纪,静谧地长卧于古老的大山之中,无人知晓。如一个矜持的美人,在日月长河中无期地等待。她祈祷被时代忆起或发掘,褪去斑驳的裙裾,然后穿上公主专属的华丽的衣裳。历史是不会忘记时代功臣的。被历史封存的瑰宝终被发现,小山岭蜕变成"瓷茶古道"。这一华丽的转身,小山岭似乎又恢复了古时的生机。

如今,小山岭被政府开发为旅游胜地,而"小山岭瓷茶古道"这个名字,可谓实至名归。

每逢节假日,慕名而来的游客重踏古人的足迹,回溯与感受古商道在明清时期的繁盛及衰败。对于热爱大山、森林与原始风貌的我来说,瓷茶古道非常契合我的写作构思与冥想。曾经,我还特意为小山岭虚构了一篇中篇小说《隐秘的古道》。

记得小时候,十岁左右吧,一年一度翻越小山岭走亲戚,成为我童年的期盼与快乐。在那几年中的某一天,母亲总会带我去大山那边的大姨家串门,大山外的大姨家属于安徽省东至县青山乡。翻过小山岭,可不是件容易的事。清晨,天刚蒙蒙亮,我和母亲便踏上了去小山岭的路。我觉得翻越小山岭并不难,独轮车道两旁是山涧,小路两边缀满了野花和蒿草,小溪泉水叮咚,渴了就掬一捧清澈甘甜的山泉水喝。随手扯一个野猕猴桃或者一把什么野果解馋,野果真是好吃,带着天然的甜香,是现代人工培植的水果无法媲美的。

看着黑褐色石头铺筑的羊肠古道蜿蜒而上、坑洼不平,我扬起头问母亲,妈妈,这条路怎么这么难走啊?母亲说,这条路是过去卖茶叶、布匹、瓷器和丝绸的商人走的路。我问,那这个石板路上怎么都是坑呢？母亲说，独轮车压得多了，路就不平了。哦，那怎么没看到独轮车和商人啊？看着山路上一个人影都没有，我天真地问。哦，那是很早很早以前的事了，我都没看到过呢。很早很早以前是什么时候？母亲说，不知道，很早很早以前，也许是一百年、一千年以前吧！

走进山谷你会屏住呼吸，静静地聆听岁月和历史，听着山谷里布谷鸟、斑鸠、麻雀、黄鹂、画眉的鸣叫。此情此景，恰如"长亭外，古道边，芳草碧连天……"这段温婉绵长的歌词。

差不多每次翻越小山岭去大姨家，都是正好赶上大姨家吃中饭。下午回程，翻过小山岭就容易多了，不知怎么地就到家了，仿佛对路上的一切景物都没有什么印象。

小山岭两边是高山，古人聪明地将通往两省交界处的商路选在了这座不高不矮的山上。据记载，这是明清年间的瓷茶古道。但从青石板上的车辖辘碾压的痕迹来看，这条古商道的历史或许更久远。

青石板铺筑的羊肠古道，静谧地仰卧在山野的杂草古树间，犹如一座散发出魅力的磁场的古堡，吸引着众多游客慕名而来。在这条狭长崎岖的古道上，我们仿佛走进了历史的长河，去感受古时的繁荣和衰败。无论时代如何变迁和发展，这里的一山一水、一草一木都有着历史的印记，成为不可磨灭的印象。

桃红岭与梅花鹿

不知从何时开始,家乡的桃花岭上有了梅花鹿。记忆里最早知道家乡有梅花鹿是听父亲说的,那还是在几十年前,我那时大概十来岁吧。父亲说他当年七八岁的样子,有一次,他去上十岭八路军驻地送情报。父亲撒开腿拼命地往后山跑,跑啊跑啊,跑到一个山坡上时不觉愣住了,他看到几头梅花鹿正在低头吃草。父亲没见过梅花鹿,不知道是何动物,而梅花鹿不像豺狼虎豹那样凶猛可怕,它们只是悠闲自在地吃草,这大大地缓解了父亲的恐惧心理。他胆战心惊地绕道而行,继续去送情报,最终顺利地完成了任务。由于情报及时送达,八路军打了大胜仗,小小交通员也获得了部队的嘉奖。为此,我还写了一篇短文《小交通员虎子》,以纪念父亲不为人知的英雄事迹。

家乡有梅花鹿,有人看到过,有人听过。"梅花鹿"这几个字如雷贯耳,但估计很多人都只是在梦里见过吧。虽然生活在梅花鹿保护区,梅花鹿却离我们很远,恍若远到只是个传说。也许是因为梅花鹿受到了很好的保护,所以难得一见。正因如此,梅花鹿数量也在逐年递增,不得不说这是达成了人与动物的和谐共生。共同拥有地球家园是动物与人类的共同夙愿。

现在,桃红岭梅花鹿国家级自然保护区与其他风景区一起成为彭泽县上十岭的名片之一。2021年,在电视新闻里,我有幸看到央视报道上十岭梅花鹿的一档节目。现在,桃花岭梅花鹿的名声响彻大江南北。很是欣慰,家乡的山水被政府保护和治理得越来越好,新农村建设日新月异,相信选择叶落归根的乡民会越来越多(上十岭不少长期在外打工的人,已经返乡种地或是创业)。或许一座座空村在不久的将来又会重生,过去的人气和热闹又会重现。可是,现在村里留下的都是老弱病残,美好的愿望与空想有时会被现实无情地揭穿并击碎。然而,世界上的事谁也说不清道不明,万物万事本就是个大循环,而周而复始的轮回则需要时间去熬制和烹煮。世界瞬息万变,上天也给不了答案。

梅花鹿的繁衍是个永久的课题,而家乡日渐优美的生态环境又令多少游子归乡心切。

凤冠湖之红光水库

今天的凤冠湖,又称红光水库。

前不久,我又一次去了凤冠湖。凤冠湖湖面宽广,波光粼粼,一座座迥异的山峰,叠翠青绿,组成一道道绮丽的风景。那些山体坐落于湖中,山水相连,起伏翠绿的山峦将整个湖面揽于怀抱之中,山水相映成趣,恰似人间仙境。

湖岸上,形状各异的参天古树站成不规则的队列,三五成群,仿佛观望着我们这些不速之客,清风拂过,一阵窃窃私语。

湖中高高矗立一座悬空的廊形观景台，观景台从湖岸一直延伸到湖中央，站在上面可以将整个凤冠湖的景色尽收眼底。我喜欢这片湖光山色的幽僻与宁静，忽然生出感慨，不觉写了一首小诗：

骄阳高挂湖中央，青山秀丽绿水长。
凤冠湖畔千重影，低头宛在碧波藏。

妹妹、妹婿和我，三人一路观光，一路说笑。三个人决定，这一次，一定不能半途而废，一定要围着水库走一遭。一是看看红光水库面积到底有多大，二是好好领略一下这自然风光。彼时，我心里泛起嘀咕：这水库面积也太大了，不知道一圈走下来到底要多长时间？不知道前面的路到底好不好走？有没有野兽？要不要带根木棍防身？诸多疑问，也是我们多年以来一直没有付诸行动的原因。这次，当妹妹提议时，我们一拍即合，我和妹婿也想走走看看这沿途的风景，心想这次一定不能错过机会。

以前，听说红光水库靠山体的一侧是一条狭窄陡峭的山路，有些地方的路断断续续，要绕山道而行，坡陡路窄。除了附近的村民，恐怕没有多少人尝试着走过去。看样子，现在路面拓宽了，还铺上了青石板。观光的游人（凤冠湖刚开发成风景区，观光的游客很少）走在这样的林间小路上，自然会放空杂念、清空心境，尽情欣赏。看绿水青山，看水深水浅，看绵延起伏的山峦，听虫鸣鸟叫,别有一番风味。而我,更喜欢去阅读大自然中活生生的物象,这样的阅读更有趣味,我愿意沉醉其中。

看,茶叶。妹妹抬头往山上指了指。我说,你一看到茶叶就走不动路了。这也是她说我的话,她说我一看到竹笋就走不动路了。我们是来玩的,不是来摘茶叶的。妹妹像没听见我说的话,麻利地从挎包里抽出布围兜,三下两下就爬上了山,原来她早有准备。我们只好跟着她,拉着一棵倒伏的树,努力爬上陡峭的山壁。茶树上的茶叶刚冒出两片嫩芽,根本摘不了,加上口渴难耐,没过多久,我和妹婿就懒洋洋地、慢吞吞地摘着茶叶,而妹妹却兴致勃勃地往山里面找茶叶去了。

上山摘茶叶也确实难为了妹婿,作为城里人的妹婿哪里干过摘茶叶这样的活计?再说,摘茶叶好像是女人做的事。妹婿是市里的一名狱警,每个月开车回乡来看妹妹一两次。他哪吃得消这样的苦头?又晒又渴又累,主要还担心被蛇咬,也不知道茶叶要摘到什么时候。水库周围一个人影也没有,静悄悄的,除了鸟儿的啁啾,唯有群山岿然不动地耸立于水库旁。与山为伴,与树对吟,看水解渴反而更渴。俯首看去,水库仿佛就在脚下,陡峭的山体是水库的"护身佛"。千百年来,山水相依为命,它们往往是不可分割的。

忽然,我们欣喜地听到有人说话,和着叮叮哐哐的嘈杂声,由远而近。一行民工装束的人推着三轮工程车走到跟前,问,你们是哪里人?我们是三角桥人,我爸爸是胡火龙。妹妹答。哦,我认识,你们是"胡剃头"的女儿。那人又对我说,你是小高的老婆吧,小高家的房子平台还是我们倒的呢。我问,你们在这干吗?我们铺路,这条路都是我们铺的,一直要铺到头,绕水库一圈。哦,那要铺多久?我问。不知道,也许半年,也许更久。另一个人说,你们来这里摘茶叶就对了,这里好多野生茶树,沿途山上都是。我说,这么小的茶叶,不好摘,我不摘了。那人说,就是这么小的茶叶好,好喝,也很值钱。清明前的野茶,手工做出来,能卖个好价钱,去年有人卖到两千元一斤呢。

妹妹掂了掂布围兜,说,收获不小,大概摘了一斤。我和妹婿有些不耐烦,就赖在树荫下休息,再也懒得动弹。我说好渴,想喝水。妹妹说,忘带水了,熬着呗。那天气温也高,太阳火辣辣的,照得人烦躁不已,我口干舌燥的,浑身不自在。忽然,妹妹说,那边山冈上有映山红,你摘来吃,解渴。映山红的味道酸酸甜甜,我们小时候经常吃。我站在映山红树下,吃映山红,算是暂时缓解了一点口干。不摘了,走。妹婿说话间,就拉着一棵小树滑下山崖,站在水库旁的小路上朝我们招手。

我燥热不堪,累得直喘粗气,满脸通红。我说,我们原路返回吧,路近点。不,说好了,我们绕水库转一圈。妹妹坚持。我看了看妹婿,妹婿径直往前走。好吧好吧,我只得答应。我认真地看了一下丛林及四周的山,这里的森林被保护得很好,一草一木都保持着原始风貌。要不是修路,这里几乎连路都没有,要想绕湖一圈,恐怕要钻山林才能出去。山坳里大树连天,这些树木高大而挺拔,似乎要冲上云霄。山坡及山头上以松树和杉树为主,举目望去,无尽的树枝摇曳着,被风吹得沙沙作响、翩翩起舞,如波纹潋滟而绝美,偶有分散着的杂树和毛竹。

我感叹,肥沃的土地孕育出茂盛的植被,给凤冠湖增添了无尽的韵味。往前走,青石板路还是毛坯,没有铺垫成型,虽然粗犷随意,倒也自然。路径七弯八拐,我们走啊走啊,好像始终走不出去。不好,我们走错路了。妹婿忽然来了一句。总有出去的路,错了大不了再回来,我想着。还好,路没走错。我们继续沿着小路,上了一个陡峭的山冈,又爬上一个弧线形山坡,然后是弯曲悠长的下坡路。小路长得像是走不到尽头一样。我发现妹婿越走越快,我们快步想跟上他,却怎么也赶不上。走了一程又一程。在一处水洼附近,我眼前一亮,发现了我最喜欢的水竹,一大片青翠的水竹低头在微风中摇曳。我对妹妹说,下次来应该就有笋子了。你不是想下次来拔笋吧?有笋也不能拔,你看竹子下面的水有多深,墨绿墨绿、幽深幽深的,水深起码有几十米,人掉下去肯定会淹死。噢,是的。我俯瞰,看着幽深墨绿的水库,我倒吸了一口气,瞬间打消了拔笋的念头。

妹婿不见了人影。我们终于看到水库大坝了,我松了一口气,估摸着算了一下时间,绕水库走一圈需要半个多小时,而且是快走。以快步行走的时速来算,半个小时就是三点五公里,我们走的速度估计没有标准时速那么快,大概两三公里吧!这段路多是爬山穿林,我们已经累得够呛了。到了停车场,看到妹婿正在贪婪地大口吸烟。妹妹打趣道，哦，原来你是犯了烟瘾，难怪跑得比兔子还快。那天因为走得匆忙，我们没带水，所以也就没有多少兴趣仔细欣赏凤冠湖大好的自然风景。

说到红光水库堤坝的建成，还得说说我父亲那辈人辛苦的付出与奉献。1958年，因为洪水泛滥，很多地方被淹，洪水冲垮房屋、淹没庄稼，农民颗粒无收。那个时候，有多少人忍饥挨饿无家可归啊！那几年，国家大力兴修水利工程，如挖沟渠、筑堤坝、建水库……

父亲也被派去建水库。父亲是党员干部，所以必须起到先锋带头作用，昼夜在红光水库工地带头劳动。父亲说，那时候，仿佛每一个人都有为国家、为人民勇于奉献和牺牲的精神，劳动跟打仗一样。他说，那时候大家真正做到了一不怕苦，二不怕死，人人都像拼命三郎一样，不叫苦不叫累，任劳任怨。劳动时，每一个人都争先恐后，你追我赶。那时候是新中国成立初期，国家一穷二白，又逢三年困难时期，建水库的民工们吃不饱也穿不暖，但他们依然咬牙坚持着。最后，终于完成了这一项艰难而浩大的工程。

母亲回忆，那时候，她要照顾哥哥，肚子里怀着姐姐，每天起早贪黑，挺着大肚子送饭到红光水库的工地给父亲吃，来回都是步行，回来后还要参加生产队的大集体劳动，真是吃尽了苦、受够了罪。

红光水库大坝高百十米。我们站在水库大坝下面，仰望着水库堤坝,心中叹服。水库面积大,被群山环绕,形成了天然屏障。红光水库是上十岭农作物的主要灌溉基地之一,肩负着整个垦殖场一半的农业灌溉任务,另一半灌溉任务则由高山水库负责。

现如今,凤冠湖更加引人注目。它不仅仅是远近游客观光散步的好去处,关键时候,它还继续承担着它往日的使命。

摘野茶

上十岭垦殖场所在地算是丘陵地带,近处是铺满翠绿的山峦;远处,那些绵延起伏的高山,仿佛远在天边,近在眼前,我从来没有去过。高山那边就是安徽地界,这些高山就像一个个屏障,仿佛将江西与安徽隔于云端之上。上十岭的山不算高,山峰也没有那么陡峭,有些山地是缓坡。落叶年复一年地覆盖着这片肥沃的土地,这有利于野茶树的生长。

上十岭茶厂,有着悠久的历史。方圆几里的几十座山坡上都是茶树,记得我们上小学和中学的时候,学校就组织学生去茶厂参加义务劳动——摘茶叶。上十岭茶厂生产的茶叶种类繁多,其中白茶和绿茶最畅销,茶叶销往全国各地,甚至出口海外。

我甚是奇怪,茶厂之外的很多山上,怎么会有那么多野茶树呢?听老一辈人说,原来,上十岭因为是垦殖场,所以场里以山为本,以植树为发展规划。20世纪六七十年代,上十岭大力开展垦荒植树大生产运动，那时候是大集体，队员们吃住都在山上。建水库、筑堤坝、植树造林，特别是栽种茶树，成为那个年代风靡一时的农垦潮流。最终，垦殖场还是以农业、工业和植树（主要是杉树）为发展重点，于是很多山上栽下的茶树也就无人问津了，便自然成了野茶树。植物的生命力无可估量。如今，山上的野茶树越来越多，有的长成了古树，想要摘到古树上的野茶实在不易。

今年清明节前的几天，妹妹打电话，叫我回去陪她上山摘野茶，说再不回去就摘不到清明前的茶了。

妹妹年年摘茶，知道哪里有古茶树。她带着我翻山越岭去摘野茶，特别是寻找古茶树。说是古茶树，其实这些山林里的古茶树并不像平常的古树那样高大粗壮（当然，它们根本就不是一个类型，就好比一个出色的篮球队队员和一个普通人的身高，是无法改变的事实），树干和枝条都是细细长长的。可想而知，茶树在茂密的树林的夹缝中求生存，在幽暗拥挤的弹丸之地想要"出人头地"谈何容易。它们没有话语权，却要顽强地拼命生长。它们明白，只有这样，才可能有生存的机会与价值。可再怎么努力，在森林里，茶树也改变不了它们的宿命，注定只能委屈地被挤压在大树底下苟活。这就是残酷的生存法则。可是，茶树并不沮丧，它们相信终有发现它们的伯乐，比如，像我妹妹一样的爱茶之人。

妹妹说那些摘茶叶的人真笨，他们的眼睛是平视的，只看到低矮的茶树,不知道往上看。还没开始摘茶叶,我就累得气喘吁吁了。我上气不接下气地说,也许那些人,根本就不屑摘这么高的地方的茶叶吧,你看高处的茶叶多难摘啊。妹妹煞有介事地压低声音说,小声点,不要被人听到了。这里的茶叶只有我知道,我每年都来摘,一摘一大包,去年我摘了两大包呢。所谓"一大包",是妹妹自己用棉布缝制的围兜。她把一块棉布料裁制成一个大口袋,缝好,在靠腰部正中的位置打上皱褶,然后缝上长长的腰带,绕腰部一圈,紧紧地系上。这样既牢固又方便,摘的茶叶一把一把地扔进去。纯棉布缝制的包既轻便又透气,摘一上午的茶都不用担心茶叶会被闷坏,倒出来依然清幽翠绿,散发出扑鼻的茶香。我再次唠叨,也许人家不愿意摘古茶树上的茶叶吧。你看这么高的树,不好摘,手酸死了。也有可能吧,但我觉得,不易得到的才珍贵,这才是真正的野茶,这树少说也有几十年的树龄了。妹妹把树杈子掰弯,拉下来摘,树杈子上的茶叶是顺着树枝一节一节往上生长的,不像茶厂的茶叶,齐刷刷(被剪枝的缘故)地生长——听说打了生长激素,茶叶长得叶肥秆粗,摘起来像掐白菜一样。相反,野茶却截然不同。野茶叶秆细,叶薄(所以,做出来的茶品相不好看,但绝对好喝),翠绿翠绿的,一根树枝上好多分枝,充其量也就能摘一大把茶叶吧。这也正是野茶的难得和珍贵之处。妹妹说,你赶快摘,我去另找茶叶。我胆小,又在深山老林里,丛林里阴森可怕,不见阳光,时有鹰鸣鸟啼,不免慌张,心突突地跳。我冲妹妹大叫,你不要走远了！听不到妹妹回应，我立马放下满枝的茶叶，转身大呼小叫，你在哪?！你在哪里？有时，妹妹憋住笑，故意不吱声，等我慌了急了，她才扑哧一声笑道，有鬼呀？我有时一个人在这深山老林里摘茶叶，也没有被鬼吃掉。我说，不是，我怕蛇，也怕其他动物。妹妹说，你就是怕鬼，世界上哪里有鬼？自己吓自己吧！如果有鬼，那鬼还不成堆了。处处有鬼，还有人待的地方吗？

　　也是怪了，坟地里的茶树长得特别茂盛，我猜想，是不是因为尸体腐烂的原因。我不敢想象，一想象就害怕，连妹妹做的茶都不敢喝了。妹妹说，她总去学校（早已废弃被拆除的小学）后山上摘茶。所谓的学校，是我的小学——竹林小学。记得那时候，学校后面的山坡上栽了很多茶树，一行行，整齐地排列着。现在荒芜了，荆棘、杂草、树木丛生，还成了坟山，根本看不到学校的痕迹。在这里摘茶叶，感觉后背发凉，头皮发麻。有村民对我妹妹说，你真是要茶不要命，胆子可真大，坟上的茶叶也敢摘，坟墓里的人都在看着你呢。再说，坟墓的洞穴里常常有蛇，如果被蛇咬了没人知道，那还不没命了。妹妹笑道，摘茶叶的人当然要注意蛇了，我也怕蛇，但蛇不会主动攻击人。只有当你踩到或者威胁到它时，它才会主动咬人。

　　上次妹妹在山里摘茶叶，看到一条银环蛇盘在一个树根下乘凉，吓得从此再也不敢去那个山上摘茶叶了。山里经常有人被毒蛇咬伤，以前常常听说某某村民被毒蛇咬死咬伤的事。现在医疗条件好了，邻乡就有医院可以注射血清，但价格不菲。所以,乡民认为,如果被毒蛇咬伤了,摘这些茶叶便是得不偿失。

妹妹起床摘茶时,天刚麻麻亮。而做茶更辛苦、更烦琐,往往要做到半夜,几乎没时间吃饭和睡觉。常有人调侃妹妹,你是喝茶不要命的主啊,摘那么多茶叶喝得掉吗?妹妹摘的野茶的确多,她自己当然喝不掉。她每年可以摘十几斤的野茶,送些给孩子,送些给姐妹,送些给亲朋好友,最后也就剩下一半不到吧。我劝妹妹不要冒那么大的风险去摘茶。妹妹说摘茶是她的爱好,她戏称,跟你写作一样都是爱好,已经渗透到骨子里了,只有哪天爬不动山了才会收手吧。

我跟随妹妹一起上山摘野茶,两天就受不了了,皮肤过敏,脸肿得像发面团一样,说什么也不去摘野茶了。特别是最后一次摘茶叶。那是在一个竹林里,有一大块山地上的毛竹被砍伐光了,山坡上阳光充足,茶树嫩绿嫩绿的,一片又一片,一棵挨着一棵,茶叶多得摘也摘不完。妹妹激动地说,好多茶叶,快摘快摘。但我难受得有些不耐烦。雨后的山林湿漉漉的,硕大的黑蚊子、苍蝇和臭虫在耳边乱飞,嗡嗡声不绝于耳,胳膊和腿上被蚊子咬了很多包,奇痒无比。此时,我却忽然有一个发现,凡是有竹子的地方往往都有茶树,竹子与茶树共生的关系谁也说不清楚。妹妹看我难受得在原地打转,便说,要不你先回去吧。我就等这句话,便逃也似地跑回家了。

第二天,妹妹死缠硬磨,好话说了一箩筐,央求我再陪她上山去摘野茶,我死活不愿去。好,你不去,我一两茶叶都不给你,妹妹威胁我。她差不多每年都会给我两斤野茶。你给我,我也不要。这次我亲身体会到摘茶叶的辛苦,还冒着生命危险。一大布包湿茶叶大概有三斤吧,运气好的话一天能摘两大包,做成干茶才一斤二两。晚上还要加工制作成品茶,累死了。我不想占那个便宜,我买。不卖不卖,要茶叶自己摘去。前几天有人要买我的茶叶,出五百元买一斤,我都不卖,我摘茶纯粹是爱好。妹妹嬉笑着。说归说,笑归笑,她依然给了我一斤清明前的茶,我硬塞给她六百元钱。

这次回乡,对于妹妹的举动和表现,我有些疑惑。她那么胆大的一个人,此前每次都是一个人上山去摘野茶,怎么这次非要我陪她摘茶叶呢?

妹妹说,她现在也有些怕蛇了,但是,很难控制摘茶叶的欲望。她说自己摘茶叶的时候非常注意蛇,地上、茶叶周围和茶树上是否有蛇,她都会注意观察。真是越怕什么,越来什么。昨天,家门口一位年轻媳妇去山上摘茶叶,还没有开始摘呢,就被竹叶青蛇咬了。好在被人发现,及时送到医院治疗,才没有大碍。虽然说竹叶青蛇一般不会致人死亡,但如果不及时治疗,也会落下伤残。难怪妹妹现在害怕一个人上山摘茶叶呢。

我刚回来的那天,隔壁邻居姐姐说,她一个人到河那边的山上摘茶叶,听到一大蓬芭茅周围有响动。她以为是有人在摘茶叶,便问,喂,你是哪一个?对方没有作声。她又问,你是谁呀?芭茅草丛里窸窸窣窣地响,没人回应。她觉得奇怪,这个人是怎么回事？她继续问，你是哪个？我不跟你抢茶叶，是人是鬼，哼一声，和我做个伴呗。还是不见回答。她有些害怕，但接下来的举动也说明她是一个胆大的人。她好奇地拿起一根木棍，敲打芭茅。忽然，一头母野猪带着一群小野猪跑了出来。她吓坏了，拼命地朝山下跑去。要知道，如果有人侵犯或威胁到野猪，特别是哺乳期的野猪，很可能会遭到母野猪的攻击。母野猪会露出嘴里的两个大獠牙，毫不犹豫地扑向侵犯者。母野猪为了捍卫自己的巢穴和保护小野猪，往往会奋不顾身的。

　　手工制作茶叶的过程非常繁杂，要经过很多反复的工序和流程，一斤茶叶要两个多小时才能制作完成。首先且最重要的一环是鲜茶杀青，杀青一定要掌握火候。杀青时要用大火（柴火灶）把锅烧至200摄氏度，然后倒入茶叶快速翻转（戴上白色纱线手套），等茶叶蔫了，表面基本不泛光了，便快速地将茶叶扫入竹制的筛箕里摊开，然后找出仍泛光的茶叶，将其与下一锅鲜茶一起做。等茶叶稍凉些了，便开始从左至右用力反复揉搓，摊开，再揉搓，如此数次；然后入锅翻炒，再次出锅摊开，再揉搓，摊开，再揉搓……反复几次。往往这个时候，站在一旁的母亲看到我们姐妹俩手忙脚乱的样子，便会按捺不住地参与进来。别看我母亲九十三岁了，但她做起事来干净利索，比我厉害多了。母亲揉起茶叶来力道正好，左三下，右三下，知道轻重缓急。彼时，要不是母亲帮忙，我都不知道要把茶叶揉成啥样呢。最后一道工序是千万次的磨锅，这就要有耐心了。磨到最后，干燥得状如细钩的茶叶如长了白毫般,这样才算做好了。

手工制作茶叶,其过程真是让人备受煎熬。人站在高温的铁锅前,用手做上万次的重复动作。特别是磨锅,脸部被炙烤,红得像猴子屁股似的,汗流浃背,腰酸背痛手麻木,难受不堪,这种苦差事一般人根本受不了。所以,乡下很多人摘了茶叶宁愿去安徽东至县青山乡加工,或是买茶喝,也不愿意受那份罪。

机器加工的茶叶无法与手工制作的茶叶媲美,两者味道相差甚远。

手工制作茶叶的过程中如果操作不当,做出来的就是"红茶","红茶"味道比"青茶"差了不止一个档次。"红茶"是火候过了、烧焦了,或者是翻炒和揉搓的时候动作不当,茶叶被闷坏了。妹妹结合手机短视频中的做茶步骤,加之多年来自己摸索的独特做茶技巧,做出来的茶都是纯粹的青茶,茶香扑鼻,茶水清澈透亮。她将做好的茶叶装进在网上购买的专用茶叶袋里,然后包上保鲜膜,放入专门的冰柜里冷藏起来。冰柜是她买来专门储存茶叶的,里面不能放其他东西,她说怕串味儿。所以,妹妹的茶叶保存得非常好,三年的陈茶喝起来,口味还与新茶区别不大。

妹妹从清明节前开始,几乎每天清晨都上山摘茶,下午或者晚上做茶。村里人摘了茶叶,有的就恳请妹妹帮忙做茶。当然,他们不会让妹妹吃亏,常常拿出礼物送给妹妹,比如家里的腊鱼、腊肉、鸡蛋及地里的菜蔬等。妹妹做出的青茶远近闻名,无一失手,柔润爽口,清香扑鼻。

清明前后的茶叶小得可怜,通常只有两三片叶子,妹妹一天能采二三两就算收获不小了。茶叶的生长期很短,四月二十日后的茶叶基本上就算老茶叶了。

今年,我在老家收获颇丰,满意地带上"战利品",轻松惬意地满载而归。

源于竹

一

天地造物。竹子是自然界中一种举足轻重的植物,而我又特别爱竹子,关于竹子的一切我都喜欢。我钟情于毛竹、水竹、斑竹、文竹、泰竹等这些常见的竹子。虽然不懂画,我却很喜欢"写意竹画"。安庆市作协原主席姚岚女士擅于画竹,前几年,她送给我一幅,我爱不释手。看我喜欢,后来她又赠送给我一幅。我向她索要了几幅画,但最喜欢的还是竹画,我将她送我的竹画裱好,郑重地挂在客厅的墙上。

二

说到竹子,其中毛竹和水竹是我最喜欢的品种。这缘于童年的记忆。

记忆的碎片如潮水般奔涌而来。

小时候,闲暇之时,父亲常在家门口摆弄一根根毛竹——破篾。间隙,他偶尔摘一片竹叶在嘴里含住,吹出悠扬的曲调。我们学着父亲的样子,也把竹叶含在嘴里,却摆弄半天也吹不响,只好作罢。父亲把毛竹或者水竹用篾刀破开,剖成一条条差不多大小的竹条,等把竹条修理光滑,再剖成薄薄的片或者细条,然后坐在小马扎上精心编制他的梦想。他将竹子编制成一个个精美实用的农家用具,如簸箕、簸箩、晒篮、竹箩、竹筛子、竹篮等。有时,父亲还将编好的竹制品送人,乡邻开心地接下父亲的礼物,一一答谢。

现在,父亲编的竹制品,有些家里还在用,有些存放起来,家人都细心维护着,生怕弄坏了。父亲虽然离开了尘世,但看到这些父亲亲手编制的东西,我们就会想起父亲,那是用钱也买不到的啊!

三

可能是因为喜欢吃竹笋或者其他缘故,反正我很喜欢拔笋,特享受那种积累收获的过程,或者是因为更喜欢亲近大自然吧。妹妹不理解,家人也不理解,村里人更不理解。他们说,城里买不到吗?何必吃那么大的苦头去拔那么多的笋呢?想吃,拔一点就是喽。如果不幸被蛇咬了,那还了得?在林子里又没人知道。

的确,拔笋是一个既辛苦又繁重的体力活,需要耐力和坚持。也是怪了,往往有笋的地方一定有荆棘。不管天气有多热,温度有多高,你都要穿上高筒靴、厚衣裤,戴上棉布做的遮阳护颈的帽子,再戴上棉纱手套,要全副武装,才敢钻进林子里去。在竹林里,每走一步都要注意脚下、手边和头顶,看看有没有蛇,可不能盲目地乱走、乱踩、乱抓。如果真被毒蛇咬了,后果不堪设想。

刺蓬里的竹笋又粗又嫩,但那种手被荆棘刺破的感觉很让人揪心。被刺破皮肤是小事,但刺要及时拔出来,否则,你将无法再继续拔笋。那种既痛又痒的感觉,只有当事人才知道其中的滋味。鲜笋可不轻,若边拔边把竹笋装入蛇皮袋里,无论是夹着走还是拖着走,都无法弄出林子。只有将竹笋一堆一堆地散放在竹林空隙,等回去的时候再将零散的竹笋集中在一起,装入袋子,弄出竹林,才算完工。

我拔笋的时候,通常是会忘记时间的。笋多的地方,只顾埋头弯腰蹲着、跪着一片一片地拔,等拔完一片竹林的笋子,腰都直不起来了。头上、脸上不知是汗还是水,沾满了草屑,尽管戴着帽子,但头发还是被荆棘刮得乱蓬蓬的,湿漉漉地粘在脸上脖间,那样子活像一个叫花子。等扛着蛇皮袋,打人家门前经过时,狗也追着狂吠。俗话说得好,"狗眼看人低",一点不假。

四

每年清明节后,笋子就开始冒出地面了,而彼时也是我最高兴、最兴奋、最忙碌的时候。笋子是野茶之外的另外一种收获,为什么这么说呢?因为,相对来说,野茶叶更来之不易,也金贵得多。话又说回来,于我来说,它们是同一时节大自然赐予我的双重礼物。如果在茶叶与笋子之间选择一个的话,我更喜欢笋子。

　　在这个季节里,不管多忙,我都会回乡下,拔笋成为我必须要做的一件事。笋子的吃法多种多样,炖肉、煨汤、腌制、热炒。笋子的烹饪方法千变万化,它调动着我们这些吃客的味蕾。

五

　　我与笋子的渊源,须追溯至我儿时的记忆。

　　旧时故乡的画卷徐徐展开,辽阔的天空与大地,勾勒出湛蓝与青绿相间的幕布。阡陌交错,一丛丛树木掩映下的古老村庄,或是雾气氤氲缭绕,或是炊烟升起,露水亮晶晶地挂于原野上,鸡鸣狗吠穿越小村的上空。扭头看,篱笆上一簇簇牵牛花,或是丝瓜金黄的花朵,在晨风里摇曳。母亲在腰上系一个包袱,径直往屋后的山上走去,我们知道母亲又是去扯水竹笋了。树影绰绰里,她很快消失于密林之中。只要见到这样的场景,当天的餐桌上,必有一盘美味的山珍——水竹笋。

　　那时候,母亲常常麻利地将竹笋做出不同的吃法和口味。劳作回家的母亲,手里总是握着一把在山野里拔的水竹笋。母亲用大火煸干竹笋,然后放些腊肉一起红烧,那味道香喷喷的;或用腌白菜一起炒,味道也不错。母亲把剥好的毛竹笋或者是水竹笋放进沸水中煮上十分钟,捞出来沥水,然后整齐地摆放在晒箕里晒干,或晒一天太阳后,分成一份份的。吃的时候,放进骨头汤里炖,或者与排骨一起红烧,味道非常鲜美……

六

我想,自己不仅仅是因为喜欢吃竹笋,应该还有一份别样的情愫在心里萦绕吧。所以,每年有笋的季节里我便蠢蠢欲动,家人也跟着我一起忙碌。等我收获了一定数量的竹笋时,便将竹笋储存起来,想吃的时候就吃,方便又解馋。

今年的竹笋生长得特别旺盛。那天,我在河岸的竹林里很快拔了两蛇皮袋笋子,堆放在门前的凉棚里。村里的几个老人看到竹笋连连感叹,纷纷赶来,聚在一起聊天叙旧,帮忙剥笋、煮笋、晒笋,母亲和妹妹高兴地拿出零食和饮料招待她们,家里喧嚣的场景像过年一样热闹。

说话间,听到有人叫,红,红红。是大妈佝偻着背杵在大门外,她双手靠背,走两步歇一步地蹒跚着。她在叫妹妹,说狗乱叫,不认人。问,狗不咬人吧?我说,大妈来了。看到大妈衰老的样子——现在站立也不稳了,我心里有些难过。我担心她会摔倒,慌忙跑过去搀扶。大妈说,不要紧,人老了不都这样吗?能有一口气在喘就满足了。萌萌(狗的名字)还在不知深浅地汪汪叫唤。我大声呵斥萌萌,萌萌不要叫,是大妈来了。萌萌特别呆萌,它立马用头、用身子、用屁股蹭我,低下身摇头摆尾地献着殷勤。妹妹跑出来冲萌萌吼,滚一边去,不认人的东西!我忙端把椅子给大妈坐。母亲说,你大妈腰不好,你把那个藤椅搬过来给大妈坐。我应答着,忙不迭地端茶倒水,忙前忙后地服侍着大妈。一位老人说,你侄女好吧?好,好好,我侄女好,给我买衣买鞋,一买就是好几双。你还记得你和你男人是我牵的线吧?你找了一个好丈夫,要谢谢我。嗯,是的,谢谢大妈,他很好,对我也不错。我应承着感谢大妈。我这个侄女有出息,生意做得好,听说还是科学家呢。大妈,她不是科学家,她是作家。妹妹说。作家是什么东西?作家就是坐在家里写东西。妹妹嘻哈着解释。哦,作家,作家也不错。大妈似懂非懂地说。是的,作家还不是跟我们平常人一样,来到乡下,跟我们穿一样的衣服,吃一样的饭菜,做一样的事吗?甚至还不如我们呢。我说,是的,是的,到乡下我还不如你们,什么事都做不好,还净给你们添乱。跟你开玩笑呢,不要当真。妹妹又添了一句,你还不如到乡下来写作,后面山上我给你准备了一个小木屋,树荫底下,凉快又安静,你在那里写东西多好。我认真地说,我不去,那里有好多坟。哦,又怕鬼,怕什么?爸爸在后山陪着你。嗯呐,那里埋葬着很多村里人,我胆小。胆小鬼,我晚上一个人上山都不怕。上次,妈妈上山摘茶叶,衣服落在坟地里,我觉得妈妈的衣服在坟地里过夜不好,就一个人上山把衣服拿回来了。你不怕吗?也有点怕,我拿到衣服时出了一身的冷汗,便飞快地跑下山了。

  风烛残年的大妈与母亲同岁,此刻,她和母亲大声地说着话。两个迟暮的老人缓慢地拉着家常,忆苦思甜,大妈大声说,母亲吃力地听,有一句没一句地搭话。面对两位亲人苍老的面容,我心里一阵难过。我想,人间还有多少时日,可以让她们妯娌俩这样欢快地相聚啊。

七

我的思绪飞到了从前。画面里,在夏日的一个雨天黄昏,不知疲惫的母亲从田野里归来,带着一身草木清香,麻利地到锅灶那里点燃柴火。炊烟升起来,锅台上热气腾飞。哪怕是地里摘回来的最平常的菜蔬,在烟熏火燎中,经过母亲精心烹饪,也会变成美味。母亲想方设法烹饪好吃的,以满足孩子们的胃口,她不辞辛劳地不断创新。

某一日,灶台上放了一海碗炒瓜子或者一小竹篮香喷喷的蚕豆,我们几个姐妹围在锅台边嗑瓜子、吃蚕豆,父亲则坐在堂屋里就着花生米喝酒。这是全家人最开心、最幸福的时刻,也是我们盼望已久的时刻。与其说母亲热衷于用自己的妙手制作美味,不如说她陶醉于这锅盘碗盏间的温暖和煦来得贴切。

尽管现在的生活天天都像过年,却少了过去时过年的味道。那时候,那样的场景,早已刻在我的脑海里,一辈子都不会忘记。

虽说父亲脾气不好,但多数时候父亲还是值得母亲信赖和依靠的,看得出母亲是幸福的。父亲被母亲照顾得满面红光,他很满足,有这样好的妻子是他上辈子修来的福气。父亲只管吃饭,甚至连饭都不用自己去盛。家里的重活是要父亲做的,比如砍柴、犁田;除此之外,他只负责挣钱,虽然剃头挣不到几个钱,但在那个贫瘠的年代足够养家糊口了。

八

自从父亲走后,母亲便独自为我们守护着日渐冷落的家园。

乡间有她生活了九十三载的土地，那里有她一切的记忆与情感，她不会离开家乡来城里与我们一起生活。故乡是忘不掉的乡愁，而我虽仅在故乡度过了二十几载的光阴，漂泊在他乡多年，亦难忘怀。我渴望有一天，早日回到这片生我养我的土地上，叶落归根。

如今，妹妹和母亲一起守护老屋、守护家园，家还在。

有家在，家园就在；有家在，乡愁就会掷地有声；有家在，竹笋何足挂齿；有家在，我们更有了一份对家的念想和对家的情怀。家是人生起锚的甲板，更是归途的港湾。岁月流逝，斗转星移，可不变的是，乡愁永远挂在心壁上。

苦槠树下

妹妹在老家陪伴耄耋之年的老母亲已有些日子了。最近,听妹妹说有很多人上山捡苦槠果。苦槠果是制作苦槠豆腐的原材料。看来妹妹已经按捺不住了。

跟妹妹打视频电话,妹妹问我,你看妈妈在干什么?只见堂屋昏暗的灯光下,母亲微笑着抬头看了我一眼,又埋头蹲在地上拾掇着什么。这么晚了,妈妈在做什么呀?你猜!嘿嘿,妹妹神秘地笑,妈妈在剥苦槠果壳呢!你上次打电话给我,不是说想吃苦槠豆腐吗?妈妈说你喜欢吃,非要去捡。昨天阴天,树林里阴沉沉的,光线不好,我们只捡了一些,大概可以做一板豆腐。我今天捡了好多苦槠果,有大半个蛇皮袋呢!哈哈!可以做好多豆腐哦!够你吃的吧?!你们?难道妈妈也上山去捡了?妈妈今天没去,我偷偷摸摸走的。嗯!有时不要她跟着去,她便一个人独自上山,我阻拦不了,也不放心,只好带着她一起去。以后不要去捡苦槠果了,妈妈这么大年龄了,八十五岁的高龄啊!要是摔断了腿怎么办?妈妈说她没事,她不会摔跤的。最好不要去捡了,不怕一万,就怕万一,你跟妈妈说我不吃苦槠豆腐了。你说不吃,妈妈不会相信,她说你从小就喜欢吃苦槠豆腐,非要去捡不可。看到别人大包小包地从山上下来,她忍不住要去捡。前几天,一个村民上山捉到一条很大的眼镜王蛇。啊!吓人,太危险了,你不要上山捡苦槠果了。不要紧,冬天蛇都冬眠了呢!那个村民捉到毒蛇只是个意外,现在捡苦槠果的人越来越多,很多其他地方的人也开车过来捡呢。捡的苦槠果多数都是自己品尝或是送给亲朋好友,吃不完的拿来兜售,两元一斤,很便宜。好了。我很担心妈妈的安全,从现在开始,你们不要再去捡苦槠果了,想吃苦槠豆腐,我可以买来自己加工啊。趁妈妈身体还硬朗,你赶紧学会制作苦槠豆腐的工艺,不要让老手艺失传了!

苦槠豆腐,是江西、浙江、福建等地的传统名吃。苦槠果是初冬后从苦槠树上掉下来的果实,呈棕黑色,大些的果实有如毛栗大小。适量吃苦槠豆腐有益健康,可以补充营养、辅助减肥、清热解毒等,老少皆宜,深得当地人们的喜爱。

初冬后乡民们便成群结队上山捡拾苦槠果,虽然这个时候山中毒蛇很少且已冬眠,猛兽几乎没有,但一两个人在野外阴森森的森林里转悠还是有些不安全的。人多热闹而且能壮胆,遇到特殊情况时大家相互之间也有个照应。当然,跟我们那个年代相比,现代人的胆量要小得多,他们只是为了品尝原生态的纯天然食物而已,不邀上三五个好友是不会轻易上山的。而过去,我们不仅仅是为了吃上美味,更多的是要填饱肚子。

记得小时候,母亲总是系上围裙,一个人默默地上山捡苦槠果,回家的时候围裙和兜里总是装得满满的、鼓鼓的、沉甸甸的。

丘陵地带的山大多不是很高,漫山遍野的苦槠树茂密葱茏。山离家很近,对面山上的菩提寺若隐若现,去庙宇的陡峭山路上到处都是苦槠果,随手就能捡到很多。满山的苦槠树遮天蔽日,或许是江南肥沃的土地和气候条件适合苦槠树的生长吧!大自然馈赠我们取之不尽的天然美食,为我们的童年增添了许多乐趣,让我们一生都难以忘怀。

过去,对于山里的孩子来说,爬山是家常便饭,我们常常跟着母亲穿梭在灌木丛中,嬉笑着来到山冈的苦槠树下捡苦槠果。有一次捡苦槠果,母亲手脚麻利,不一会儿就捡到很多苦槠果,而没有经验的我只捡到个头小的果子。母亲看着我笑道,孩子,裸露在外的果子大多是劣果,不是被虫蛀了就是被鸟啄食了,或是被松鼠吃了,要扒开覆盖的黄叶才能捡到好果子,你看这厚厚的落叶,如果没被翻动,下面肯定有好多果子。果不其然,当母亲扒开厚厚的落叶时,一大捧苦槠果便呈现在我眼前。我效仿着母亲,果然,一个个惊喜不断,很快捡满了一大包。我们忘记了时间,忘记了饿得瘪瘪地咕咕叫的肚子,小小的我乐此不疲,每每满载而归。

母亲将刚捡来的苦槠果摊开晒在门前的地上。在阳光的照射下,苦槠果壳开始慢慢炸开,发出清脆的噼里啪啦的声音。母亲拿来一块木板放在苦槠果上,然后站上去小心翼翼地挪动,踩在木板上面的双脚慢慢地左右摇摆,再看移动的木板下面,已是白花花的一片。母亲蹲下来捡那些炸开的壳或是剥掉那些有裂缝的苦槠果壳,圆溜溜的乳白色的苦槠果在阳光的暴晒下渐渐变成了褐色。太阳下山后,母亲用筛子筛掉灰尘和碎末,分离果肉和果壳。

制作苦槠豆腐的过程和工序很烦琐。母亲将剥离筛净后的苦槠果装入缸中,倒满清水,一天或者几天换一次水,浸在缸里的苦槠果散发出天然的清香。十天半个月后,将洗净且漂除涩味的苦槠果磨成豆浆,加热、过滤、冷却成块,制作好的苦槠豆腐弥漫着馥郁的香味。手工制作的苦槠豆腐微涩,淡淡的涩味却正是纯天然的、无须雕琢的、无可替代的独有味道。

每年冬季制作苦槠豆腐的时候,家里就像过年一样热闹,一家人开心快乐地挤在狭小的厨房里忙得不亦乐乎。父母红光满面地围着锅台转,我们则打下手,帮着挤浆舀水,往炉灶里添柴,等待着即将制作完成的豆腐。一通忙碌后,苦槠豆腐总算做好了,制作好的苦槠豆腐呈朱红色,散发出一缕缕清香。母亲将制作好的苦槠豆腐切成片,待白菜、菠菜或者菜薹等炒至半熟后,倒入锅里爆炒数分钟即可。腊肉炒苦槠豆腐更是一绝,红红的干尖椒切成碎末,放入锅里与提前烧好的腊肉一起大火爆炒,再倒入苦槠豆腐,炒至快熟的时候加入切成小段的青蒜。炒好的腊肉苦槠豆腐香气四溢、丝滑爽口。

每年我们都能品尝到母亲制作的苦槠豆腐,苦槠树见证了母亲点点滴滴的爱和勤劳。不管走多远,我们都不会忘记母亲的味道,因为母亲的味道就是家的味道。

挖　　笋

　　老家屋后的山上和山坳里到处都是毛竹,肥沃的土地为毛竹提供了充足的养料,一棵棵毛竹足有碗口粗。好的基因自然生长出优异的后代,冬笋肉厚皮薄,春笋硕大润泽。

　　每年母亲都会挖上很多春笋,沸水煮,捞起沥水,晒成笋干,分送给儿孙们。一般来说,春笋是不能挖的,要不是毛竹生长过于茂盛,村里无人干涉,我们也不会每年都能吃上这美味佳肴。在农村,毛竹的用途更加广泛,红白喜事的用量就不少。毛竹可用于搭棚构架、围篱和编制农具,甚至有人砍来当作柴火。

　　前几天回老家,帮着母亲晒笋。母亲麻利地将煮好的笋切成片,看看堆叠得像小山般的笋片,再看看母亲被太阳晒得黝黑的脸庞,一丝欣慰涌上心头。母亲还是像以前一样健康、身手灵活、不知疲倦。母亲滔滔不绝地说她原来挖笋,一天能挖上好几百斤呢!一袋一袋地驮回家,每年要挖上好几千斤,父亲帮她一片片地摆在簸箕里晒。那时候,父亲身体还好。虽然说挖了那么多笋子,可晒干后也没有多少,这个送一点,那个给一袋,都要给,不够分!给这个,不给那个,得罪人啊!

我说,妈,您不要挖了,笋吃多了也不好吃,涩涩的、硬硬的,像吃草一样。嘿,怎么像草一样?我知道你们都喜欢吃,小时候你可是把笋当饭吃啊。现在我虽然挖不动了,眼睛也看不见,但你妹妹会挖,她一挖一个准,没有人比得上她。这不,她又上山去了。母亲看着地上一大堆鲜嫩的竹笋自豪地笑道,你看,这些都是她挖的。妈,我也去挖吧!你不会,你去把你妹妹挖好的笋拿回家就行了。我犹豫了一下。母亲知道我胆小,至今我晚上都不敢一个人去屋后的茅房上厕所,宁愿憋着。母亲笑着说,我陪你一起去找你妹妹吧,大白天的有什么好怕的呢,怕鬼呀?!我们走在坟墓之间,到处都是挖过的痕迹。这里也有笋啊?怎么没有?这些地方差不多都被挖完了。啊!这里的笋能吃啊?怎么不能吃?不也是笋吗!我战战兢兢地跟在母亲身后,看着错落的坟茔,仿佛走在曾经熟悉的那一个个面孔前。

惊蛰后,春笋开始生长。春分前后,破土而出的竹笋会冒出两片淡黄色的笋衣,不仔细看是找不到的。虽说是春笋,但是刚刚破土和仍埋在土壤里的笋仍然算是冬笋。春寒料峭,山里的天气依然寒冷潮湿。等笋冒出来一截就是真正的春笋了,炒着吃,涩嘴;煮了晒干吃,老了。乡邻们说,为了有个好卖相、好价位,有人将挖来的春笋直接切片晒干,卖给那些外地人。

穿梭在竹林里,我仔仔细细地找,并没有发现有竹笋破土的迹象。妹妹说,这里有一个,你把灌木拨开,我来挖,只要发现一个,就能挖几个,甚至能挖一簸箕。我睁大眼睛认真仔细地找,脚下好像踩到了什么,哇,我终于找到了一个。妹妹却说,那是在路上的,路上的笋,我一般不愿意挖,因为挖了以后要填路,要不然会遭人骂的。你看啊,我断定那是个很小的笋,不信我挖出来给你看看。挖笋是有讲究和奥秘的,刚刚破土的笋和即将破土的笋,被灌木杂草和落叶覆盖,通常是看不见的。要想吃到鲜嫩的笋,不仅眼力要好,更重要的是要掌握诀窍:离毛竹太近没有笋,离得太远也没有,只有距离毛竹几米远才可能挖得到。毛竹的末梢垂向哪里,哪里才可能有笋。最有可能的是看鼓包,如果哪里有鼓包,哪里就会有笋,鼓包越大,笋子就越大……妹妹边挖边传授经验,只见她左挖一个,右挖一个,母亲一边捡一边笑得合不拢嘴。

妹妹挖了好多笋,而我总共只发现了两三个,而且都不是大的,不觉有些气馁。途经墓地的时候,妹妹说,昨天我发现了一个好大好大的笋,还做了标记呢!你看,我挖给你。在一处疑似坟包的土堆上,妹妹刨开疏松的土壤,露出水瓶大小的竹笋。这是坟包吧!我不要,我不敢吃。没关系,应该不是坟,我们常常挖来吃。就算是坟,也是老坟、野坟吧,你可以送给别人呀,可以做人情。这么大的笋,城里人肯定喜欢。哎哎哎,你不要挖,不要挖,我不敢要,不敢要。我吓得连连摆手。妹妹说,坟地周围的毛竹都被人砍伐了,连草都清理干净了,阳光充足,日照时间长,所以这里的竹笋生长期较长,也好挖。家里来人,很轻松地就能挖上一些去送人。

如今,虽然依旧能吃到鲜嫩可口的毛竹笋,但我还是很怀念母亲挖的笋。母亲挖笋时的矫健的身姿一直萦绕在我的脑海。母亲挖了一辈子的笋,也送了一辈子的笋,不管到多大岁数,我都希望能吃到母亲挖的笋。

过　　年

　　除夕夜，一家人在一起团团圆圆、热热闹闹地吃年夜饭、看春晚、打打牌，开开心心，其乐融融。

　　儿女们最高兴的事莫过于和父母一起过大年。很多年了，我家里从来没有像今年这样——大家庭团聚，热热闹闹。父母来了，妹妹们一家也来了，大家在一起聊聊过去，畅想未来。父母看到儿孙们嘻嘻哈哈热闹非凡，笑得合不拢嘴。

　　说到父母来我家过年，还有一段插曲呢。父亲是个固执的人，非要在老家过年，不管我如何劝说，如何"软硬兼施"，他总是反复唠叨着一句话，不去不去，城里有什么好？不自由，像坐牢一样，闷死了。要不是摔了一跤，他是不会来的。

　　小年前夕，我们回老家督促盖房事宜。在四处漏风的老房子里，父亲冻得手脚僵硬，眼泪和鼻涕不由自主地流。父亲跨门槛时，一不小心摔倒在地。听见父亲喊了母亲几声，我和母亲赶紧从厨房飞奔过去，我老公也慌忙赶过去，只见父亲睁着眼睛，一动不动地躺在冰凉的地上，不管我们怎样呼喊他都没有反应。我吓得眼泪瞬间落下，心怦怦直跳。我们扶起父亲，让他坐在椅子上，好一会儿父亲才缓过来，我们慌忙检查父亲有没有摔坏哪里。庆幸,父亲并没有什么大碍,只是额头上撞破了一块皮。大家后怕不已,都说是菩萨保佑。老人就怕摔跤,老人摔跤不但可能直接导致死亡,还可能导致多种并发症。

母亲调侃父亲,你真会找时机,一辈子不摔跤,早不摔晚不摔,女儿女婿回来了你摔了一跤。母亲嘴里念叨着,希望菩萨保佑父亲身体健康、长命百岁。母亲看到父亲无恙,咧开嘴笑道,老头子,你这一跤可把灾星摔掉了,明年无病无灾、健健康康的啊!

耄耋之年的母亲头脑清醒,眼不花头不晕,越活越硬朗,越活越聪明。朴实善良的母亲服侍照顾了父亲一辈子,帮父亲倒了一辈子的洗脚水、盛了一辈子的饭,饮食起居等方方面面照顾得无微不至。父亲则有些老糊涂了,近几年更是生活不能自理,但母亲毫无怨言,尽心照料着父亲。

每每看到耄耋之年的父母,我都不由得心酸;看到母亲有些疲惫的面容,我常常心疼不已。我对母亲说,妈,等我房子装修好了,您和爸爸搬到新房子去住,我一个月起码要在家里待上一段日子。只要我在家里,您就不用做饭了,让我好好照顾你们,您也该享享福了。妈妈,今年我们在老家新房子里过年,从今往后我会尽量抽时间陪您和爸爸,你们一定要身体好好的,活到一百岁。

一座桥，一条河，一个村落

我是个怀旧的人，每次回老家，心里总有一种说不出的滋味，莫名地失落。举目望去，虽说河水依然清澈，水质也还可以，但河面上总漂浮着颜色各异的物体及浮游生物。现代平板桥替代了那座屹立了几十年的大石拱桥，公路两侧到处是新建的楼房，清一色的白墙红瓦。村里建起了公园和广场，却依旧寂寥冷清，看不到几个人影。

记得小时候，村里可热闹了。我和一帮小伙伴常常在大桥旁的堤坝上嬉闹玩耍，爬树，捉迷藏，玩打仗游戏。

有一次，我们正玩得开心，忽然一个玩伴说，解放军叔叔来了。只见几个穿着绿色笔挺军装的人正步伐整齐地走上大桥，红领章鲜艳夺目，红色五角星熠熠发光。杨维心大喊一声，大家列队站好了，稍息，向右看齐，向解放军叔叔敬礼！小伙伴们立即齐声喊道，解放军叔叔好！你们辛苦了！解放军叔叔立即朝我们挥手回应，小朋友们好！

大石拱桥下的这条母亲河养育着无数的乡民，她横穿诸多乡镇，蜿蜒数百里，奔流不息，直赴长江。那时候，家家户户都到河里挑水吃。天刚蒙蒙亮的时候，人们就开始去挑水了，因为太阳出来后，青苔就浮出了水面。十几岁的孩子挑着水桶摇摇晃晃，木桶里的水沿路泼洒。

清晨到河边挑水和洗衣服时，如果运气好的话，会碰到意想不到的惊喜——河面上白花花的一大片，没死透的鱼蹦跶着作垂死挣扎，溅起浪花朵朵。每当遇到这样的好事，我都会兴奋地飞奔回家告诉父母，又在灭螺呢！（消灭钉螺是当时国家预防大肚病和血吸虫病的一项重要举措）河里好多死鱼啊！有时甚至来不及回家报信，就有人会抢先一步，捡大鱼和晕眩打转的活鱼。河滩上和浅水处都是鱼虾，不一会儿，河边到处都是人了。胆大会水的人到深水区能捡更大的鱼，大家捡到的鱼多则上百斤，少则一大篮子或一簸箕。晌午后，连小鱼小虾都被拾掇得干干净净。

捡回来的鱼要尽快清洗干净，腌制几天，然后在阳光下烟熏、暴晒几天，这样才能去掉药味。母亲将腌制好的鱼洗净，整齐地摆放在特制的竹筐里，然后端出装满稻糠的火盆，火盆里烟雾缭绕。竹筐里的鱼在阳光和烟熏的双重作用下慢慢变得焦黄。母亲将鱼反复翻晒、炙烤，乡邻们用同样的方法熏制出来的鱼，味道却迥异。

烟熏出来的鱼当属母亲做的最好吃，不用刻意烹饪，那股原始的烟熏鱼的味道无比醇厚，随便拿一条，吃起来都喷香。

那时候，河里的鱼特别多，鱼儿们成群结队地游荡觅食。快下大雨的时候，天气闷热，水里缺氧，鱼儿们便跃出水面来呼吸。

蜻蜓低空盘旋着凑热闹,最好看的是那色彩艳丽的红蜻蜓。电线杆上的鸟儿排成队,叽叽喳喳地宣示着它们的主权。

我想吃鱼了,父亲便拿起渔网和渔叉下河捕鱼,于是我们常常能吃到新鲜美味的鱼虾。

夏天到了,有一次,"孩子王"杨维心带着一帮少不更事的孩子去大河里游泳。我们从满是鹅卵石的河床上步入浅水区,直至齐腰深的深水区,两人一组,不分男女。

表嬷来了!表嬷来了!不知哪个小伙伴急促地喊道。只见表嬷弓着腰,一只手背在身后,另一只手拿着一根长长细细的竹条。竹条抽打在身上比棍棒和枝条都疼,打完后通常四肢和屁股上会留下一道道血痕,真是伤皮不伤骨啊!竹条是那个年代大人们抽打顽皮和不听话的孩子的通用刑具。表嬷只是吓唬我们而已,从来没见过她打过哪个孩子。听说表嬷的腰原来是直的,坐月子落下病根后,腰就弯了。只见表嬷虎着脸大声呵斥,谁叫你们到河里划水的?!你们上来,上来,全部都给我上来!再不上来,打你们个皮开肉绽!不要命了啊!河里有水鬼呢!那天……

还没等表嬷把话说完,小伙伴们早被吓得作鸟兽散,各奔东西,各回各家。

其实"表嬷"是乡民对她的尊称,江西老表的"表"字在当地深一层的意思是表示亲戚、亲切,或者有喜欢的意味。不过,表嬷还真的是我的表嬷,是我姨奶奶的前夫的妻子所生的女儿,看似有点八竿子打不着，所以"嬷"字前面加个"表"字就对了。表嬷是村里德高望重的长辈，也是村里的能人。她之所以受人尊敬，被称为能人，是因为她虽然大字不识一个，却能培养出几个出类拔萃的儿子。此外，她关心和呵护村里的每一个孩子，哪家孩子有个头疼脑热、大病小灾的，她都会上门探视，出出主意、找找偏方。表嬷做好事从来不求回报。据说，邻村有一户人家穷困潦倒，有一个生怪病的独生子，因为没钱治疗，四十多岁了，不但生活不能自理，还需要视力不好的年迈父母梳洗照顾，甚是悲哀。表嬷跟那户人家不沾亲、不带故，有人说她是多管闲事自找麻烦，可表嬷不以为然，说都是乡里乡亲的，能帮人家一把就帮一把，救人一命胜造七级浮屠。表嬷叹息，唉，可怜啊！前生作的孽。她硬是帮那户人家神志不清且邋遢的儿子洗漱一番，换上干净的衣服，又搭上去县城的汽车，到医院开了些药。之后，那户人家的儿子竟然奇迹般地好了。这件事在当地广为传颂，说表嬷是乐善好施的活菩萨。

  无忧无虑的小伙伴们玩疯了、累了便各自回家，我们村在大河和小河边，在大石拱桥与小石拱桥形成的犄角的西面，呈三角形，所以名为"三角村"。小村落依山傍水，炊烟袅袅。

  小石拱桥的下游，一块木板搭在小河两岸，便是一座简易小桥。发大水的时候，木板总是被洪水冲走，于是我们只能蹚水过河。小河蜿蜒曲折，却充盈着我们童年的欢乐和回忆，河岸上的野葡萄藤蔓延至河水上空形成窝棚状。葡萄成熟的季节，只要站在河中,便能摘到红得发紫的葡萄,野葡萄甜润可口,入嘴即化。

天气暖了,我们就在大人的带领下去摸鱼。河中,肥美的鱼儿钻入阴凉的水草中休息,只要蹑手蹑脚地靠近,双手猛然抓握,一般来说都能抓住。泥鳅和黄鳝钻进淤泥和沟缝里,我们常常懒得搭理,河蟹河虾却不容易捉到。躲在石头缝隙里的河蟹只要看到人便高度警惕,高举像钳子一样的双脚,只要触碰到你的手就会拼命地夹住不放,我们的手常常被夹得鲜血直流,痛得要命。沿河两岸有很多能吃的野味,譬如马兰、蕨菜、荆棘的嫩芽、喇叭筒等,在那个生活贫困的年代,采摘一些野味当作菜肴和零食来吃却也津津有味。

闲暇时和下雨的时候,母亲便会弄些好吃的,像南瓜子、蚕豆、花生、烤红薯、烤大蒜之类的东西,一家人围坐在一起,其乐融融地聊聊家长里短,听一听父亲说书,听一听母亲的唠叨和教诲。

村里有二十户人家,吃饭的时候邻里常常捧着盛满饭菜的蓝边碗,到我家门口聚集,听父亲说古道今。父亲爱调侃说他们闲得无聊,尽扯些"无油盐"的话。

如今,河里的鱼虾河蟹寥寥无几,水被污染了。当年村里那些听故事和扯淡的人一个一个地走了,小伙伴们也都年过半百、各奔东西,村里只剩下些老弱病残,耄耋之年的老人只剩下我母亲一人。唯一一栋斑驳的老房子勉强地挺立,见证着时代的变迁,叙述着过去的沧桑。这栋老房子承载着母亲一生的喜怒哀乐,也承载着我们的记忆。

第三辑　游记篇

欧洲大教堂

我们从法国开始,到瑞士,去奥地利,游列支敦士登,经过梵蒂冈,再到德国及意大利。我痴迷于拍摄欧洲各个时代的建筑,尤其是那些沉淀了丰富历史与文明的古建筑,它们让我从不同的角度感知欧洲,感知这块孕育了欧洲文明的大陆。

说到欧洲的建筑,相信跳入很多人脑海的第一个词就是"教堂"。欧洲人把最好的建筑、绘画、雕塑都奉献给了教堂,所以,在欧洲的历史文化演变过程中,极具特色的建筑基本都是教堂。毫无疑问,基督教在欧洲人的生活中扮演着无比重要的角色,因此,教堂遍布城乡各地。

一

如果不是来到意大利米兰大教堂,我就不会真正理解什么是"没有最好,只有更好"了。

米兰大教堂是意大利著名的天主教堂,是世界五大教堂之一。它是世界上最大的哥特式建筑,也是世界第二大教堂,其规模仅次于梵蒂冈的圣彼得大教堂。米兰大教堂总面积11700平方米，可容纳35000人。教堂外部总共有2000多个雕像，甚为奇特。如果连内部雕像一起算，总共有6000多个雕像，是世界上雕像最多的哥特式教堂。

米兰大教堂，其雕塑的皱褶里由内向外漫溢的是被精心凿刻后所呈现出的精神状态。因此，教堂建筑显得格外华丽热闹。塔顶上金色的圣母玛利亚雕像，在阳光下熠熠生辉，神奇而又壮丽。达·芬奇曾为米兰大教堂画过无数个设计草图，还为这座建筑发明了电梯。

米兰大教堂历经6个世纪才完工，它的建筑风格包含了哥特式、新古典式等风格。米兰大教堂不仅仅是一个教堂、一栋建筑，更是米兰的精神象征和标志，也是世界建筑史和世界文明史上的奇迹。

傍晚，漫步在米兰大教堂的广场上，尽管天空灰暗了下来，但很快，亮如白昼的灯光便照耀着整个大教堂和其周围的古建筑群。顷刻间，我的心仿佛被火焰点燃，并炽热地燃烧着。我无法一直保持抬头的姿势，去仰望所有的浮雕和高耸入云的教堂，那些镶嵌在外墙上的雕像，精美绝伦。它们是那样瑰丽、气派，栩栩如生，雕像身躯起伏着，一个个都是向往尊严的独立存在。它们是无声的，却又可以解读出许多不为人知的故事，成为一切的远方。

世上有许多景点是用来观赏的，而米兰大教堂却是用来阅读的。它以精美恢宏的气势，述说着遥远而辉煌的过去。数百年来,洗净铅华,它呈现的依然是最璀璨的震撼,给人一种极致梦幻的视觉和精神享受。走进它的游客,无论来自世界的哪个角落,都是过客,而米兰大教堂却永远伫立着,向着时空保持守望的姿态,默默注视着我们。结束或者开始,解脱或者陷入,它是否在信守一个永不开口的承诺,或许与时间并行的才是生命的真实与绵绵不尽的世界。

仰望着米兰大教堂,那谜一样的建筑,让人感悟什么是尘世间的壮丽与永恒。它在这里筑起永恒的梦境,似乎不想让人们轻易读懂它。我不禁被伟大的建筑、伟大的缔造者、伟大的历代建筑师们所震撼,心情无以言表。教堂周围那些精美的古建筑同样辉煌。米兰二世长廊、米兰广场上的精美雕塑、米兰凯旋门等,无不是骄傲又霸气、柔情而绵长地伫立着。我一边欣赏,一边赞叹这些古老而华丽的古建筑群。心想,古人真是有智慧啊,不知现代人能否有耐心建造如此雄伟壮丽的建筑?古人为了实现梦想,历经几个世纪去实现心中的梦想,他们在所不惜,前赴后继。生活在这个"快时代"的我无法想象古人是如何做到的。

二

我最喜欢的教堂,则是意大利佛罗伦萨的圣母百花大教堂。它是世界五大教堂之一。历代文人墨客似乎都对佛罗伦萨这座城市格外地喜爱,在诗人徐志摩的笔下,"翡冷翠"这个译名远比"佛罗伦萨"来得更富诗意,更有色彩。伟大的文艺复兴运动在这里达到了最高潮,在这座精致的小城中,圣母百花大教堂无疑是城市的灵魂。

在那些狭窄的街道里,仿佛还能听到文艺复兴时期那前进的马蹄声,建筑和绘画也还闪耀着文艺复兴时期的光芒。世界上庄严雄伟的教堂很多,但很少有教堂能如此妩媚。这座用白、红、绿三色花岗岩贴面的美丽教堂将文艺复兴时期所推崇的古典、优雅、自由诠释得淋漓尽致,难怪被命名为"圣母百花大教堂"。

说到佛罗伦萨,就要说说伟大的诗人但丁,但丁故居位于佛罗伦萨古城的圣玛格丽塔路。但丁在青年时期常常由此离家,到各处求学,早早地成了一位百科全书式的学者。他眷恋着家乡佛罗伦萨,不愿离开太久……由于当时执政者的残酷,但丁被当局驱逐。但丁在流亡中进入了创作的黄金时代,不仅写出了学术著作《飨宴》《论俗语》和《帝制论》,而且还创作了史诗《神曲》,他背着死刑的十字架,成了历史的巨人。佛罗伦萨就这样失去了但丁,但最终又并没有失去,但丁的后世崇拜者总是把这座城市与这位诗人紧紧联系在一起。马克思在引用但丁的诗句时就不提他的名字,只说"佛罗伦萨大诗人",诗人与城市全然合成一体,从中也可隐约窥见文艺复兴时期人文主义思想的曙光。但丁留给世人一句名言:"走自己的路,让别人说去吧。"相信很多人都记住了这句话。

三

当我们来到意大利圣马可大教堂时,不禁被圣马可广场上的鸽子所吸引,一群群鸽子翩翩起舞。这里的鸽子非常可爱,它们亲近游客,蜂拥着围着喂食的游客嬉戏,有时飞到游客手上、肩膀上。啊,可爱的小精灵。我第一次跟鸽子亲密接触,哈,差点玩得忘了参观教堂了。

圣马可大教堂矗立于威尼斯市中心的圣马可广场上,它是威尼斯建筑艺术的经典之作,也是一座收藏了丰富艺术品的宝库。圣马可大教堂已有一千多年历史,是为纪念耶稣12圣徒和收藏战利品而建,陈列有1204年十字军东征时从君士坦丁堡带回来的战利品。另外,教堂右侧洗礼堂的镶嵌画也非常美丽。青铜驷马曾被拿破仑带回巴黎,但后来又回到了威尼斯。"铜马"身体与真马同大,神形毕具,惟妙惟肖。教堂的内部,从地板、墙壁到天花板上,都是精湛的镶嵌画作。这些画作都覆盖着一层闪闪发亮的金箔,所以,该教堂又被称为"金色大教堂"。

教堂内殿的黄金祭坛,屏面上有80多幅描绘耶稣、圣母、门徒马可的瓷片画,这些画由2500颗钻石、红绿宝石、珍珠、黄玉、祖母绿和紫水晶等珠宝来装饰。教堂中央的圆顶是一幅描述耶稣升天的庞大镶嵌画。教堂有五个圆圆的大屋顶,内外有4000平方米的马赛克镶嵌画。它集中了拜占庭式、哥特式、伊斯兰式艺术风格,是集文艺复兴时期各种流派于一体的综合艺术杰作。教堂有5座棱拱形罗马式大门,顶部有拜占庭式的圆顶与哥特式的尖顶及各种大理石塑像、浮雕与花形图案。这就是该圣殿的魅力所在。

巴黎塞纳河

一路行来，最令人心动的城市还是巴黎。巴黎几乎浓缩了欧洲其他城市的一切优点，而且不断地放大，并推向极致。你可以一次次地赞叹，一次次地唏嘘，然后说，嘿，我愿意躺在塞纳河边，感受巴黎的浪漫！

游历过一些城市，却很难见到有城市像巴黎那样，天天充满着节日般的气氛。特别是塞纳河，它把所有旅人的身心都激荡得那么兴奋、那么舒坦、那么惬意。沿途我看到过诸多的世界名胜古迹，看到过诸多的古建筑群，看到过诸多不同的景色。而此刻，在塞纳河边，我却惊诧地看到了马车，两匹齐头并驱的黑褐色骏马，毛发油亮，长鬃飞扬，拉着欢笑兴奋的游人，在塞纳河畔驰骋……随便你在世界的哪个地方，特别是像塞纳河这样的国际旅游目的地，都很难看到车马喧腾的热闹吧？

因为是旅游淡季，不用排队，我们很快就坐上一艘观光游轮。看到游轮上有欧洲其他国家的游客，我们自觉地坐到了船的另一边。欧洲人喜欢晒太阳，烈日当头，他们却一脸的恬静和安详，而我们亚洲人怕晒，不少人撑起了遮阳伞。但很快，我就被塞纳河壮观而璀璨的风景所吸引。遮阳伞不知被风吹到了何处,我顶着烈日,观赏着塞纳河一路的风光,目不暇接。游轮顺流而行,两岸风光便渐次展现,令人眼花缭乱。

在游轮上,我近距离地饱览了"钢铁巨人"埃菲尔铁塔、卢浮宫、自由女神像、巴黎圣母院、凯旋门和奥塞博物馆等。它们就这样相互衔接、相互烘托,营造出一种神圣、威严和浪漫的味道。恍惚间我似乎穿越时空,来到了神秘而迷幻的世界,眼前荡漾着视觉符号。拂去灰色的时间尘埃,留在身后的是古文明的璀璨和辉煌。

这些闻名遐迩的建筑分布在美丽的塞纳河畔。流经巴黎的塞纳河有 15 千米长,沿途共有 36 座风格迥异的桥,它们横卧在波光粼粼的河面上,让巴黎显得更加迷人、浪漫和神奇。虽说是秋季,但阳光明晃晃地照耀着,坐在游轮上仍然感到了燥热。同行的人纷纷打起了遮阳伞,而我却有种越深入越兴奋的感觉。在烈日下,所有的感官似乎都被激活,只想躬行践履,不遗漏每一处历史遗迹,嗅一嗅它们遗留千年的古老气息。我们在游轮上将巴黎的浪漫与文化尽收眼底,在美丽的塞纳河上欣赏时尚,感悟浪漫。

游轮穿过一座座设计精美、风格各异的桥,我们可以近距离地观赏这些桥的壮观、精美和妩媚。桥上的人物塑像及浮雕更是精美绝伦,而且每一座桥都跟巴黎联系在一起,如绸带般优雅地系于仙女的腰部。大大小小的桥梁和古建筑群如镶嵌在巴黎的宝石,发出最耀眼的光芒。

巴黎这座伟大的城市赋予了塞纳河独特的气质,这条河又给这个城市增添了最灵性和柔美的一笔。

柔情万种的巴黎人对酒的热爱和对烟的钟情,可谓独特。喜欢喝酒不能说是一种不良嗜好或者坏习惯,喝酒可以制造浪漫,可以麻痹神经,可以令人飘飘然而随心所欲。

说到抽烟,我想起昨天中午,我们在巴黎街头的一家中餐馆吃完饭,看到马路牙子下面,有许多被丢弃的烟头。我们很是疑惑,心里甚至冒出一些想法,在巴黎这座美丽而浪漫的城市,人们怎么会乱扔烟头?这不可能!这样的场景与巴黎格格不入。我们的疑问很快得到了解答。赵导说,如果你在巴黎的任何地方看到有人抽烟,看到他们将烟头扔在马路牙子下,一定不要感到奇怪,因为这是巴黎的有关法律规定的。这里有一个故事,据说,曾有一个人将烟头扔进了街头垃圾箱,点燃了一个爆炸装置,结果引发了一次震惊欧洲的重大事故。

浪漫的巴黎人,浪漫的城市,去浪漫的地方喝酒抽烟,更是巴黎人的喜好及生活方式。那么,酒吧和露天咖啡厅就是巴黎人最爱去的地方了。当然,巴黎人最喜欢的还是塞纳河,于是他们三五成群结伴去塞纳河饮酒作乐。

坐在游轮上,沿着塞纳河前行,我们看到,岸上,或三三两两的金发女郎，或独自饮酒的巴黎人，他们盘腿坐在地上，或站或靠或躺，嘴上叼根烟（特别是金发女郎），手上拿瓶酒，悠闲、自在地享受此刻飘飘欲仙的醉意。入乡随俗，在巴黎，你一定不要认为女人抽烟有损形象，在那里，女人的嘴里叼根烟，被认为是很酷的行为。

塞纳河上的亚历山大三世桥，被誉为"世界上最美的桥"，整座大桥雍容华贵、金碧辉煌。这座桥是由俄国沙皇尼古拉二世作为俄法亲善的礼物捐赠给法国的，并以尼古拉二世的父亲亚历山大三世的名字命名。大桥全长107米，将塞纳河两岸的香榭丽舍大道与巴黎荣军院广场连接了起来。每逢夜晚，亚历山大三世桥上灯火辉煌，映衬着大桥两侧的金色铜像，同远方的埃菲尔铁塔遥相呼应。传说和相爱的人坐上游船，穿过这座桥，就会永远在一起。

塞纳河畔一座座璀璨的古老建筑，历经千年沧桑，从它们的"表情"中，我看到一种塞满天地的坚定与安详。塞纳河及这些古建筑，目睹了多少政权的远去，把一切都看成了背影。游轮经过的地方，曾喧腾过，肃穆过，许许多多的细节与阳光一起，与寂寞一起，与等待一起，与心情一起，真实而迷离。塞纳河所呈现出的是时代格调，塞纳河的悠闲亦是巴黎的悠闲，塞纳河的美丽亦与巴黎息息相关。在这样浪漫悠闲的城市多待些时间，连生命也会变得自在起来。

欧洲袖珍国

列支敦士登是世界上面积非常小的国家之一，也是世界上极富裕的国家之一，以邮票和假牙制造闻名于世。邮票和假牙制造是这个国家的支柱产业，也是这个国家的世界级名片。

列支敦士登面积只有 160 平方千米。首都瓦杜兹位于莱茵河东岸，坐落在群山环绕的盆地之中。

我在了解列支敦士登的基本信息之后，心里有些激动和期待。从瑞士到列支敦士登仅两个小时的车程，我们到达首都瓦杜兹时，不禁被广场中央并列插着的中国国旗和列支敦士登国旗所吸引，很多中国游客在此拍照留影。这很有纪念意义，我也站在鲜艳的五星红旗旁拍了一张。

来列支敦士登旅游的游客有很多是中国人，一拨又一拨的中国游客在这里聚集或者离去。

走在瓦杜兹街头，我不禁被商铺里各种各样的邮票所吸引。邮政博物馆里展示了很多历史上发行过的邮票，还有的邮票反映了当年的邮差骑着自行车，在阿尔卑斯山区的崎岖小路上送信的情景。

身处瓦杜兹街头，远眺这个城市的四周，发现列支敦士登被连绵不断的群山环绕,景色十分秀丽。街道只有一条主干道,这里的外国观光客比当地人还要多。酒店、钟表店、服装店、邮局、银行等多汇集于此。这条大街上的各种雕像堪称一绝,有铜像、木雕、石雕等,造型奇特抽象,给人以较强的视觉冲击感,富有艺术观赏性。

　　一家极具欧洲特色又融合了中式风格的服装店,引起了我的注意。只见服装店内,一位亚洲人面孔的店员正微笑地注视我们,门口的钢结构衣架上挂着一排排裙装,包括色彩华丽的蚕丝短裙。我看中了一件蚕丝短裙,爱不释手,正犹豫着,不知怎么开口问店员。好在同行的游客中有一位年轻姑娘,是上海市某中学的英语老师,她马上跟那位店员用英语进行交流。那位店员微笑着走了过来,用中文对我说,你好!看中了这件裙子是吗?这件裙子的款式和质地都很好,有点像中国的民族服装,要不去里间试试?这件裙子的颜色和款式我都非常喜欢,就像做梦一般,我感觉自己仿佛披着蝉翼穿梭在欧洲古城堡里,变成童话世界里的公主……

　　接着,我们走进一家装潢华丽、考究的化妆品店,一个年轻美丽的欧洲店员迎了上来。我试着问道,你好,有雅诗兰黛吗?没想到那位店员用标准的中文答道,哦,没有,我们这里不卖雅诗兰黛,但有更高端的化妆品——化妆品牌中顶级的希思黎。我有些惊愕地说,啊,不好意思,我只买雅诗兰黛。

　　令我没想到的是,这么小的国家,不仅有会说中文的店员,还一开口就是世界高级产品。这一方面证明了这个国家的富有,另一方面也让我对列支敦士登更加充满好奇,产生了进一步探索的欲望。

经过十几分钟的信步而游,我们来到了城乡接壤的地方,映入眼帘的是碧绿的草坪、行人稀少的宁静小路、云雾缭绕的群山,群山下是错落有致的各式欧洲建筑。之所以有这么多建筑,是因为列支敦士登的居民大多在此居住。我发现这个国家小而精致,麻雀虽小,五脏俱全,富裕而发达。

令我惊讶的是,不仅在瓦杜兹,在欧洲的很多商店,店员都会说一口流利的中文。一路走来,我发现欧洲国家的各行各业都有很多华人的身影,这让我感觉又亲切、又佩服、又骄傲。

最值得一提的是梵蒂冈。梵蒂冈是欧洲的袖珍国,也是世界上最小的国家,国土面积只有 0.44 平方千米。只因为梵蒂冈太小,所以我一下子记住了它。这么小的国家,车子一晃就过去了,看不出它与其他国家有什么不同。但是,梵蒂冈却拥有圣彼得大教堂。

梵蒂冈这个国家似乎什么都倾向于极致,国土小到极致,宗教文化的影响力达到了极致,对建筑艺术的追求同样达到了极致。好像在这里很容易找到一个或一类世界顶尖的东西,很难想象这样一个小小的国家是如何做到这些的!

罗马斗兽场

未经岁月洗礼的时空,是不具备生命力的。古罗马斗兽场,成为地球上一个特殊的建筑。这个令人敬畏的角斗场是古罗马的另一种深度,其建筑呈现出的仪态都是威风凛凛的,似乎总是居高临下地俯瞰着这片古老的土地。因此,罗马令人神往。罗马——我们从小就耳熟能详的地方,亿万中国人都会说"条条大路通罗马"。也因为有了这句话的牵引,罗马成为我向往的梦中圣地。当来到历史悠久的罗马城时,我不由得热血沸腾,激动不已。

我们从意大利的博洛尼亚市出发,行300多公里路,到达罗马。300多公里,中国的和谐号动车组列车只需要一个多小时,而我们坐了十几个小时的大巴,才摇摇晃晃地到达古罗马斗兽场。

9月,本是金黄的季节,心情该是愉悦的,但当我看到闻名遐迩的斗兽场时,却有一股寒意涌上心头。此刻,古罗马斗兽场以它一贯的冷酷倨傲的模样呈现在我们面前。

古罗马斗兽场,从外观上看是椭圆形的庞大建筑。占地面积大,可以容纳 90000 名观众,是古罗马当时最大的角斗场。不管是规模、功能还是风格上,它都属于古罗马的经典建筑之一。

古罗马斗兽场始建于公元 72 年,距今已有 1900 多年历史。虽然建筑年代久远,但用当今美学观点来看它的设计,一点都不落伍,甚至现代的很多建筑多多少少还透着一些它的风格,这让人非常佩服当时的工匠。如此浩大的工程和精湛的工艺,不知耗费了多少石匠及奴隶的心血。而斗兽场的功能,却让人觉得残忍与血腥——其实就是让野兽和奴隶战斗,供贵族们娱乐。听说当时为了庆祝斗兽场完工,统治者举行了庆典,让 5000 只野兽与 3000 名奴隶上场"表演"。为了生存,奴隶们不得不与野兽血拼。这场血腥的厮杀,据说持续了近百天。

斗兽场的中央是迷宫一般的建筑,据了解,这以前是地下室,用来关押即将决斗的野兽跟角斗士。场内的地上有一层木地板,地板上面有一层沙子,主要是为了防止角斗士摔倒。除此之外,还有一个更重要的作用:用来吸收血迹。毕竟在决斗的时候,不管是哪方受伤或者死亡,都会有血迹留下,又不可能每次都去清洗。怪不得有人说,只要你在角斗台上随便抓一把沙子,放在手中一捏,就可看见掌心里的斑斑血迹,甚至可以想象到这把沙子里面蕴藏的悲哀。

这座建筑,静静地伫立在原地,迎接着游人的到来。看完这个古罗马斗兽场,我的心情并没有想象中的那么激动和美好:来之前,觉得兴奋异常;真正来到这里,却心寒地感受到当时奴隶们的悲怆与绝望。

时至今日,古罗马斗兽场已有部分坍塌,留存于世的是内部的颓墙断垣……尽管有许多的残缺,但作为古罗马的文化符号,它或许正是以自身的某些不完整,光灿灿地表达某种隐喻和功能,以威严的冲天气势,任时间打磨那辽远的沧桑。

古罗马斗兽场虽然残败,但一点儿也不妨碍它的威武壮观,静旷中仿佛潜漾着一种博大、深沉的气息,从四周隐隐地笼罩过来。曾经有神父预言:几时有斗兽场,几时便有罗马;斗兽场倒塌之日,便是罗马灭亡之时;罗马灭亡了,世界也要灭亡。时至今日,罗马城依旧存在,世界也没有灭亡,而且历史不断翻开新的篇章。建造这个庞然大物的帝王肯定不会想到,如今的角斗场每天吸引着成千上万的游人,为后人带来财富。

举世闻名的古罗马斗兽场的整体结构有点像今天的体育场,或许现代体育场的设计理念就是来源于此吧!它的外部看起来雄伟壮观,实际上内部已经是一片断垣残壁。如果不是川流不息的游客进进出出,一个人站在高耸入云的墙头上,想象一下千年前斗兽场残酷和血腥的历史场景——一个个赤手空拳的角斗士活活丧命,听见狮子在怒吼,老虎在咆哮,是不是能感觉到斗兽场的狰狞可怕?

诚然,伟大的罗马城是一种典范,欧洲历代建筑设计者,连梦中都有一个影影绰绰的罗马城。今日看来,斗兽场依然高大、设计巧妙,人们依然为它往日的辉煌啧啧称奇。历史的烟云终将散去,今天的斗兽场以理性而又节制的姿态迎接着全球的游客。看,斗兽场外一派繁荣热闹的景象,游人闲散地游览恺撒广场、君士坦丁凯旋门,漫步于不远处古朴热闹的街头。

　　我带着复杂的心情,站在斗兽场下面,再次环顾四周,心潮起伏。除了被斗兽场高大雄伟的建筑吸引与震撼,斗兽场残酷血腥的历史,带给今天的人们什么样的深思呢?

　　或许是因为长途旅行的疲惫,或许是因为斗兽场血腥、沉重、压抑的气氛,此刻的我居然有些审美疲劳了。欧洲的特色古建筑很多,有人说看多了都一个样。从中国跨越到欧洲,其实就是来个时空转换,在另一个空间洗洗脑、换换血,让自己的思维来一个凤凰涅槃。

欧洲风情小镇

2019年我去欧洲旅行。从巴黎出发,坐在车里,一直被沿途的小镇吸引。小镇恬静、雅致、整洁,到处散发着春的气息,绿得发亮的草坪、色彩鲜艳的房子,景致如画,还有传播四野的雄浑低沉的钟声。随着汽车的行驶,置身异国,恍若隔世。

欧洲游的第一晚,我们住在法国勃艮第的博纳小镇。放眼望去,小镇被鲜花装点得浪漫而温馨,到处是芬芳四溢的葡萄酒香,吸引着世界各地的红酒爱好者。我们仿佛也是一路嗅着酒香来到这个久负盛名的地方。有人说红酒是法国文化的一部分,我认同这句话。

勃艮第是法国极其古老的葡萄酒产地之一,与波尔多红酒产区并称为法国乃至世界最著名的两大红酒产区。热爱勃艮第葡萄酒的人就有这样一句话:因为有了勃艮第,世界葡萄酒才多了一种绚烂的红色。因此,离开法国时,我也跟风买了一箱博纳小镇产的葡萄酒。

赶巧,我看过湖南台热播的电视剧《鳄鱼与牙签鸟》,这部剧主要讲述了一些中国留法学生在波尔多展开的一系列有关创业、理想与爱情的故事，让我对波尔多有了更殷切的期盼。因此，在经过波尔多时，我充满了好奇，恨不得下车，走进这里，一睹它的"芳容"。

在这里，不得不说说瑞士小镇施皮兹。那天，我们住宿在阿尔卑斯山脚下的施皮兹小镇，施皮兹被称作"童话王国"，目光所及之处恍若幻境。周围群山起伏，云烟缭绕，举目环视，山势起伏，远峰近岭，充满诗情画意。那一眼的斑斓与流岚，把整个天空渲染得幽深而空旷。

推开窗户，映入眼帘的景象令人迷醉，我深吸一口气，但见山坡上、道路两旁、房前屋后到处都洋溢着忘我的气息，弥漫着自然的清奇味道，醉人的绿更是铺天盖地，充满视线。古堡在云雾里若隐若现，置身于古堡，身处云雾与绿的海洋里，仿佛徜徉在童话世界中。晚上十点钟光景，天光依然，我久久地伫立于窗前向外眺望，欣赏着窗外的美景。耸入天际的阿尔卑斯雪山近在咫尺，云雾缭绕，白雪皑皑的山峰和绿油油的草坪相映成趣，美若仙境啊！虽然舟车劳顿，但此刻，我没有一点儿疲惫和睡意。

其实，欧洲小镇大多很漂亮，但最吸引我眼球的还是瑞士的琉森小镇，又称卢塞恩。每一个从卢塞恩回来的人，都会说"我见过天堂的模样"。当传说中的"天堂入口"被打开时，一个超凡脱俗、不食人间烟火的卢塞恩便漫步而来。

　　这是一座乌托邦式的理想小城,浓缩了瑞士几乎所有的精髓:巍峨的阿尔卑斯雪山、美艳的琉森湖、中世纪贵族的城堡,每一个拐角都藏着故事的怀旧老街、在波光潋滟的湖水里嬉戏的优雅的白天鹅,以及驰名世界的瑞士名表和惊艳舌尖的手工巧克力,它们无不在时间的回廊里回顾。

　　大巴经过琉森湖畔,我们看到琉森湖惊人的美,美丽的湖泊,美丽的建筑,美丽的阿尔卑斯山。阿尔卑斯山与中世纪的建筑互相映衬,如诗如画的美景令人倾倒。

　　琉森一直是瑞士的传统旅游胜地,游客蜂拥而至。历史悠久的塔楼,文艺复兴时期的宫殿、宅邸,以及百年老店、长街古巷,比比皆是。悠游其中,亦真亦幻。

　　闻名遐迩的卡佩尔廊桥,横跨罗伊斯河——凌空蜿蜒于河面之上。这座经历了将近 7 个世纪风雨的木制长桥是欧洲最古老的木结构桥。卡佩尔廊桥,始建于 1333 年,是卢塞恩的标志之一,吸引了许多游客。它是欧洲最古老的有顶木桥,桥的横眉上绘有 120 幅宗教历史油画,记述着不同时期的历史故事。

　　我漫步在廊桥上,被两边桥栏上娇艳绚烂的鲜花簇拥着,像走红毯一般。这让我想起了根据美国作家的同名小说改编的电影《廊桥遗梦》。走过 200 米长的廊桥,看到白天鹅在湖中嬉戏,看到水鸟在空中自由翱翔,看到行人穿梭前行,听湖畔教堂的钟声,仿佛一切都在悄悄地进行着,喧而不哗。

我们流连于琉森小镇梦幻般的美景中,不舍离去。在小镇中央街道醒目的位置,我惊奇地看到一块硕大的铜匾,匾额高高挂起,用烫金的中文书写着"亚洲艺术食品",下书"炒面、包子、汤面和速食"。中国的美食能被欧洲人接受且被称作"艺术食品",我由衷地感到高兴、亲切和自豪。

被水环绕的卢塞恩,一面山色葱茏,峰峦起伏,另一面却是湖光潋滟,碧波万顷。因此,琉森湖又被人称作卢塞恩湖。沿着琉森湖岸行走,但见一字排开的样式滑稽俏皮的海蓝色的蒸汽艇,几艘客轮停靠在港湾里;很多段湖岸线是耸起的峭壁和山峰,由此产生许多唯美的画卷。黄昏时沿着琉森湖畔散步,仍可领略卢塞恩浪漫的中古情怀。也许是《廊桥遗梦》让我展开了想象的翅膀,也许是骨子里浪漫的情愫在激扬,此刻的我竟有些激动,真真切切地感受到了异国风情的浪漫。

在琉森,我们参观了世界上极其有名的雕像之一——"濒死的琉森狮子"。濒死的琉森雄狮痛苦地倒在地上,折断的长矛插在肩头,旁边有一个带有瑞士国徽的盾牌。这座雕像是为了纪念1792年8月10日,为保护巴黎杜乐丽宫中的路易十六家族的安全而全部战死的786名瑞士雇佣兵所建。后来,美国作家马克·吐温来到卢塞恩,将"濒死的琉森狮子"誉为"世界上最悲壮和最感人的雕像"。

我们漫步在卢塞恩古老狭长的街道上,街头到处是令人不由驻足的手工艺名品商店,大街上弥漫着浓郁的巧克力香味。我们进入一家大型巧克力门店,这是一家品种繁多、价位适中的巧克力店。看到铺天盖地的各种形状的包装精美的巧克力,谁也抵挡不住诱惑,于是大家纷纷购买。

卢塞恩街头很多住宅的窗台上摆放着整齐划一的鲜花,连最不起眼的地方也嵌满一簇簇奇花异草。这里处处体现着文明的秩序。不知什么时候形成的规范,在这里出现的一切,必须干净、文雅、礼貌、美观,不涉恶浊,不重招徕。这就在它与我们常见的喧闹旅游地之间划出了界限。

听着耳边不知从何处飘来的演奏声,间或有古老的钟鸣声,我感叹人生原来可以如此美好与奇妙,每一步都走得轻松,走得自在,走得安逸。

巴黎凯旋门

从上海虹桥机场出发,经过十几个小时的飞行,我们终于到了欧洲游的第一站——法国巴黎。

最先迎接我们的,不是巍峨耸立的古典建筑,也不是浪漫的巴黎,而是猝不及防的吉卜赛小偷。吉卜赛小偷给了我们一个令人惊愕的见面礼。领队赵导曾提醒我们,巴黎有很多吉卜赛小偷,小偷多是火辣妖艳的吉卜赛女郎,混迹于人群中实施偷窃行为。我很早以前看过电影《大篷车》,印象很深刻,热情奔放的吉卜赛女郎,会用扑克牌占卜、看手相,在营火旁弹着吉他载歌载舞。吉卜赛女郎会玩小把戏,你不经意间就会被她们迷惑,乖乖上当受骗。

而实际上,每一个吉卜赛人都在用他们的热情与疯狂抒写着他们的精神气质。吉卜赛人是一个天生流浪的民族,吉卜赛人遍布世界各地。吉卜赛女郎激情地舞动着,游弋于她们赖以生存的地方。法国作家梅里美把妖丽、邪恶而又自由的吉卜赛姑娘卡门安排到了塞维利亚,结果给这个城市带来了异样的气氛。

当美丽的吉卜赛女郎与你擦肩而过时,你可要注意自己的钱包是否被偷了。果然,一声惊呼划破了宁静,大家紧张地面面相觑,惊悸不定,纷纷检查自己的钱包。有人问,怎么回事?同行的人说有人偷窃,但只是虚惊一场,吉卜赛女郎并没有得手。我们也并没有因为遭遇小偷而影响游玩的兴致,反而觉得这是一次奇特的人生经历,把小偷和吉卜赛女郎联系起来,是不是觉得像电影里的画面呢?

遭遇特殊的经历后,巴黎凯旋门就这样戏剧般地呈现在我们面前。巴黎凯旋门周围矗立着诸多闻名于世的古迹,它们在万簇光芒中鲜艳夺目地绽放着。

巴黎凯旋门于1836年建成,坐落在戴高乐星形广场中央,是拿破仑为纪念他在奥斯特里茨战役大败奥俄联军的功绩,于1806年下令兴建的。它是欧洲100多座凯旋门中最大的一座。

巴黎凯旋门四面各有一门,门上有许多雕刻,内壁刻的是曾经跟随拿破仑出征的数百名将军的名字,和宣扬拿破仑赫赫战功的上百名战士的浮雕,外墙刻有表现法国战史的巨型雕像。所有雕像各具特色,门楣上花饰浮雕构成一个有机的整体,伫立着一件件精美动人的艺术品,其中最吸引人的是刻在右侧石柱上的描绘"1792年志愿军出发远征"的浮雕,即著名的《马赛曲》浮雕,它是在世界美术史上占有一席之地的不朽艺术杰作。

凯旋门内设有电梯,可直达50米高的拱门。人们亦可沿着螺旋形石梯拾级而上,上去后可以看到一座小型的历史博物馆,馆内陈列着许多有关凯旋门建筑史的图片和历史文件。博物馆的顶部是一个平台,游人从这里可以远眺巴黎,鸟瞰巴黎圣母院、凡尔赛宫、卢浮宫、卡尼尔宫以及协和广场的卢克索方尖碑、埃菲尔铁塔、塞纳河和圣心大教堂等巴黎名胜古迹。

现在,每逢节日,就有一面法国国旗从拱门顶端垂下来,在无名烈士墓上空迎风飘扬。逢重大节日时,手持劈刀的守卫便守护在《马赛曲》雕像前。每年法国欢度国庆时,法国总统都要从凯旋门前通过;每位总统在卸任前的最后一天也要来此,向无名烈士墓献上一束鲜花。而凯旋门最奇特之处,据说是每逢拿破仑祭日的黄昏,从香榭丽舍大道向西望去,一团落日恰好映在凯旋门的拱形圈里。

世界上有很多凯旋门,巴黎凯旋门是最有名的。我到过米兰凯旋门、罗马凯旋门和慕尼黑凯旋门,但我最喜欢和最令我难忘的还是巴黎凯旋门。浪漫的巴黎、悲壮的故事、热情奔放的吉卜赛女郎,也许是巴黎凯旋门给了我不一样的经历和回味吧。

宫殿与城堡

如果不是贵族们为争夺土地、粮食、牲畜、人口而不断挑起战争,1066 至 1400 年就不会成为欧洲兴建城堡的鼎盛时期。是密集的战争导致贵族们不得不大兴土木,修建城堡,巩固领地,作为发动袭击和御敌的基地。这些犹如璀璨明珠散落在欧洲各地的建筑,千百年来,历经物换星移、沧海桑田的时光变迁,于滚滚红尘中,以不变的姿态矗立成最耐人寻味的风景线。正像黑格尔所说的那样,他"在灰烬中摸到了远处的余温"。

一

世界上没有一个国家像德国那样拥有如此众多的城堡,我们从奥地利到德国的途中看到无数的山顶上都建有古堡,梦幻一般,感觉仿佛穿越了时代。只是那些古堡仿佛荒废已久,渗透着历史的沧桑,列队般迎接着一批又一批的各国游客。据说德国至今仍有 14000 个城堡。

最著名的是位于慕尼黑以南阿尔卑斯山麓的新天鹅城堡,又名"福森白雪公主城堡",始建于 1868 年,是国王路德维希二世的杰作。城堡白墙蓝顶,被法尔格湖和菲森组成的风景环绕,壮观美丽,堪称"最接近童话的地方",是德国的象征,德国人引以为豪。

在这个城堡的浪漫和美丽背后,是一个国王的悲剧。新天鹅城堡是路德维希二世未完成的一个梦想。路德维希二世一生受瓦格纳歌剧的影响,是个有名的艺术爱好者。据说,路德维希二世一直暗恋茜茜公主。在他尚未入住竣工的新城堡时,他收到一份来自茜茜公主的贺礼——"瓷制天鹅",于是他就将此城堡命名为"新天鹅城堡"(城堡里很多地方放置有硕大的瓷制白天鹅)。对茜茜公主的情感破灭之后,他的感情生活一片空白,他得不到世人的理解,对现实十分不满,之后就一心致力于创造属于自己的童话世界,但被世人反对,最终在去看城堡修建进展的途中,他永远地消失在了夜幕之中。两天后,人们在湖边发现了他的尸体,国王路德维希二世就这样带走了他的童话世界,年仅四十一岁。

参观新天鹅城堡由"红色的回廊"开始。路德维希二世的塑像被放置在此,游客在参观前应该先瞻仰一下这位城堡的建造者。"红色的回廊"旁是仆人的房间,从开放式的窗户望去,家具以厚实的橡木为材料,房间设施一应俱全。进入古堡的大门后,只见入口、窗户、列柱廊等全部是半圆拱状,这是罗马式建筑的特征之一。

欧洲古城堡的特征似乎都可以在这里找到相应的痕迹,尽管布满了时间的印记,有的甚至无法连缀起来。然而,那些在时光里扑朔变形、在夸张中展示的大美刻痕,城堡里关于爱恨情仇,关于战争、和平、民族的光荣与耻辱的故事,使古城堡成为最富于古文明宝藏的宝库。

掀开新天鹅城堡神秘的面纱,我似乎沉醉在童话般的世界里,它的美、它的奢华、它的梦幻、它的浪漫、它的庄严和神圣是无法用言语来表达的。这座城堡是很多女性追逐梦想的地方,梦想着圆自己一个公主梦,抚慰自己一颗滚烫的心。它仍要求人们拂去岁月的烟尘,以缓慢和从容的心态去阅读和认知,读懂这个世界没有时间的模样。

新天鹅城堡成为地球上最美的建筑之一,美得富有内涵,美得震撼。它是中世纪文明发展的产物,也是童话和梦幻的代名词。

当远离战争,当历史沉淀,城堡仍为欧洲国家带来了无以比拟的人文气息。随着时光的消逝,我们依然能看到沉淀之后的浪漫、壮观和伟大。

二

怀揣着对欧洲宫殿的无比好奇,我们走进了卢浮宫。富丽堂皇的宫殿,极尽人间的奢华,让人产生仿佛置身皇宫的错觉。卢浮宫位于法国巴黎市中心的塞纳河北岸,位居世界四大博物馆之首。它始建于 1204 年，原是法国国王的王宫，曾居住过 50 位法国国王和王后，是法国文艺复兴时期最珍贵的建筑物之一，以收藏丰富的古典绘画和雕刻而闻名于世。

卢浮宫，现为卢浮宫博物馆，占地面积约 24 公顷，分新、老两部分。卢浮宫已成为世界著名的艺术殿堂。

卢浮宫宫前的金字塔形玻璃入口，为华人建筑大师贝聿铭设计，现已成为卢浮宫迎接世界各国游客的标志性建筑之一。而在当时，有许多反对之声。有报刊断言，如果收留了这个难看又好笑的怪物，将是卢浮宫的羞辱、巴黎的灾难。我不由得为华人建筑大师贝聿铭杰出的才华所折服。

卢浮宫有展品 40 万余件，每一件展品都是历代艺术家们的杰作，否则进不了这个世界顶级博物馆的门。但是，大多数游客不远万里，主要是为了三个"女人"而来。里面很多路口的标志也标明了方位，以免参观者眼花缭乱，未见"女主人"。

走进卢浮宫，我不禁被它的奢华和气派所吸引。随着人流行进，蒙娜丽莎的微笑便扑面而来。往里走经过一个 300 米长的华丽大画廊，画廊里摆放着无数的稀世珍品。伟大的画家达·芬奇的油画《蒙娜丽莎》挂在了一个硕大的展厅里，画中的人贴壁而笑，有专门的护卫看护。室内还有大大小小的画作，但在《蒙娜丽莎》的光辉下，都成了展厅里的衬托和摆设。

接下来，我们依次瞻仰了镇殿之宝断臂的《维纳斯》雕像和《萨摩色雷斯的胜利女神》石雕。《维纳斯》雕像放在一条长廊深处，一排排其他杰作几乎成了她的仪仗队。《胜利女神》石雕也算是备受尊崇了，她雄踞在一个楼梯的平台上，展现出一种特殊的光芒。卢浮宫里很多稀世藏品令人目不暇接，我们无不被如此庞大的收藏和艺术殿堂所震撼。

艺术家已死，但他们的作品还活着，而且活在了卢浮宫，这是他们的成功，也是卢浮宫建筑者们的成功。

三

参观完卢浮宫，我们接着参观了凡尔赛宫。凡尔赛宫竣工于1689年，距今已有三百多年历史。路易十四把王宫迁到凡尔赛宫后，卢浮宫的建造也随即停止，也就是说，这两个宫殿都属于17世纪的建筑。后来拿破仑下令扩建卢浮宫，则是19世纪的事了。

凡尔赛宫占地面积达111万平方米，其建筑不仅气势恢宏，更在布局上展现出严谨与和谐之美。正宫以东西向为主轴，巧妙地将南宫与北宫相连，共同编织出一幅对称的几何美学画卷。凡尔赛宫的建筑风格深深烙印着西方古典主义的精髓，其外观轮廓清晰、线条流畅，尽显庄重与雄伟，被誉为理性美学的典范。而步入宫内，则是另一番巴洛克风格的华丽世界，内部装潢繁复精致，彰显着无尽的艺术魅力。正宫前方，一座独具"法兰西风情"的大花园悠然展开，园中景致匠心独运，树木葱郁，花草缤纷,每一处都散发着自然与艺术的和谐,令人流连忘返。

凡尔赛宫的内部陈设与装潢洋溢着非凡的艺术韵味,其内壁以精湛的雕刻、气势恢宏的巨幅油画及细腻华丽的挂毯为主要装饰元素,辅以17、18世纪设计卓越、工艺精湛的家具,共同构筑了一个时代的美学典范。太阳作为路易十四的标志性象征,频繁出现于装饰之中,时而单独呈现,时而又与冷峻的兵器、威严的盔甲交相辉映于墙面,营造出一种既神秘又深邃的氛围。尤为引人入胜的是,宫中不仅以人物肖像点缀室内外空间,更巧妙地融入了狮子、鹰隼、麒麟等动物形象,这些生动逼真的装饰元素为宫殿增添了无尽的生机与活力。漫步于宫内,随处可见来自全球各地的珍贵艺术品,其中不乏我国古代精制的瓷器瑰宝。它们静静地诉说着跨越时空的文化交流与艺术碰撞历程,让每一位访客都能深刻感受到凡尔赛宫深厚的历史底蕴与独特的艺术魅力。这些精美的艺术品,不仅对抗了时光,而且从精湛的艺术作品升华为不可估量的艺术瑰宝。

凡尔赛宫不愧为世界四大博物馆之一,惊叹之余我不禁理解了它的珍稀与伟大。伟大的建筑!伟大的作品!伟大的人物!

青山应如是

威尼斯水城剪影

意大利的威尼斯不愧为水上城市。它是世界上唯一没有汽车的城市,上帝将眼泪流在了这里,却让它更加晶莹和柔情,就好像漂浮在碧波上的一个浪漫的梦,是游客们的销魂之地。

我们到达威尼斯时,天空暗了下来,我估计要下雨了,不免有些担心,但这并没有影响我游玩的兴致。威尼斯水路四通八达,我们坐快艇沿着宽敞的水面前行,沿途古建筑群被海水浸泡环绕,无数华丽的建筑好像漂浮在水面上,又像是从水中长出来似的。我不由得感叹,这真是一个被寄予了丰富想象的浪漫之城啊!

威尼斯水城有一座石桥,名为"叹息桥",因囚犯被押赴刑场经过这里时,常常会发出叹息声而得名。船经过叹息桥时,我的心情忽然变得有些沉重和酸楚。相传,很久以前的威尼斯,有一座石桥连着市政厅和监狱,被宣判死刑的囚徒被押回监狱行刑时都会通过石桥。

威尼斯城内古迹繁多,有120座哥特式、巴洛克式教堂,120座钟楼、64座修道院、40座宫殿和众多海滨浴场,不愧为举世罕见的一座奇城。

威尼斯尖舟有一个颇具特色的名字叫"贡多拉",这种轻盈纤细、造型别致的小舟已有一千多年的历史了。坐上这样的尖舟,古时候威尼斯人的日常生活情景便依稀浮现出来。

也许是我们高兴得太早了,当我们准备换乘贡多拉继续游览时,天空忽然下起了大雨。我们沮丧地以为游览"黄金大运河"的计划就此泡汤,没想到雨忽然停了,天空也变蓝了。

贡多拉灵巧地穿梭在大街小巷,蜿蜒的水巷纵横,小船像在画中游。我们一路欣赏沿途的风景,不得不惊叹威尼斯人的智慧!他们利用水运发展运输和贸易,隔水而居,又结合当地文化将威尼斯建设得如此有特色:教堂、宫殿、市场、商铺、桥梁、码头……一座座"凝固"的艺术品展示着威尼斯的魅力,东西方建筑的艺术精髓在此融合。

特别是肃穆的教堂、窗台上的鲜花、穿梭的人流,无不显示出这是一座灵动的城市,它的灵魂闪耀着灼热的光芒。一座座不同式样的拱形桥,或庄重、或华丽、或朴素、或浪漫。这些古典的建筑给我留下了永恒的印象。

宫殿均依水而建,临桥而立,古楼古桥等众多古迹相映成趣,构成了"百岛之城"。一幅幅精美绝伦的图画在眼前铺展开来,让人流连忘返。

一脚踏进威尼斯狭窄的街头,古道交错,一圈又一圈,如孔明的八卦阵一样,半天转不出来,却乐在其中。

漫步小巷,感受它的渺小与伟大。千年城门洞开,门内人影绰绰，门外行人如织，但一看就知也是像我们一样的外国旅行者，而不是城市的主人。在一座古朴的桥的桥头，我看到一个女人屈膝跪倒在地上乞讨，手里拿着一个铜碗。我想，世界上的乞丐都是相同的乞讨方式。我走过去给了她一欧元，女人面无表情地抬起眼睛，朝我点头，感谢我这个外国游客的施舍。这个看上去三十多岁的女子，穿着整洁干净。我想，如果她融入人群，我丝毫看不出这是一个乞丐。因此，不禁让人产生疑问及联想，我所居住的城市，近年来已经看不到乞丐的身影了，然而，在伟大的威尼斯却有乞丐存在！再就是，难道威尼斯的乞丐不同于其他地方的乞丐？我所看到的乞丐都是脏兮兮的，蓬头垢面，衣冠不整，而她却穿得干干净净，就像这座干净的水城，似乎被水洗过一样。

伟大的气象隐然从每一扇旧窗、每一块古砖、每一道雕纹、每一处拐角、每一束鲜花里溢出。谁能想到，那种碰撞灵魂的感觉，竟然滋生在古老的巷道里？

在一条狭长逼仄的古街上，一家巧克力专卖店里，一台木制机器在人力的操纵下不停地运转，手工巧克力制作过程令我们感到新奇。临街的玻璃橱窗里，稀释的可可粉浆正沿着一层层粗大圆润的滚筒，像雨珠、像黏液、像糖稀一样，牵成丝、连成线，酣畅而下，散发出一股浓郁的香气。在浪漫的威尼斯水城，品尝口感细腻甜润的巧克力，让人品尝到了浪漫、甜蜜的味道。

浪漫而伟大的威尼斯，是一杯品不够的香茗、红酒和咖啡，令人魂牵梦绕。

阿尔卑斯山

瑞士著名的阿尔卑斯山风景区,又称铁力士雪山,海拔3238米。

铁力士雪山拥有世界上首创的旋转登山缆车,一次可承载80位乘客,可旋转360度,让人将美景尽收眼底。铁力士雪山可供游玩的项目种类繁多,有冰川飞渡吊椅、铁力士冰川乐园、冰川漫步等。

我们到达铁力士雪山时,天公不作美,下起了小雨,山上雾气茫茫,大巴缓慢地盘山而上,景色变得越发模糊。

坐在缆车上朝雪山上望去,只见雪山朦朦胧胧,什么也看不清楚。出了缆车之后,山上飘起了雪花,天气也变得越发阴冷。站在观景台上瞭望,模模糊糊的,看不清任何东西,只依稀看见雪山上更高处的另一个平台。沿着平台可以进入雪山,乘坐Flyer冰川飞渡吊椅可以到达雪山顶部。雪山顶部有冰川乐园等设施。

因为天气不好,游览变成了走过场。雪山顶部的游乐设施也都停运了,有胆大的游人爬上了积雪平台。我们跟着人流进入冰洞,这是一个深入山体的天然洞穴,内壁终年覆盖有厚厚的冰层，冰洞里气温在零下几摄氏度，湿滑、阴冷。因为估计失误，我没带够御寒的衣服，所以冻得瑟瑟发抖。在一处结冰的狭窄路面上，我忽然滑倒，幸亏两个同行的人将我扶了起来，有惊无险，只是手掌上擦破了点皮。很遗憾，因为天气，我们没能去雪山顶部看雪景，甚至连铁力士雪山的大致轮廓都没能看清。有人发牢骚说，算是白来一趟阿尔卑斯山，什么也看不见。我们本来想去滑雪。赵导说，就算天气好的时候，滑雪也是一项危险的雪上运动，没有滑雪经验的人，不建议尝试。

有人调侃道，我们就在铁力士雪山上吃了一顿饭就下来了，此行毫无意义。

在雪山上的餐厅，我点了盘意大利面，看到隔壁餐桌的人津津有味地吃鸡胸咖喱饭，便又点了盘咖喱饭。我吃了几口咖喱饭，觉得味道也就那样，还是中国食物好吃。中国五千年历史铸就了博大精深的中华文明，也酝酿出中国的美食。中国的面条就更不用说了，听说意大利面是由中国面条演变而来的，由马可·波罗带回意大利，后传播到整个欧洲。

我们不远万里，来到举世闻名的阿尔卑斯山，却没有领略到雪山的雪景和自然风光，不能不说是一种遗憾。

在赶往下一站的途中，大巴经过阿尔卑斯山脉的少女峰时，我们不禁为少女峰的妩媚和灵秀倾倒。少女峰宛如一位少女横卧，蜿蜒18公里，披着长发，银装素裹，恬静地仰卧在蓝天白云下。这也算稍微抚慰了一下我失落的心情，雨过天晴，我心情不错地期待着下一站的精彩。

阿尔卑斯山,我想我还会来的,一定要一睹你的芳容。

比萨斜塔

我们来到比萨斜塔时正好阳光明媚，一扫前几天的阴郁，空气也变得多情起来。

比萨斜塔是世界上独一无二的斜塔，是历经千年、斜了千年却没有倒的斜塔。我在电视上看过比萨斜塔，从来没想过有一天会亲眼见到，等来到比萨斜塔下时，仍然觉得不真实，而我却真真切切地身处此地了。

我发现一个有趣的现象：几乎每一个来这里拍照的人，都会不约而同地做一些相同的动作，如蹬着斜塔、扛着斜塔、推着斜塔、托着斜塔。这些动作如果没有斜塔的衬托，看起来就好笑极了。

比萨斜塔位于奇迹广场上，广场的草坪上散布着一组古建筑，除了比萨斜塔，还有圣乔万尼洗礼堂、乔托钟楼和公墓等。建筑的外墙均用乳白色大理石砌成，各自相对独立，但又融合了罗马式、哥特式和伊斯兰式的独特中世纪风格。主教堂的三扇大铜门上雕刻着描绘圣母玛利亚和耶稣生平事迹的各种场景，工艺精湛，很值得细细欣赏，而室内装饰与佛罗伦萨的圣母百花大教堂有异曲同工之妙。沿中轴线再往前，经过洗礼堂和钟楼，我们到达比萨斜塔,比萨斜塔千年不变的雄姿呈现在我们面前。

科学家伽利略曾在此做过著名的"斜塔实验"。随着时间的推移,斜塔的倾斜程度不断增大。当然,这并不影响什么,参观者也是逐年增加的。为了保护游客的安全,斜塔整个楼梯都设有防护栏,所以,即使眩晕也不必担心会掉下去。比较有趣的是,我们随着旋转楼梯登塔时,身体随着倾斜度,时而偏左,时而偏右,而且时刻担心斜塔会倒。登塔者会产生一种眩晕感,真是很奇妙的体验。登上斜塔最高处,就可以俯瞰整个比萨市。比萨市并不是很大,是一个宁静的古老小城。特别是在早上和傍晚时分,在河边散步,很舒服、很惬意。

在比萨斜塔大门入口处的外围,聚集着做小买卖的商贩,这有点像我们国家的旅游景区的纪念品市场。商贩的铺面上有各种各样的古建筑模型挂件,有米兰大教堂、罗马斗兽场、君士坦丁凯旋门等,最多的还是比萨斜塔挂件。商铺里还有印有斜塔等古建筑图案的书包、围巾、T恤衫、帽子、红酒、笔和纸等商品,各种小商品应有尽有,琳琅满目。

这座历史文化小城因为比萨斜塔而闻名,比萨斜塔也歪打正着,因为它斜而不倒,更加名扬世界。很多来意大利的人,也会专程来一睹斜塔的风采。如果大家有时间,就来亲眼看一看这座世界名塔——比萨斜塔吧。

走进欧洲

如果有人问我最想去哪个国家,我会毫不犹豫地说,法国!我想,这也许是很多女性的选择。

不知为什么,一提到欧洲,特别是巴黎,我就会莫名兴奋。

我行事风格偏向缓慢,说到欧洲去,却一直没有付诸行动。前不久,一位关系要好的文友去了欧洲,描述了一些她在欧洲的所见所闻,激起了我强烈的欧洲游欲望,于是,便有了这次的欧洲之旅。去地球的另一边走一走、看一看,感受异国风情,写一写不一样的人文情怀,是我此行的目的和初衷。

这次去欧洲,收获不小,记忆的碎片,集结成回忆的号子。

欧洲的教堂、城堡、斗兽场、埃菲尔铁塔、威尼斯、阿尔卑斯山、多瑙河、塞纳河等名胜古迹,以及白雪公主和七个小矮人的童话故事等,是多么神秘、遥远而又充满童话色彩啊!世上有很多美好的词语可以用来形容欧洲,特别是形容欧洲的古建筑及古文明,例如:古典、宁谧、壮观、精美、浪漫、绮丽、奢华、神秘、肃穆、庄严、迷幻……

这次欧洲行,主要跨越了法国、瑞士、奥地利、德国、列支敦士登、梵蒂冈、意大利七国。这是一次走马观花式的游览,大多数时间都坐在旅游大巴上赶路,但这是我的第一次欧洲行,我内心充满了新奇和向往。

印象最深刻的是欧洲古典建筑,欧洲那恢宏、奇幻而神秘的城堡和各种辉煌的教堂举世闻名。欧洲建筑按风格主要分为巴洛克建筑、法国古典主义建筑、哥特建筑、罗曼建筑、古罗马建筑、浪漫主义建筑、文艺复兴建筑。不管是古老而辉煌的城堡,还是奢华而肃穆的教堂,无不是汲取了欧洲文化的精髓,令人震撼。

游览了欧洲诸多的名胜古迹,很多画面和内心感受,都是无法用言语和笔触来表达和记录下来的。

离开欧洲已经有些日子了,但我想,欧洲之行应该是我人生中最有意义的一次出国旅行。这次旅行最难忘的是满眼的嫩绿,那一定是在时间的长廊里总也抹不去的记忆。蔚蓝的天空,白云缥缈,一碧千里。牧场如绿色的地毯,树木如绿色的绸带,马路在绿色中蜿蜒穿行,如挂在天上的银河。无论是从巴黎到瑞士、从列支敦士登到德国,还是从德国到意大利……;无论是乘车,还是自由漫步;无论是极目远眺,还是凝神窥视,都不会发现裸露的土地、光秃的山头,映入眼帘的都是绿的海洋。

我边看边思,边思边悟,思想的碎片如雾、如电,如梦幻、如童话……喧嚣离我远去,我常常恍惚走神,恍若剩下虚无的躯体在另一个世界遨游、神思,成为烈火中的飞蛾,成为飞越大西洋的候鸟。

欧洲的农舍和牧场大多坐落于田园,或是半山腰,或是山脚下,各色参差,点缀着绿色的海洋,净化自然的图景。这在山区是最难做到的,欧洲人将满山满坡都种上翠绿的牧草,或者是整治一片片齐整的森林,色调和谐统一,绝不掺杂、跳跃。结果看上去,全然单纯朗丽,把种种芜杂都抹去了。这也就抹去了山地对人们内心的堵塞,留下的开阔气韵,如洪波宛曼、云海静谧。草原也不过如此吧,但它又比草原更有意境和韵味。被整治过的草地、森林当然是人力所致,但人的痕迹却完全隐匿,只让自然的姿态出现,用最简朴的方式抵达了高级自然化状态。它们像一幅幅油画般挂在天际,给平坦的高速公路增添了几分诗意。所有的农舍,虽然考究精致,却全部采用纯净的自然色,或是原木色,或是灰褐色,或是琥珀红,或是墨蓝色,不再有别的色彩。在形态上也追求板屋、茅寮的效果,绝没有丝毫的炫华斗奇,甘愿被自然掩盖和埋没。像我们中国一样,欧洲的这样美丽的农村,想必也有很多城里人居住。要回归自然,首先要把自己"回归"了,回归成一个散淡的村野之人,居所当然也毫无市侩气息,而是彻底消融,如雨入湖,不分彼此。

我们沿途看到的农作物都是单一品种,目及之处没看到一棵蔬菜,不像我们中国人,只要有一点空地就会种上瓜果蔬菜。这或许就是欧洲人与亚洲人在生活习惯上的差异吧。

欧洲小镇也极具特色,譬如法国的博纳小镇、瑞士的梅赫陶尔小镇、德国的肯普滕小镇、意大利的托斯卡纳小镇等,山脚下和山坡上的小镇被青山绿草围绕着,尖顶、红瓦、白墙以及木质结构的房舍,错落有致地排列成动画般的图案,充满着童话色彩。

红酒、咖啡及香槟是欧洲人主要的消遣饮品,城市里,一排排小桌沿街排列,行人得侧身才能通过,座无虚席,而且人人都神采奕奕。人们乐呵呵地坐着笑着,吃着喝着。侍者端走了餐盘,桌子上还摆放着透明的红醋和橄榄油。阳光或灯光把它们映照成宝石、水晶一般。

男女侍者个个俊美,端着餐盘哼着歌。他们既要在小桌边疾走,又要避开川流不息的行人;既不撞翻餐盘,也不失礼貌,把扭来扭去当作一种自娱自乐的舞蹈。座位上的游客,已经从他们的腰身、眉眼间寻找到费加罗的影子,甚至还会猜测,哪个是复合的卡门?哪个是像猫一样的女人斯佳丽?

我们游览了罗马凯旋门、佛罗伦萨的圣母百花大教堂、法兰克福大教堂、新天鹅城堡、威尼斯、时尚之都米兰、欧洲袖珍之国列支敦士登、琉森小镇、卢浮宫、凡尔赛宫、埃菲尔铁塔等等。这些名胜古迹都给我留下了深刻的印象。但最让我震撼的是世界上面积最小的国家梵蒂冈,我被它深深吸引,并且记住了它。梵蒂冈,我想我一定会再去的。

欧洲大陆很多建筑物的建造,都是历时数十年、百余年,甚至几个世纪才能完成,很多建筑师只管建造,不问时间。一代代人,继续摸索着,不急不躁、不追不赶,他们并不奢望在自己有生之年能完成这个作品。然而,正是这种怪异而又伟大的行为方式,创造了欧洲举世瞩目的艺术瑰宝。

　　有一句话说:"如果你厌倦了生活,那么,这些欧洲古建筑能为你的生活赋予新的意义。"

　　我惊羡于在欧洲一切自然生长也能长得如此优雅、有格调。

　　尤为值得一提的是,我在每段旅途中都会认识一些新朋友,缘分一场,且行且珍惜。

　　在这里,写下的只是其中颇具代表性的东西。我想说的是,如果有机会,我还会去欧洲,再一次,一览它的风采。

照片背景

"照片背景"是德国新天鹅城堡,雾气氤氲缭绕,尖顶圆塔,固若金汤的高墙白壁,黑色的顶,在云山雾笼中隐现,童话般缥缈而不失真实。照片上,芷琼笑靥如花,一个东南亚人模样的黝黑男人几乎是拥着芷琼。

托你的"福",你干的"好事",非拉我和那个男人合影,我老公天天找我吵架,怀疑我和那个男人有染。芷琼看到上海阿姨发来的微信,回了这么一句。阿姨调侃道,哈哈,在国外,异国游客之间合影是正常现象,擦肩而过嘛。你们来上海,我跟他解释。哦,不用,没那么严重,事情已经过去了,就当生活中的一段小插曲吧。

芷琼从欧洲回来后,她老公拉长了脸,对她不理不睬。

她纳闷,问,你怎么不高兴?这一问,她老公的脸更是拉成了驴脸。他阴沉着脸质问芷琼,为什么跟外国人合影,还那么亲密?哦,就为这个呀!芷琼扑哧一声笑了。还好意思笑,你找就找个帅气的,那个外国人像什么样子。哈哈,你是嫌人家丑,长得好看的都被人拉走了,有几个高大帅气的白人小年轻被那群上海阿姨抢去了,下次我找个好看的。芷琼得意地说。没有下次！她老公呵斥,你这样将照片公然发到网上,你让我的脸往哪儿搁?！我做了什么？不就是跟一个外国男人拍了一张合影吗？跟外国人拍照的人多了去了,只是一时兴起好玩罢了,难道还能做什么？谁知道？她老公呛了芷琼一句很有分量的话。你怎么不动脑子想一想呢？在国外旅行,不会英语,只能寸步不离地跟着旅行团,生怕自己掉队,难道还能做什么？反正这是最后一次出国旅游,以后不准出国了。她老公加重了语气。

听着这句分量不轻的话,芷琼生气,两人心悸气短地杠上了。

出不出国你说了不算,那是我的自由。我问你,人活着是为了什么？一辈子挣钱是为了什么？难道就为了吃喝拉撒睡,每天重复着昨天等死？她老公厉声说,我不跟你掰扯那些没用的,反正以后不准出国！

我懒得跟你争辩,就为了那张合影吗？你怎么想的？是谁挑拨的？你怎么前后判若两人呢？说好了两人一起去欧洲,临了你非不去。不是你陪我一起去上海出入境管理局办的出国手续吗？不也是你送我去浦东机场的吗？有什么问题？芷琼的嘴像机关枪一样嗒嗒地射出一颗颗子弹,她百思不得其解。

她老公一脸怨容,但他不得不接受愤怒的妻子射入胸膛的子弹,痛只有他自己知道。我怎么去？夫妻两人不能一起坐飞机……

又胡扯,不要说了。芷琼知道她老公接下来会说什么,便急忙打断他的话,她怕他嘴里又蹦出什么不吉利的话。每次她提出两人一起坐飞机时,她老公都极力反对。

合影的事,芷琼的老公责怪数落了她很长一段时间,一直不依不饶。

一次宴会后,芷琼见她老公醉醺醺的心情不错,就问他对合影的事怎么反应那么大,为什么对那张合影耿耿于怀。她老公说,有人提醒我注意那张照片,说事情没有那么简单。当时我说,你不是那样的人,照片说明不了什么问题。可那人说,人都是会变的,说不定是跟那个外国人一起去的。当时我脑子里塞满了糨糊,就有点相信了。

猪脑子啊,从头到尾不都是你跟我一起去办理手续的吗?我就知道是不怀好意的人挑拨离间,是谁呀?芷琼问,她趁热打铁。是她,你那个拜把子的妹妹。我就知道是她!芷琼气糊涂了,自说自话。她气恼得声音提高了8度,你这个孬子,信别人挑拨,我们相濡以沫几十年,我何时对不起你了?相信她的话,你不是自寻烦恼吗?跟这种人掰扯,岂不是越描越黑吗?嗯,她说,我是肉头,嫂子跟人都拍了合影,我还乐呵。我是个好面子的人,你叫我怎么办?你不知道,你那个狗屁妹妹就是个碎嘴,是个爱挑事的人,唯恐天下不乱,也许是心理不平衡吧。鬼知道!合影碍她什么事了?或许只有她自己知道个中原因和滋味吧?嗯,她是有点。她老公点头。你知道,你还拿话讹我。见老公不吱声,芷琼心平气和地趁热打铁,在能拍德国新天鹅城堡全景的玛丽安石桥上,各个国家的游客络绎不绝,导游只给十五分钟的拍照时间,这么短的时间内我跟那个合影的外国人根本没有交流,也不可能有交流,你知道,我不会英语。芷琼再次强调,拍完照片,我们就马不停蹄地去游览城堡了。见老公没吭声,芷琼知趣地移步离去。

芷琼的手机亮了一下,手机屏上跳出上海阿姨发来的语音,她点开,侬格腔勒嗨忙啥?她问,你怎么又说上海话?我听不太懂。哦,我忘了。阿拉晓得吾是啥人伐?听说那个小姑娘和"小东北"离婚了。语音刺耳,大概反应过来后,上海女人便改说蹩脚的普通话。

哎,她故意扬着上海腔,生怕别人不知道她是上海人。芷琼暗想。啊,是吗?真没想到他们会离婚。芷琼很吃惊。侬不看好拉,东北远在天边,天寒地冻的拉,零下几十摄氏度,南方人怎么受得了?是伐?倒是向往漠河,漠河北极光知道伐,弄老好!有机会,一定去看看。上海阿姨说着不相干的话。

不是男方入赘吗?怎么会离婚?

南北差距吧?闪婚本来就不靠谱,鬼才晓得伐。

芷琼是在巴黎协和广场认识上海阿姨的,之前她们只是点头之交。

芷琼记得很清楚,2019 年 10 月 11 日,飞机从上海浦东机场起飞,在天上飞了十二个小时,终于降落在巴黎戴高乐机场。

旅游团一行 38 个人激动地站在巴黎协和广场中央矗立的

埃及方尖碑旁行注目礼。环顾广场四周精美绝伦的雕像,广场呈八角形,举目望去,埃菲尔铁塔雄伟壮观。游客们纷纷拍照,合影留念。忽然一阵骚动。大家注意自己的包包,把包背到前胸来!导游大声提醒。只见几个神色慌张的吉卜赛人打扮的女郎穿行而过,有的戴着风格各异的大檐帽,有的穿着奇装异服,皮肤呈黑红色,邋遢而神秘。导游说,他们是吉卜赛小偷。芷琼注意到,这些吉卜赛女郎并不像电影《大篷车》里的女郎那样漂亮、随性、飘逸、热情奔放,更不像荷兰画家弗兰斯·哈尔斯的油画作品《吉卜赛女郎》中的样子。正在芷琼惊疑不定的时候,一位年约七十岁的阿姨一把拉过芷琼说,侬阿别怕噢,有导游在,阿拉上海凝会负责任的。是的,不仅导游是上海人,旅行团里百分之八十以上都是上海人,只有芷琼、小东北、两个苏州人,还有一对夫妻除外。

很快,吉卜赛人像一阵黑旋风一样一闪而过。

见鬼,巴黎街头怎么会有小偷?同行的苏州人嘟囔了一句。导游说,怎么没有小偷?小偷不分国籍。导游接着说,大家检查一下自己的包包,看看有没有丢失什么东西。遭遇吉卜赛小偷,只是虚惊一场,没有人被偷,也没有因此影响大家的心情,众人反而觉得这是一次奇遇。

上海阿姨尽量用普通话跟芷琼搭讪,侬是哪里人?一看就不简单噢,老有气质咯。"我是湖南人"差点就说出口了,一闪念,芷琼说我是苏州人。也许芷琼觉得苏州离上海更近吧,远亲不如近邻；或者她喜欢苏州，上有天堂，下有苏杭；抑或出于别的什么原因。如果说芷琼是担心地域歧视，那就成因微妙了。

  为了便于旅途管理，导游以"家庭"为单位，把旅行团38人分成7个"家庭"。上海退休工人群体因为人数众多，被分为1号和2号"家庭"，孤家寡人的只有5号"家庭"芷琼和7号"家庭"小东北，4号"家庭"是上海女老师和她女儿，另一对夫妻是3号"家庭"，两个苏州人为6号"家庭"。导游说，请大家记住自己的家庭号，到时候会点数报到。他强调，一定要把随身携带的包包放在胸前，要保护好自己的贵重物品，尤其是护照。大家听清楚了，在景点，你们看好我手举的旗帜，紧跟着我，不要走散。重要的话说三遍，你们听清楚了没有？听清楚了！团友们回答。

  来到巴黎，芷琼觉得这一切都像做梦一样。去法国旅游，对所有的女人而言，想必都是一个致命的诱惑。没想到此次出国游，念想的国家都在其列。

  这次欧洲游是临时起意，连芷琼自己都没想到这么快就决定了行程。前不久，她的一个朋友去了欧洲，回来写了一篇《欧游散记》，图文并茂地发到微信朋友圈。她心动了，蛰伏在她心里的欧洲游欲望发酵膨胀起来，她马上付诸行动。正好时机成熟，女儿刚怀孕不久，等女儿生孩子后恐怕就没时间出国了。首先，她说服了她老公与她同行，然后跟旅行社联系，着手准备出国相关事宜。哪知道，一切准备妥当的时候，她老公忽然说他不去，他的理由很简单——夫妻俩不能一起坐飞机，并列举了新闻报道的某某案例和道听途说的一些飞机失事事件。看到老公言之凿凿,芷琼知道此次欧洲游注定自己只能形单影只了。她不无担心地讨教那位朋友,一个人跟团去欧洲不懂英语怎么办?甚是孤单,有点害怕。朋友说,你不用担心,有什么事可以问导游,像这种国际线路的导游一般都会说英语甚至几国语言。而且这么多人一起吃喝拉撒,天天见面,团友之间很快就会混熟。你只要紧跟旅游团,跟团里的人在一起就不会掉队,旅行团里有会说英语的团友,买东西不成问题,不过导游一般会带你们去免税店和当地那种纪念品商店。

对于住宿分配问题,芷琼捏了一把汗,导游的个性化管理还是很值得称道的,她和上海阿姨如愿地分住在一个房间。

从某种意义上来说,女人就是话多,这也是男人对女人的定义。难怪,两个女人一见面就叽里呱啦地聊个没完。上海阿姨话很多,也很主动,这符合一些上海中老年女人的特点。她问,芷琼只有答的份。芷琼想,接下来的旅行她可以跟上海阿姨一起走。当然,芷琼有自己的小心思,她要和团队成员尽快熟悉,她觉得自己还是孤单,阿姨是上海群的人,不会总跟自己在一起。她发现旅行团成员间都有默契或者微妙的关系,只有自己和小东北形单影只,总不能一路上都跟小东北在一起吧。也不现实呀,哪个年轻人愿意跟一个阿姨一起游玩?确切地说自己才是真正的孤雁,当务之急是要赶快与其他的团友熟悉起来,结伴而行,才不至于落单。主要是这样的话拍照也就不成问题了——无可厚非,女人喜欢拍照这是天性。当然了,芷琼不喜欢"中国大妈"的形象。她很少系丝巾,拍照的时候也从来不用丝巾装扮自己。旅行过程中女人一路拍照曾被男人吐槽,此行为一度被视为男人的"灾难"。人是群居动物,半个月的旅行时间说长不长,说短不短,芷琼暗暗决定,一定要赶快找到理想的同伴,当然是女性同伴,因为女人之间有共同话题。

小东北热情奔放、豪爽、不拘小节,浑身充满着青春的朝气。芷琼发现,小东北很快与团友们打得火热。他的嘴很甜,也很热情周到,他说,叔叔阿姨哥哥姐姐们,需要什么帮助尽管找我。的确,小东北确实乐于助人,有求必应,大家有什么需求和不懂的都问他,他也不厌其烦地一一解答。一路上,他如向导一样解答团友们不懂的问题,帮助需要帮助的人,像一个见多识广的学者。小东北说他大学毕业不久,趁就职前出国玩玩。有人猜测小东北是富家子弟,是有钱人,这从他的谈吐和穿着上就能看出一二。

你好!你一个人出来玩吗?是那个优雅的女人携她的女儿走过来问芷琼。嗯,我一个人,本来我老公也一同前来,可是他胆小,就放弃了这次旅行。胆小?那女人笑了。是这样,我老公说一家人千万不要坐同一架飞机。芷琼这样解释。哦,我明白了,哈哈。芷琼趁势挽住那个女人的手臂,确切地说,是抓住了她寻觅的理想同伴。美女,你贵姓?我们加个微信好吗?当然可以,我姓郝。看你气质那么好,肯定不是一般人,如果我没猜错的话,你是公职人员……不好意思冒昧了。哦,没关系,我是一名老师。你是老师吗?是的。为了便于记忆,芷琼快速地把这位气质不凡的女人微信备注为"欧洲游上海郝老师"。看得出芷琼对女老师的重视,同样也看出她有点讨好这位郝老师。这无可厚非,在某些特定环境下,这是无奈之举。芷琼接着说,你女儿很漂亮,在上大学吗?郝老师说,大学毕业几年了,她也是老师。啊,真好,老师,那她教什么课程?看样子,芷琼是要刨根问底。但看得出郝老师对芷琼也有好感,不厌其烦地回答她的问话。从郝老师的眼里看出她对女儿满满的爱和骄傲,她说,我女儿在中学教英语。啊,你女儿不仅漂亮,而且很有出息。芷琼夸赞道。

真好,同行的人中有位英语老师,买东西什么的那就方便多了。芷琼和郝老师一见如故,侃侃而谈,她高兴地与她们母女同行,庆幸自己终于找到了理想的同伴。芷琼本来就想主动搭讪那对母女,没想到这么快就认识了。她沉浸在旅行的快乐中。

下午,芷琼跟着旅行团参观巴黎卢浮宫,卢浮宫广场也叫卡鲁塞勒广场,上面的金字塔是整个广场的地标。广场的建筑具有鲜明的西方古典主义风格,同时又具有封闭性和开放性并存的特征。芷琼和郝老师像闺密一样手挽手,惊叹地瞻仰着卢浮宫内的绝世精品。卢浮宫收藏了几十万件藏品,这么多精美的雕塑、绘画、美术工艺品都被收藏于卢浮宫博物馆,真是不可想象。

从古代埃及、希腊、埃特鲁利亚、罗马,到东方各国的艺术品,收藏数量已达 40 万件……卢浮宫最壮观的部分——大画廊,是一个长达 300 米的华丽走廊,收藏了意大利著名画家法埃洛等画家的绘画作品。最著名的达·芬奇的《蒙娜丽莎》则保留在博物馆原有的位置。导游边走边说,之前我都跟你们解说了,你们认真看,不要出声。此时的卢浮宫里人头攒动,热闹却不喧哗。

如果说参观凡尔赛宫大卫的《拿破仑一世加冕大典》时,油画里的 200 位形态各异的人物形象将所有的团员都震撼了,那么卢浮宫则以收藏丰富的古典绘画和雕刻闻名于世,有雕塑《胜利女神》、大型油画《迦拿的婚礼》等。旅行团中的绝大多数人都不懂油画,芷琼也不懂。但她亲眼见证了一场场视觉的饕餮盛宴,漫步于欧洲油画大师亲笔绘就的殿堂之中,每一幅作品都是世界知名的瑰宝。这些油画中的形象鲜活欲出,人物的表情仪态细腻入微,那欲言又止的神态仿佛在静默中诉说着古老美丽、动人心魄的传说故事。她被这份艺术的魅力深深吸引,而周围的游客也同样为之动容,内心激荡,热血澎湃。芷琼深切感受到,这才是油画所蕴含的深意,这才是艺术的真谛所在。

旅行团出了卢浮宫,芷琼的心依然沉浸其中。那群上海退休工人围成一圈叽里咕噜,语速很快,说着芷琼听不懂的上海话,生怕别人不知道他们是上海人。他们自成一派,只有那个上海阿姨是个例外。

小东北和上海小姑娘追了上来,不知什么时候两个年轻人走到了一起。小东北说,你们等等,我去去就来,很快。没想到小东北一个人买了5杯奶茶,他先给上海小姑娘一杯,然后给导游一杯,芷琼和郝老师各捧一杯,他自己一杯。小东北很大方,当然他的手头也很宽绰。大家推辞一番,见小东北站起身实诚地伸出手掌示意,便都接下奶茶。

　　巴黎塞纳河畔微风徐徐,金色的阳光洒满波光粼粼的河面。一辆高大阔气的马车徐徐驶来,两匹棕褐色的马高扬着马鬃,嘚嘚嘚的声音由远而近。小东北用英语跟马夫说了句什么,随即跳上去,他一把拉上上海小姑娘,两人兴高采烈地像放飞的风筝一样飞驰而去。兄弟,放心,我们在预定地点见。小东北丢下这句随风飘散的话便走了。导游想说真是无组织无纪律。郝老师急忙对导游说您放心,我女儿英语专业八级,她是英语老师,不会走散的。我知道,好了,我们继续。上海阿姨走近导游问你怎么放心他们两个人离队?要是走丢了怎么办?没事,小东北英语好,前年他跟我的团来过一次欧洲,这次的游览路线差不多,不会走散的。放心,我知道他,我们是朋友。

　　这孩子怎么那么快就跟小东北混熟了?上海的郝老师念叨着。年轻人有共同的爱好、共同的语言和话题,看样子两人很投缘也很般配哦。芷琼说。

　　走啦,上船。导游招呼。

　　塞纳河为巴黎带来了五彩缤纷的活力和浪漫,最好的词语也无法形容塞纳河的美。它是独一无二的,就像奥地利诗人赖内·马利亚·里尔克曾说过的:"巴黎是一座无与伦比的城市。"而巴黎的美,很大程度上归功于塞纳河。

旅行团一行人坐上观光游轮,塞纳河两岸风光秀丽,楼房鳞次栉比。36座桥梁横跨在塞纳河上。游人惊叹不已,纷纷举起手机拍照。阳光明媚,塞纳河两岸的建筑物风格各异,色彩斑斓,卢浮宫、奥赛博物馆、巴黎圣母院、埃菲尔铁塔等名胜古迹饱览无余。

这是我见过得最美、最浪漫的风光,芷琼想。

浪漫的巴黎,浪漫的塞纳河。导游说,我读一首法国诗人阿玻利亚的诗吧:"塞纳河在米拉波桥下流逝,我们的爱情,还要记起吗?往日欢乐总在痛苦之后来临。夜来临吧,听钟声响起,时光消失了我们还在这里。我们就这样面对面,手握着手,在手臂搭起的桥下闪过,那无限倦慵的眼波。夜来临吧,听钟声响起,时光消逝了而我还在这里,爱情像这泓水一样逝去。"

导游,我们都不年轻了,哪还有什么爱情?一位上海老男人笑着打趣。爱情没有年龄界限,八十岁都可以拥有爱情,不是吗?导游答道。哈哈,说得好!说得好!在这样浪漫的地方就要有浪漫的情怀和境界,芷琼大胆地想。那群上海人就是爱热闹,他们无拘无束,你一句我一句地搭腔,开心快乐充盈着他们,一点都不逊色于年轻人。

傍晚,夕阳西下,巴黎街头行人寥寥无几。这要是在中国的任何城市,这个时候,街上肯定是人来人往,热闹非凡。

在巴黎住了一晚后,第二天,导游带着旅行团到巴黎老佛爷免税店里购物。有人买了香奈儿和其他品牌的香水及化妆品,芷琼也买了。团友们依然没有尽兴,大家兴致勃勃,不舍得离去。中午,旅行团跟着导游走进巴黎街头一家中餐馆,导游用手指了指说,你们去那边倒开水,然后过来吃饭,吃饭时间只有半个小时。国外的中餐馆都提供白开水,因为中国人喜欢喝水,到哪里旅游都是人手一个杯子。

芷琼不敢多喝水,怕上厕所,渴了就抿一小口。每天早上倒满一杯水,她能喝一天。欧洲一些国家厕所很少,大街上看不到厕所,要到商店才有。每到一个景点,导游第一时间就带大家去厕所。芷琼就算没有便意,只要看见厕所,她就想着要去。理智告诉她可以不去,但不去不行。她暗自嘲笑自己,旅游厕所焦虑症又犯了。

很快,菜端上桌了,一盘鳕鱼,一盘青菜沙拉,一大碗鹅肝汤,几盘青红颜色不知品种的菜,但很好吃。那些上海人吃饭时也在那叽叽喳喳说个不停。旅行团里的几个外地游客,边吃边茫然地看着他们,不知道他们在说些什么。当然也无须听懂,只是出于好奇罢了。小东北说上海话很有特点,是一种吴语方言。小东北到底是学播音主持的,熟悉各地语言特性。

小伙子,你怎么还喝酒,早上你不是喝过酒了吗?那位上海阿姨说。小东北说没事,这酒度数不高,小瓶的,不会喝醉。这是什么酒啊？有人问。干邑白兰地，法国这种酒百分之八十出口，百分之二十是外国游客消费的。小东北答道。郝老师关心地说，少喝点酒，酒伤胃，赶快吃点饭压压吧，马上要走了。谢谢阿姨关心，小东北点了点头，准备用勺子盛饭。上海阿姨蹭过来，一屁股坐在芷琼和郝老师中间的位置说，哎，库些（可惜）没去巴黎圣母院，那把火烧得不是时候。上海阿姨反应过来赶忙改说普通话。小姑娘接口说，是啊，遗憾，巴黎圣母院都围起来了，正在维修呢。芷琼说，今天没有玩尽兴，有机会，我们下次再来巴黎。

深夜十二点了，郝老师在床上翻来覆去得睡不着觉。刚刚她跟女儿交谈了一番，有一丝不安，心里堵得慌。

就今天的事，你不需要解释一下吗？

解释什么？不就坐了趟马车吗？

你怎么看小东北？

还可以吧，大方、率真、热情奔放、助人为乐，还有点傻气。

你是不是对他有好感？

他很会照顾人，主要是他长得还可以，条件挺好的。

你听着，男朋友千万不要找外地人，一旦嫁给外地人，到时候就会有很多弊端，很麻烦的。例如婚后，七大姑八大姨的来上海，你们怎么应付……

妈,你扯远了,我俩才接触一天呢,你真是好事。

我是担心,防患于未然嘛,听说东北人狠。

管他呢,没有的事,我都没往那方面想。

看来他家境还可以,他很阔绰,也很大方。

妈,你知道吗?他家很有钱,是开公司的。

那他是"富二代"?

我没好意思问,要不,明天我再去问问他。

不用特意去问,你们当普通朋友处吧。

这么说,妈同意我们处朋友了?

你不要理解错了,我是说当正常的朋友处,不是男女朋友,知道吗?

哦,妈,我知道。

他什么学历?

北京大学播音主持专业本科毕业,怎么样?高学历吧?

不对呀,学播音主持的人不能喝酒,若饮酒,口腔、咽喉等重要器官会充血、肿胀,肌肉弹性受限制,势必影响发音。

他平常不喝酒,但他说到法国巴黎一定要喝酒,不喝酒等于白来了一趟法国,因为,法国是红酒之都。

他刚大学毕业吧,也算是个学生,太年轻了,怎么就爱上喝酒了呢?上海老师执拗地问。

他大学毕业,即将工作了,他说他平常不喝酒。这不是在巴黎吗,哪有不喝酒的道理?我都想喝酒。

下午你是不是跟他一起喝酒了？难怪有股葡萄酒的味道，你话也多了。

母女俩的对话无果而终。

上海小姑娘想起下午和小东北漫步在塞纳河畔的情景。小东北拎来了两瓶干红，他们面对面盘坐在石阶上对饮。说是对饮，其实小姑娘每次碰杯只是象征性地抿一抿，她对小东北说，她从来不喝酒。小东北体贴地说，你举杯碰一下，意思意思就行了。

上海小姑娘歪着头甜蜜地看着小东北，小东北迷醉地说，法国电影《一个新朋友》里头有这样一句台词，你高兴得像个意大利人，你知道会有红酒，会有爱情。他脸涨得通红，似乎喝醉了。在浪漫的塞纳河边，说着暧昧的话，脸该红吧！……

小东北有些醉意，说的英语似乎有些离题，想想也并不奇怪，他只是想表现自己的英语水平而已。因为上海小姑娘英语"杠杠的"，说给她听，证明自己的英语不错。小东北继续说，所以聪明的你可能已经明白了，葡萄酒在西方文化中——特别是法国，更多的是一种浪漫和奢侈的符号，它已经脱离了酒精饮料的属性。就像你买了一个爱马仕的铂金包包，也不是为了用它盛放更多的物品，而是表明了一种态度和品位。今天，暂时不和你聊那些晦涩的关于产地、口味、葡萄品种的知识，单从法国女人喝葡萄酒的礼仪、风度和腔调上聊聊，相信你会有收获……小东北滔滔不绝,高谈阔论,嘴里不时冒出几句流利的英语,这对于英语专业毕业的上海小姑娘来说是小菜一碟,但她还是有些佩服。这就是小东北的聪明之处,投其所好,这样就有共同的爱好,才有追求的资本。这当然是小东北的心思,旁人明白与否并不重要。

上海姑娘矜持地坐着,基本不插话,只是静静地听着小东北说话。因为,她懂得"倾听不仅是对他人的尊重,更是对自己的丰富和成长"。

你平时喝酒吗?小姑娘冷不丁地问了句。

小东北肯定地说不喝!不过,我父母喜欢喝酒,也许我是耳濡目染,沾上了酒气吧。

最后,小东北差不多把两瓶红酒都喝了,似乎还不尽兴。导游打电话催促他俩快去集合点,不要耽误大家的行程。小东北说导游放心吧,我们马上到,不会延误的。

旅游大巴经过波尔多大学的时候,导游介绍:波尔多,一个念在嘴里便觉酒香馥郁的地方,这里的葡萄酒庄园,酝酿着世界顶尖的葡萄酒。在法国,最能与波尔多媲美的葡萄酒产地莫过于勃艮第,请问有谁下去买波尔多葡萄酒?这都是自愿的啊!如果不买波尔多葡萄酒,我们可以到勃艮第酒庄去看看那里的葡萄酒。

多数团员认为,到法国,当然要买葡萄酒了。不少人都买了葡萄酒。芷琼买了一箱波尔多葡萄酒,小东北买了好几箱。当时,快递公司迅速为团员们办理了国际托运手续。

旅行团在法国小镇科尔马住了一晚,第二天清晨,大巴拉着一行人从科尔马小镇出发,经过六个小时的舟车劳顿,终于到达德国。下车前,导游说,欧洲长途汽车司机的主要收入是游客给的小费,他们很辛苦,愿意付小费的,我愿意代劳……在导游的游说下,大部分人心甘情愿地给了司机十欧元的小费。

这里要说一说德国汽车驿站的厕所。这些路边的简易的厕所里没有一点异味,马桶、粪池都经过了化学处理,不管什么时候化粪池都呈天蓝色,看不见一点污垢,卫生干净。

对于德国之旅,芷琼印象最深的是巴伐利亚的新天鹅城堡。她将新天鹅城堡视为她与世界共享的童话天堂,一个梦幻与现实交织的绝美之地。

那天,换乘的大巴载着一车人往新天鹅城堡疾驰而去。抬眼望去,车窗外闪过嫩绿的山坡和草地,牛羊成群,悠闲地吃草和打盹。山顶上闪过一座又一座尖顶灰墙的古堡,领略一座座古堡的风貌和沧桑,仿佛经历着一个个或浪漫、或沧桑、或悲戚的童话故事。团员们无不感叹,难怪德国有很多座古城堡啊,几乎每个山头都有,果真名不虚传。

导游在大巴车上讲解:新天鹅城堡犹如人间仙境,藏着有关魔法、国王、骑士的古老的民间传说。城堡周围有那无边的原始森林,柔嫩碧绿的山坡,无边的绿野上漫步着的成群的牛羊,终年积雪的阿尔卑斯山脉和无尽宽阔的大湖。新天鹅城堡的对面就是国王童年的夏宫——旧天鹅城堡,那高山、平原、大湖塑造了年轻国王的浪漫和充满童话色彩的性格,在这座浅黄色的旧天鹅城堡内孕育了对面浪漫、充满童话气息的新殿。

导游接下来说,游人可以在山麓乘坐马车上山,也可以徒步欣赏那一路上的奇花异草。城堡充满了路德维希二世的设计思想与理念,内部陈设也极为铺张与绚丽。其中,他那张后哥特式的木雕床,14名木匠花了两年的时间才完成。城堡内不乏以天鹅为主题的装饰。天鹅象征着纯洁,于是,从壁画、门和把手到浴盆上都可以看到天鹅美丽的身影。

导游首先带着一行人上山来到旧天鹅城堡的玛丽安桥,说这里可以拍到新天鹅城堡的全景,大家赶快拍照,我给你们十五分钟的时间,抓紧。只见蔚蓝的天空上挂着朵朵白云,不远处,唯美的阿尔卑斯湖水清澈荡漾,山水、天地、新旧天鹅城堡交相呼应。站在桥上遥望,新天鹅城堡在雾气缭绕中若隐若现,缥缈、眩晕、虚幻与真实交替是此时此刻的主旋律。彼时的芷琼有些恍惚,儿时的童话世界呈现在眼前,白雪公主和七个小矮人仿佛就住在这里,恍若梦境。

忽然一阵骚动,但见几个高鼻梁、蓝眼睛的年轻人走上桥头。慌乱中,芷琼瞥见十几个穿红着绿、纯粹的"中国大妈"仙女般"飞"上桥来,脖子上挂着的丝巾在风中飘扬,红的、绿的、黄的……她们热情高涨,快速地手举彩色的丝巾,或裹在头上,或让丝巾如彩旗般随风飘荡,尽展风采。"中国大妈"们纷纷抢着和白种年轻人合影。芷琼呆若木鸡般立于桥头,此刻,或许她不屑与她们为伍。芷琼觉得自己是个行动缓慢的人,且不易接受新事物,行动还不如这群老太太灵敏。还没等她反应过来,上海阿姨就拉着芷琼说,快拍照哇,没有时间了。她慌忙朝人群扫了一眼,发现白种年轻人像旋风一样不见了踪影。阿姨就近拉了一位大腹便便的外国男人,用手势比画了一下,对那个东南亚人模样的男人说,Hello(你好),接着说,photograph(拍照)。芷琼呆住了,骨子里好面子的她,从心底来说当然是更愿意跟长得帅气的外国男人合影了。此刻,她有些不情愿,却被上海阿姨推搡着。还没等她反应过来,那个黝黑的东南亚男人便搂住了她的双肩,亲密地跟她站在一起合影。好了,拍了好几张,效果很好。上海阿姨得意地说。芷琼礼貌地对转身离去的外国男人说,Thank you(谢谢你)。

芷琼看着这张照片,觉得挺有意思,亦觉得这是新天鹅城堡全景照片拍得最好的一张,当时想也没想就把这张合影连同其他照片一并发到微信朋友圈。后来造成的不必要的误会,却是她没有想到的。

游览新天鹅城堡的过程中,人群鸦雀无声,游人自觉地约束自己,或是被这惊世、悲怆、华丽、奢侈的城堡所吸引和感动,或是被国王路德维希二世致力于创造自己的童话世界,及其感情的悲剧色彩所震撼。

不知什么时候,小东北拉着上海小姑娘的手从人群中退了出来,他们来到一处幽静的地方,卿卿我我地私语。

小东北一把揽过上海小姑娘,伤感地说,路德维希国王太可怜了,不是遭遇政治阴谋就是被人身攻击……他厌恶慕尼黑,厌恶这个繁杂的世道,而倾心于巴伐利亚山区——一个让他感到快乐与自在的世界。

小东北的眼睛红了,他抹着眼泪继续说,国王的童年是与他的表姐——后来的奥地利王后一起度过的,在他刚对爱情开始产生朦胧的感觉时,他的表姐就嫁去了奥地利。表姐美丽的身影给年轻的王子留下了难以磨灭的印记,年轻的王子称茜茜公主是世上最了解他的人。后来,他就在巴伐利亚天鹅堡遗址上,勾勒出自己的童话世界。国王41岁就去世了,在医药委员会宣布他患有精神病的5天后,被人发现死在湖边。

接下来,小东北摸着胸口伤感地说,我觉得这怎么像描写我俩的童话故事,忽然心里像是被什么东西蜇了一下,有点悲戚和难过。

嘿,别呀,你不是触景生情了吧?你是不是失恋了?这么伤感。上海小姑娘盯住小东北充血的眼睛关切地问。小东北眨巴了一下眼,忽然眼睛一亮唱道,天上掉下个林妹妹,似一朵轻云刚出岫。林妹妹,如果我俩结合,你妈会同意吗?小东北耍着花腔,说完,他坏笑着眨了一下眼睛,做了个鬼脸。你不去做演员真是可惜了,装得跟真的似的。浪荡不羁的坏小子,我跟你熟吗?幼稚,谁是林妹妹?上海小姑娘嗔怪地笑道。我是真心喜欢你,从我见到你的第一眼开始,我就喜欢上了你。小东北接着不无担心地话锋一转,说,上海人有天生的地域优越感,也有地域歧视,瞧不起外地人。上海小姑娘嘟着嘴说,你是沈阳人,相隔千里,天寒地冻,偏远地区的人。好了,不跟你贫嘴,越说越远,快去追旅行团吧,要不然又要挨批了。不知道此刻小东北作何感想,只见他起身往集合点走去。

进入新天鹅城堡之前,每人被分发了一部语音导览机。芷琼、上海阿姨和郝老师跟着导游走在旅行团的前面,后面是另几个"家庭"的成员,人挨人,想走散都难。游人们鸦雀无声,城堡里人头攒动,黑压压的一片。此刻的静默,似乎有一股引力吸引着游人如蚂蚁般向前移动。

旅游团是个大杂烩,团友之间的关系是个谜,要厘清很难——大概只有导游知道。真假不重要,哪对是夫妻?哪对是情侣?临时聚集起来的人,被误会了也谈不上冒犯,猜测只是因好奇罢了。在游览慕尼黑玛利亚广场之前,团友们就发现那个上海退休群体自成一派,他们形影不离。其中,一位大叔在旅游途中总跟一位阿姨在一起,两人亲密无间,时而哈哈大笑,时而低头耳语。芷琼以为他们是夫妻,上海阿姨说,他们是一个厂的同事,关系不错,他老婆也来了。芷琼有意探秘,问道哪位是他老婆?上海阿姨顾左右而言他,几十年的老同事,已经习惯了。他老婆不吃醋吗?都是老头老太太了,到了颐养天年的岁数了,还有什么吃醋不吃醋的。3号"家庭"的夫妻和6号"家庭"的苏州男女像两对默默无闻的家伙,神秘而其余人对他们知之甚少,他们各自安好。那个上海阿姨虽然说是"上海派"的人,但是经常"出列","串烧"于芷琼他们的小团体。小东北、郝老师母女、芷琼早已结成了一个小团体,但他们并没有脱离团队的管理范畴。尽管小东北和上海小姑娘经常溜号,却并没有造成什么影响。两个年轻人朝气蓬勃、热烈而奔放,在一潭死水中激起万千涟漪,灵动而鲜活。所以,旅行团成员都非常包容理解他们,也都喜欢这两个活力四射的年轻人。因为,他们是旅行团里的精英人士,高学历、高智商、高情商,精通英语,在38人的旅行团里,除导游外,他们似乎无所不能。

旅行团游完慕尼黑玛利亚广场,第二天晌午,来到瑞士铁力士雪山上,在坐旋转缆车登上铁力士雪山的途中,雪山美景尽收眼底。导游说,可以登上山顶去看阿尔卑斯山脉雪景、坐雪橇、滑雪。但因为害怕滑倒,只有几个胆大的人登上了山顶。

进入冰洞,芷琼他们的小团队自然地走在一起。他们慢慢撑着冰洞壁往前走,其他人也都是三三两两相互搀扶着,生怕滑倒。忽然郝老师哎哟一声滑倒了,小东北快步走过去搀扶,阿姨摔哪里了?痛不痛?他关切地问。上海小姑娘说,妈,慢点,很滑。小东北挽着郝老师走出洞口。

中餐在铁力士雪山餐厅就餐,透过餐桌旁的玻璃窗就能看到雪山的美景。雪山餐厅这一餐是自费的,大家都点了那些令人垂涎欲滴的美味。也不管吃得掉吃不掉,爱吃什么就点什么,很多人都没有节制。还别说,在欧洲旅行的这些日子,每天不是坐大巴从宾馆赶到景点,就是从景点赶到餐馆,又从餐馆回到宾馆,都是匆匆忙忙的,没有好好地吃一餐欧洲风味的小吃,也没见过这么多好吃的。玻璃橱窗里有意大利面、鳟鱼、蔬菜、烤香肠配薯条、咖喱鸡翅、罗宋汤等。芷琼点了一份意大利面、一份烤香肠配薯条、一碗罗宋汤。也许是欧洲人的特性,菜都是大盘,分量很足。郝老师母女也点了几种小吃,两个"家庭"合在一起吃,味道真不错。小东北点了好几盘吃的,并示意上海小姑娘吃。看着雪山、品尝着美味佳肴,赏心悦目。餐厅出口处就是巧克力和冰激凌店,还有一家纪念品商店。各种牌子的一欧元的护手霜任人挑选,上海小姑娘说,这些护手霜在网上买要五六十元不等,实体店就更贵了。她选购了几十支,说是送人。芷琼也买了 8 支,旅行还没结束,她的 26 寸拉杆箱差不多都塞满了,她确实不敢买,要不然,她还要多买一些。

从铁力士雪山下来,已近傍晚。旅行团就住在雪山脚下的宾馆里。芷琼推开窗户,如仙境般的景致扑面而来,满目的青葱翠绿,阿尔卑斯山脉和高耸的尖顶古堡在云雾缭绕间呈现。一栋栋民居建在半山腰上,红色的墙、灰色的瓦、白色的窗棂,房屋没有挨挨挤挤,而是错落有致,几乎没有一寸土地是裸露的。翠绿色与房屋和山脉的颜色交相融合,像一幅色彩斑斓的油画,令人迷醉。

如仙境般的美景,谁也禁不住这样的诱惑,团友们三三两两

第三辑　游记篇

地在山脚下流连,不知不觉天就黑了。郝老师说,不早了,回去吧,晚上十点多了。芷琼说,欧洲晚上十点天才渐黑,不知国内现在是几点?

在瑞士卢塞恩(也称琉森小镇)的瑞士特产纪念品商店里,繁多的商品令游人们目不暇接,旅行团成员都在挑选商品。卢塞恩的特产是瑞士钟表、高级珠宝、巧克力、军刀以及刺绣品。38人的旅行团,个个摩拳擦掌,男游客在手表、军刀等自选区域跃跃欲"买",女游客在珠宝、巧克力、刺绣品等区域流连忘返。大家都有收获,芷琼买了不少巧克力,给她老公买了一把军刀,还买了精美的刺绣品。女游客差不多都买了巧克力,也有的游客买了瑞士手表和其他特色物品。

漫步于卢塞恩街头,听着悠扬的令人迷醉的琴声。忽然,上海小姑娘指着一堵高墙说你们看。那上面是一块硕大的烫金匾额,上书"中国早点,包子、馄饨"。芷琼一行人无限感慨,岁月悠长,给这座城市留下了人类古文明,也留下了中华文明的脚印。中世纪的教堂、塔楼,文艺复兴时期的宫殿、宅邸,以及百年老店、长街古巷,比比皆是。以皮拉图斯山为背景的卡佩尔廊桥和八角水塔是琉森的地标,常年积雪的阿尔卑斯山脉宛若侧卧的仙女,横跨整个欧洲。绕过一个小山丘就是狮子纪念碑,它讲述了瑞士的一段历史,是瑞士人忠贞坚毅的象征。

卡佩尔廊桥的两侧铺满了姹紫嫣红的鲜花,甚是夺目。小东北拉着上海小姑娘的手说,你站好了,别动。然后,他单膝跪地,手捧玫瑰,仰头对上海小姑娘说,嫁给我吧,我爱你!你看这廊桥上的鲜花,背景是美丽的阿尔卑斯山脉,就让这些见证我们的爱情吧!小姑娘吓得连连后退,你疯了?!少开玩笑,我们才认识几天?快起来,让我妈妈看见了就麻烦了。小东北认真地说,我起来,但你要接受我的礼物。那要看是什么礼物。小东北拿出一块刚买的瑞士手表,强拉过在小姑娘的手戴上。这么贵重的东西,我不要。你先做我女朋友总可以吧!这块手表就算是定情信物了。不行,我们认识的时间太短了,相互都不了解。那还不容易?回国后你跟我一起见我父母,不就了解了吗?礼物我不要,你太草率、太疯狂了。小东北认真地说,你做我女朋友,别的以后再说。

在异国他乡,在世界著名的卡佩尔廊桥上,以阿尔卑斯山脉为背景,面对自己心仪的男孩,上海小姑娘激动得有些眩晕,心里填满了甜蜜,像做梦一样。虽然小东北的行为有些唐突,有些虚妄,却也浪漫得令人遐想。不是吗?这种浪漫的求爱方式唯有在电影镜头里才有吧。

小东北和上海小姑娘的关系飞速发展,在旁人看来,两个年轻人的男女朋友关系显而易见。不知郝老师是否知道?作何感想?

旅行团大巴到达施皮茨小镇的时候,已近傍晚,西斜的太阳仿佛挂在阿尔卑斯山上,霞光照耀着施皮茨小镇,亦梦亦幻。

夜深了,郝老师又和女儿谈了起来。

他刚大学毕业还没有工作,却热衷于恋爱结婚?

妈,安居乐业,安居才能乐业。再说,现在谈论这些不是为时过早吗?

有些事情要提前去捋清,才知道怎么去做。

你想多了,没到那一步。

都要跟他去他家了,是我想多了?还是你不愿去想?

去东北就当我去玩一趟,有什么好想的。

防患于未然,多注意、多提防总是没错的。

我跟他只是刚接触,相互之间有好感而已。你们这些老阿姨神经兮兮的,想问题就是复杂。

出事了!出事了!苏州的那个女人被那个男人打了。清晨,这个爆炸性新闻在小镇宾馆传开来。

那天晚上,苏州女人发信息给导游:快到 902 来,他打我。导游百米冲刺般到了,女人鼻青脸肿地坐在床上呜呜哭泣,男人站在一旁气呼呼的。导游问,除了脸上,还伤了哪里没有?苏州男人说,没有,就脸上,我就捆了她两巴掌。我没问你,你说,伤了哪里?女人说,就脸上,皮外伤,肿了。导游拿出一瓶药对女人说,擦上软膏吧,消肿消炎。然后对苏州男人说,你去我房间。

事情清楚了,原来那对苏州男女是情人关系。这个,导游知道。男人四十多岁,保养得很好,看不出年龄。女人比男人小十来岁,但看起来年龄差距不大,所以旅行团里没有人注意这俩人。一开始分房的时候,苏州男人就要求跟与他同来的女人住一起,导游问女人是否愿意两人住一间房？女人回答,是的,我们两人住一间。导游说,是你们自愿要求住一起的,出什么问题,后果自负。

苏州男女打架原因是男人没有给女人买瑞士手表。难怪,白天在卢塞恩街头手表专柜,那对男女就发生了小小的争执。男人答应给女人买五万元以内的劳力士基本款手表,可那女人偏偏看上了一款八万元的腕表。男人嫌贵,或许能力有限,两人赌气没买成,便在宾馆闹得不可开交。

大家议论纷纷,有人说那个女人作,手表没买成,反被打了一顿。有人说人活一张脸,树活一张皮。这女人,偷鸡不成蚀把米。这两个苏州人伪装得真像夫妻,要不是出了这档子事,谁知道他们是情人关系呀？这女人就是为手表而来的,没买表,她怎么会放过那男人？好在女人只是皮肉伤,没什么大碍,事情最终不了了之。

到达下一个旅游目的地之前,旅行团在瑞士布里恩茨小镇上观光停留。瑞士真的是一步一景,是来一百次也不会厌倦的国家。那里有一个火车站,半个小时就可以到达因特拉肯小镇,在火车上可以欣赏沿途的美景。中午在因特拉肯小镇一家中餐馆吃饭,欧洲中餐馆的菜品大致以传统菜为主,如麻辣豆腐、番茄蛋汤、红烧排骨、蒜泥白肉、西芹百合、烧鸡、烤鸭等。吃饭也要气氛,也许是玩累了、饿了,大家吃得津津有味,很快,一桌菜被吃了个精光。

大巴车经过梵蒂冈,这个国家小到车子一晃就过去了。旅行团在袖珍国列支敦士登只停留了两个小时。列支敦士登首都瓦杜兹不愧是以邮票闻名于世,街头的邮票博物馆陈列的邮票在世界上真是首屈一指。这些文化艺术珍品使观光者流连忘返。

城市里没有高层建筑,街道整洁,现代化的城镇设施齐全,有各种商店、旅馆、邮局、博物馆和医院。

瓦杜兹大街上的商场规模不大,商品主要有邮票、瑞士手表以及其他的旅游纪念品。

旅行团集合点在瓦杜兹的中心地带,这里分别插着一面列支敦士登国旗和一面中国国旗,很显眼。导游说,瓦杜兹每天都有很多中国游客,中国游客带动了这里的经济发展,所以这个国家很重视跟中国的关系。当芷琼看到中国国旗的时候,自豪感油然而生。抬眼望去,中国游客穿梭不停,导游们相互打招呼,点头示意。芷琼忽然觉得这里好像是中国人的区域,看不到外国人,到处都是中国人,连商场里很多不明国籍的店员都说着中文。

旅行团一行人在瓦杜兹街头玩得正高兴,小东北和上海小姑娘不知从哪里冒了出来。小东北说,我们去了半山腰上的居民区,那里真的很美,每一寸土地都种上了花草,房屋错落有致,景色优美。据说,这个小国家多年来没有暴力和斗殴现象,甚至连吵架也极少发生,社会秩序十分稳定。这里的人们安居乐业,遵纪守法,很少有人愿意背井离乡去他国谋生,要是生活在这里,岂不是很好?上海小姑娘道,好吧!你下辈子就生活在这里。

两个小时一晃就过去了,一行人坐上大巴向意大利的古罗马斗兽场进发。

很小的时候,芷琼就向往罗马,这可能源于那句耳熟能详的"条条大路通罗马"吧。这次欧洲游之前,芷琼从来没想到自己不仅来了罗马,还参观了古罗马斗兽场,这一切就像做梦一样。当她来到古罗马斗兽场的时候,被这里的古遗迹所震撼……

斗兽场是古罗马帝国专供奴隶主和达官贵族们观看猛兽和奴隶及死刑犯搏斗的,以残忍杀戮取乐的游乐场。古罗马著名的奴隶起义首领斯巴达克斯就是一名角斗士,他最初率领 78 名角斗士起义,很快发展到 10 万人,在罗马各地坚持战斗达二年之久。这次奴隶起义给了罗马奴隶制以沉重的打击,马克思曾赞誉斯巴达克斯是"整个古代史中最辉煌的人物"。

当旅行团来到佛罗伦萨的圣母百花大教堂的时候,团友们都有些疲惫,也许是游览斗兽场时心情有点压抑的缘故吧。导游提醒,都打起精神来,回国倒计时了啊。他说,圣母百花大教堂曾被评为世界最美的教堂,是世界五大教堂之一。我还是期待威尼斯水城,我预感,那将是这次欧洲游的亮点,可能也是最好玩的地方。上海那帮退休工人呼应着。导游说,不急,今天时间充足,你们该游览的照常游览,既然来了就好好玩玩,既来之,则安之,也不枉费时间和金钱。

来到威尼斯水上古城,导游指着他的脚下说,你们有三个小时的游玩时间,三个小时后在这里集合。威尼斯水城的大运河呈S形贯穿整个城市,沿着这条长街可以饱览威尼斯沿途风光,当然也不会迷路。现在你们结伴自行活动,有兴趣的可以去买点纪念品,但不要买贵重物品。

芷琼和郝老师走到一座石拱桥桥头时,发现有一个东南亚人模样的中年女人在乞讨,女人头戴灰色头巾,面前放着一个银色的碗,碗里有几张欧元。乞讨的女人发现走来一群外国游客,立马双手合十向这群游客点点头。芷琼低头放了一欧元,接着几个团友纷纷解囊,将钱放在地上的碗里。乞讨的女人连连点头致谢。

忽然,前方一阵喧哗声传来,听声音是中国人,团友们纷纷赶过去。原来是一位上海退休工人和一个外国店员发生了争执,一个说中文,一个说外语,两人鸡同鸭讲,甚是有趣。看样子是发生了什么事,大家既焦急又无可奈何。此刻,上海小姑娘和小东北不知在哪里。见此,郝老师立马打电话给她女儿,同时有团友也在联系导游。很快,上海小姑娘和小东北赶了过来,问清缘由,原来是那个退休工人无意中打碎了一个很小很精致的陶瓷工艺品。令人意外的是,打碎的竟然是中国景德镇的陶瓷,这就格外珍贵了。外国店员要求那个工人照价赔偿,小姑娘继续用英文与店员沟通。这时,导游和旅行社本地领队赶来了,他们与店员沟通了一阵后对上海退休工人说问题解决了,我说,从中国带一个一模一样的赔给他,他答应了。上海工人感动地头点得像鸡啄米似地说,那太感谢导游了!工人接着辩解,陶瓷可能是被他的衣角无意中扫下来摔碎的,是个意外。导游说,事情解决得还算圆满,对方算是通情达理,这事就算翻篇了,以后游玩时注意点。出了这件事后,上海那群人虽然有点沮丧,但心情很快平复下来,这件事情并没有影响他们游览威尼斯水城的兴致。

芷琼他们的小团队坐一艘贡多拉游览威尼斯水城。这美的景致,水的涟漪,海的独宠,唯有一睹风采的人,才最有发言权。

旅行团所住的酒店楼下的这家超市,规模比芷琼预想的要大很多,里面的商品应有尽有,从日用百货到蔬菜水果。她发现,欧洲的超市都很大,几乎见不到卖烟酒和小百货之类的小店。逛这个超市的人还有国内其他旅行团队的人,其中就有一团的人。之前,芷琼在巴黎中餐厅吃饭时看到他们也在那里就餐。

芷琼买了一瓶纯果酱,死沉,付钱后她就后悔了——还不知道能不能过安检。有小东北他们两个年轻人陪同,郝老师和上海阿姨也一起来买东西。三个女人一台戏,她们觉得应该买些便于携带的东西,譬如,一些经济实用且轻巧的商品。她们看到刨子确实好看,不贵,各种颜色和种类的都有。这个年龄的女人都是过日子的人,她们分别买了水果刨子、蔬菜刨子,每种都买一个或几个,说多买一点送人。芷琼看到围裙尺寸大小正好,精致好看,剪裁、款式和布料都不错,就买了两条。其他小商品,如防晒霜和护肤品,也都买了一些。

在意大利的最后一天的行程主要是游览比萨斜塔。比萨斜塔在全世界也是独一无二的存在,它斜而不倒的美丽造型是建筑史上的一个奇迹。斜塔外围的广场上人声鼎沸,各国游人川流不息。广场摊位上,小商品挂件和纪念品琳琅满目。大家不要走远,注意小偷,包包挂在前胸。导游提醒。小东北和上海小姑娘像没听见导游的话似的,径直走到那些摊位前认真地挑选。上海小姑娘挑了两个精致的手机挂件,上面雕刻着比萨斜塔的图案,小东北也挑了几个钥匙小挂件,上面也都有雕刻。看到景区这么多好东西,芷琼简直走不动路了,她乱买东西的老毛病又犯了。她心跳加快,快速看一眼导游,见导游这会儿没注意这边,她做贼一样加快脚步走到摊位前,抓起一个印满比萨斜塔图案的书包,她要买给外孙女。上海小姑娘马上热情地跑过来说,阿姨,你要买这个书包吗?我帮你问问商贩要多少钱。小姑娘知道芷琼不会说英语,且时间有限。这时导游正好看向这边,芷琼越发觉得自己像小偷,她快速地把书包买下来,然后若无其事地归队。这会儿芷琼行动极速,她不但买了书包,还在小姑娘的帮助下买了好几个雕刻挂件,但她没有时间认真挑选,只是随便拿的。好在欧洲的商品质量毋庸置疑,且挂件图案都很好看。

是的，芷琼有些惭愧。她不懂英语，学生时代的她英语成绩不好，在学校学的英语都还给老师了。临行的前几天学了点简单的口语对话，可是一急什么都忘了，不会说了。还好有上海小姑娘救场，不然，想买的那个书包和小挂件，只怕是买不了了。她倏然觉得自己是个没用的人，记性越来越差。

时间过得很快啊，谁要拍照赶紧拍。听到导游说话的团友都进入拍照区域了，小东北和上海小姑娘也进去了。

郝老师准备帮芷琼拍照，调整好照片背景，从手机镜头里看，比萨斜塔倾斜得就像一根要倒的电线杆。郝老师看看拍照的游人，他们以斜塔为背景做着各种姿势，有的双手推着斜塔，有的双手捧着斜塔，有的一只手托举着斜塔，有的用脚掌撑住斜塔，有的用背抵住斜塔，有的拥抱着斜塔，千姿百态，甚是搞笑。镜头里，芷琼学着其他游客的姿态。看这里，笑一点，再笑一点，头靠在斜塔上。好，换个姿势，头偏一点，身子斜一点，就更妩媚了。双手推着斜塔，自然一点，放松。换个景，要把斜塔整个拍下来。嗯，我知道，每个姿势我都拍了好几张。我来帮你拍。芷琼说你帮我们拍合影。好，你们站好了，母女俩亲密点，靠近些，微笑，好，我拍了。母女俩移步换了个景，芷琼刚准备拍的时候，一旁的小东北钻进了镜头，亲密地与小姑娘头靠头，一只手搂住小姑娘，另一只手举过头顶与小姑娘一起默契地做了个比心动作，郝老师闪出了镜头。芷琼拍了下来。她瞄了郝老师一眼，看她有什么反应，但郝老师什么反应也没有。芷琼想，小东北挺不错的,郝老师可能是认可女儿和小东北交往了。两个年轻人的接触擦出了爱的火花,亦酝酿出一杯杯醇香火红的美酒。

到达米兰,已是本次欧洲游的最后一个晚上。芷琼想,明天就要回国了,还要买点什么东西带回去?比如化妆品、服饰、生活日用品之类的商品,她思索着。正好,郝老师邀请芷琼一起去附近的超市逛逛,看看有什么可买的。小东北和上海小姑娘说,他们去刚才路过的那家咖啡馆,喝点东西就回来。郝老师嘱咐他们小心点,不要走远。转身的时候,小东北对郝老师说,阿姨,我,我能不能单独跟您聊聊?这,我还要去超市买东西呢。芷琼急忙说我跟你女儿一起去超市吧,你想买什么东西叫你女儿买。芷琼估计小东北可能是要提他跟上海小姑娘的事,看得出来他们互生爱慕。

芷琼从超市回来不久,忽然听到有轻轻的敲门声,手机屏上跳出郝老师的微信信息:是我,我想跟你聊聊。她打开房门。

郝老师开门见山地说你们觉得小东北怎么样?他说回国后带我女儿一起去见他父母,他说他是真心喜欢我女儿的。上海阿姨说从这 15 天的相处中,看得出小伙子不错,有爱心、率真、乐善好施,最主要的是他家条件很好。芷琼说,感觉他们关系发展得太快了,但看得出,小东北是真心喜欢你女儿,可以去他家看看,摸摸底。对,去他家看看就知道大致情况了。小东北这么快就邀请你女儿去他家,说明他很有诚意也很自信,家境肯定不错,否则他不敢带一个上海姑娘去他家的。郝老师点点头说,我看中的主要是人品，可是，他比我女儿小三岁。上海阿姨说爱情跟年龄无关，只要他们是真爱，我看可以。芷琼说，是的，他俩年龄差距不大，先让他们处处看。郝老师说，其实都不重要，顺其自然吧！看他们有没有缘分。

众所周知，上海人有地域优势，所以他们对女婿是极其挑剔的，但郝老师毕竟是老师，她开通、理智、明事理，尊重孩子们的意愿。但愿这是一个好姻缘的开始吧！芷琼祈祷。

可是，事与愿违，他们终究还是离婚了，难怪人们说闪婚不靠谱。这是后话。

15天的欧洲游一晃就结束了，芷琼依然沉浸其中。夜已深了，米兰郊外的夜晚星星点点，虽是深秋，但芷琼的心依然火热……

泰国游记

一

2018年初,我接到美团通知——邀请我参加美团 VIP 会员免费泰国游,心里非常高兴。2017年,美团曾组织 VIP 会员去马尔代夫旅游,很遗憾,我没有去。出于这样或那样的原因,我总也没时间和机会出国旅行。所以,这次我决定不能错过机会。我一旦确定去,就开始着手准备相关出国事宜。美团上海总部安排的旅游团一共分为4个,我报了上海1团,2018年3月17日出发。

很快,组织者建了一个群,消息都在群里发布。由于泰国等东南亚国家的酒店比较注重环保,一般没有一次性物品,要自备雨伞、洗漱用品、拖鞋、卫生纸之类的生活物品;又因为泰国炎热,还要带风油精、防晒霜、遮阳帽等。繁杂的事项,忙活了好一阵子才准备妥当。

我们从上海浦东机场搭乘当天凌晨一点半的飞机,清晨五点半飞机抵达曼谷,中午在曼谷彩虹云霄酒店76层国际自助餐厅享用丰盛的海鲜大餐,其味道超级鲜美。去泰国,我最想吃的就是海鲜,海鲜在泰国是白菜价,便宜又好吃。在国内很少吃到这样性价比高的海鲜,自助餐厅无限量供应三文鱼、牛排、泰国大虾、冬阴功汤、咖喱炒螃蟹、杧果糯米饭、泰式炒粉等等,菜品繁多,随便吃,无不透露出泰国人的慷慨大方。在泰国期间,我不止一次听到泰国人说"喜欢中国人"。泰国人非常有礼貌,见面时会双手合十,点头示意说"萨瓦迪卡"。

旅游团领队发布消息提醒我们,泰国是小费制国家,在泰国接受服务后是要付小费的。比如住宾馆,第二天一定要放二十泰铢在床头柜上,按摩一百泰铢,这些都是要付小费的。

二

泰国是传统的佛教国家,寺庙非常多,人人信佛,人与人之间很诚恳,很真诚,很友善。

游览大皇宫时,游客们都穿上了过膝的长裙、裤子、衬衫等,在这一点上大家都自觉地遵守规定。臣民都要臣服于国王,国王的威信高于一切。所以,每次政变或混乱的时候,不论多乱,国王的一句话就能使全国变得平静如初。游览大皇宫的整个过程中,游客都毕恭毕敬、鸦雀无声。

曼谷大皇宫对游客的服饰穿着要求非常严格,不允许穿太暴露的上衣和太短的裤子、裙子。另外,透视装也是不可以穿进去的。对鞋子没有要求,反正到了殿堂都是要光脚进去跪拜的。大皇宫有很多禁忌,进玉佛殿内部参观要脱鞋、脱帽,不能拍照,不能喧哗,不能做出一些不雅的举动。踏进大皇宫时,我被精美的建筑和鲜艳的色彩震撼了。最先看到的是一片绿茵茵的草地,花卉姹紫嫣红,四周树木婆娑,满目芳菲。佛塔式的尖顶直插云霄,鱼鳞状的琉璃瓦金光闪闪,一切形容美的词汇都无法描绘它的美,唯有置身其中去探索、发现、观摩它的雄伟和华丽。大皇宫汇集了泰国建筑、装饰、雕刻、绘画等特色精华,具有鲜明的暹罗建筑艺术特点,被称为"泰国艺术大全",称得上是曼谷乃至泰国的地标性建筑。令人眼睛一亮的还有大皇宫内的王室卫队,他们队列整齐、步伐一致地围绕着大皇宫巡逻。

三

第二天乘船游览有"东方威尼斯"之称的水上市场,游艇穿梭于亭台楼阁之间,树木葱茏,景色如画。观察建在河上的密密匝匝的泰式高脚屋,了解当地水上人家的生活,让人产生时光倒流的错觉。接着乘船经过位于湄南河西岸吞武里的郑王庙和黎明塔,此塔是为了纪念武里王朝的国王郑信而建。塔身镶嵌着用当时从中国运来的瓷器碎片拼成的花草图案,在阳光下熠熠生辉。

四

芭堤雅——泰国著名的度假胜地,距离曼谷约140公里车程。东芭民俗文化村是集中展示泰国民族文化的场所。我认为这里的大象最有发言权。外表笨重憨厚的大象表演起来实在令人叹为观止,能使人开怀大笑,顿感乐趣无穷。在一个比足球场面积还要大的大象表演广场上,大象云集,最小的大象估计有一两岁,但也能老练地伸长鼻子向看台上的游客作揖讨好,憨萌萌的样子惹人怜爱。游客们争先恐后地坐上象鼻,象鼻卷起游客,将游客举得高高的,直到游客发出不知是兴奋还是害怕的尖叫声时才放下来。大象表演精彩纷呈,大象骑车、大象踢足球、大象投飞镖、象足按摩、大象绘画等等,象与人的游戏逗得人们"奋不顾身"。而大象却被人训练得绝对"贪财",表演完节目的大象们排队将长长的鼻子伸到看台上讨要小费。大象鼻子喘着粗气,喷着一股股难闻的热浪,然后呼哧呼哧地卷起小费送到骑在它背上的主人手上。当然,与大象合影也是要付费的。

五

接下来,我们参观了泰国最豪华的私人别墅"富贵黄金屋"。富贵黄金屋属于谢国民所有,占地面积达18万平方米,耗资 14 亿泰铢,格调气派非凡,精雕细琢的工艺随处可见,五彩宝石镶嵌的艺术品多得让人惊诧。黄金屋像是用金子堆砌起来的一样富丽堂皇,令人叹为观止。中国上海旅行社共 4 个团,我所在的 38 人团是上海旅游团 1 团。据说对于上海旅游团,泰国有关方面特别重视,特意安排旅游团成员在黄金屋宴会厅享用泰式自助晚宴。该宴会厅可容纳 5000 人同时用餐,餐厅菜式以泰菜为主,现场还有歌舞表演,场面壮观,节目丰富多彩。芭堤雅的夜生活以多姿多彩而闻名世界,客人可咨询当地导游,选择前往体会不夜城的风采。

乘快艇前往珊瑚岛欣赏海上风光,游客可尽情享受并根据个人喜好参加各项水上活动,降落伞空中遨游、潜水、水上电单车、香蕉船、海底漫步等等,令人应接不暇。金沙岛风景秀丽,细软柔和的沙子、清澈见底的海水给游客留下了深刻的印象。午餐在岛上享用,升级豪华海鲜餐的海鲜让你撑破肚皮。

大象是泰国的象征,也是泰国的国宝,泰国不愧为"象之国"。我看到的丛林大象高大威武,它们不紧不慢地移步到固定的位置,游人胆怯地骑上去。为了保证游客的安全,驯象师手上拿着特制的铁钩(大象躁动时可制服),坐在大象脖颈上以防万一。有了保护,游客则悠闲地坐在大象背上,胆大的还拿着手机拍照呢。

游客骑完大象,紧接着去参观金佛寺。金佛寺的"四面佛"香火旺盛,我们在专人指导下给佛像贴金,为家人及自己祈求平安吉祥。寺内关于佛的小商品应有尽有,令人目不暇接,人们纷纷购买。

六

　　印象最深的是离芭堤雅不远的热带水果园。走进水果园,映入眼帘的是树上挂着的硕大的波罗蜜,大家惊呼、雀跃。果园里有很多我从未见过的叫不上名的水果。这里的热带水果应有尽有,有番石榴、椰子、木瓜、莲雾、山竹等等,红的绿的黄的果实挂在树上,仿佛一幅幅色彩斑斓的画卷。我一下子被高大的树上挂着的波罗蜜所吸引,走一小段路,又惊奇地看见郁郁葱葱的树上吊满了杧果。泰国导游阿萍对我们说,你们尽情地吃,随便吃,放开肚子吃,已经付过费了。她开玩笑说,吃饱撑死算了,也不枉来一次泰国。(她的中文说得非常好,她说她祖父是福建人。)泰国人真的对我们太好了,水果是用不锈钢托盘装的,且托盘很大,每样水果都上两盘,吃完一盘接着又上一盘。宽大的桌子上摆满了琳琅满目的热带水果,我们不停地吃,他们不停地上,总也吃不完。他们中间有人会说一口流利的汉语,双手合十说,萨瓦迪卡,没关系,你们想吃多少就吃多少,中国人,我们爱你们!一个泰国大姐说,她是泰国华裔,爷爷是海南文昌人,战乱时期,为了生计,爷爷下南洋谋生来到泰国。泰国有好多华侨,我们和泰国人之间进行简单沟通几乎没有什么障碍。

七

最后一晚，我们去了"Asiatique The Riverfront 河畔跳蚤市场"。跳蚤市场夜市的商铺鳞次栉比地排列着，走进去一看，大得惊人。曼谷跳蚤市场又称周末跳蚤市场，规模很大，难怪号称世界最大的周末跳蚤市场。说到跳蚤市场河畔的摩天轮，我不敢恭维，毕竟国内一般城市都有，所以基本没有什么人去坐。夜市上人山人海，小商品更是琳琅满目、丰富多彩，各种服装、饰品、古董、花草、宠物、食品，以及你想到想不到的商品，这里都有，要细细逛完估计得花上两整天时间。每到周末，这里不仅是泰国人最爱的购物圣地，还吸引无数的游客慕名至此"淘宝"。查阅资料得知，每逢周末，这里每天有超过 20 万人次的人流量，也许是因为这里商品的价格非常"平民化"。市场里的摊档上的商品不仅种类繁多、物美价廉，且能买到各种各样的日用品和具有泰国特色的商品，还能尽享讨价还价的乐趣（泰国商人一般都会说中文）。我最喜欢的是泰式香薰精油和泰式发饰。我们在夜市逛了一个晚上，夜深了，才恋恋不舍地离去。

第四辑　行走安庆篇

味道——柏兆记

"渭城朝雨浥轻尘,客舍青青柳色新。"这是《送元二使安西》里的诗句。它描写的是渭城清晨的一场如酥小雨,湿润了路上的尘埃。道旁的棵棵柳树,被雨水洗得翠色欲滴。在雨后的一天,我即将采访"柏兆记"。路旁没有柳树,天空洁净得如同少女的脸,湿润清澈。细雨蒙蒙中,翠绿的行道树站成一排向我们行注目礼,竟也令人感觉诗意浓浓。下了车,抬头就看见"安庆柏兆记工贸实业发展有限公司"的牌子矗立在绵绵细雨中。

"今天吃什么"成为大多数人的生活难题。如今的人们对吃越来越讲究,色香味俱全是标配,在讲究口味、卫生的同时还要翻新花样,一种食品不仅要吃出不同的味道,更重要的是要吃出健康。

很多时候,人们到一个地方,记住的往往是这个地方的特色小吃。最具特色的有北京的炸酱面、天津的狗不理包子、东北的猪肉炖粉条等等。而柏兆记从清末到当代,历经了百年的坎坷和发展。对于安庆人来说,柏兆记的悠久历史远远超过了他们的年龄,记不清从什么时候开始它就在那里了。当我接到采访通知时，有些震惊，有些兴奋，又有些期待。这样一个家喻户晓的食品企业，我们又了解多少呢？

柏兆记是一家久负盛名的清真老店，创办于清光绪三十年（1904年）。柏兆记的创始人为柏兆和，老店的复兴者为柏兆和之子柏兆卿，他们属于安庆回族柏姓家族。柏兆和的父亲叫柏从一，摆摊卖水果兼经营清真糕点。柏兆和子承父业，经营水果、糕点买卖，逐渐积累一点资本，便开起了柏兆记清真糖杂糕点店。1904年，在胭脂巷，"柏兆记"正式挂牌营业。当时的糖杂糕点店谓之"南货业"，除了糕点，还经营香烛裱纸之类的东西。

柏兆卿少年时读过私塾，后进正利小学，读到五年级时，因家境困难而辍学，随祖父和父亲摆摊卖水果、茶叶、明矾、香烟等。柏兆记初创时期店面很小，前店后坊，生产规模十分有限，在市场竞争中难以取胜。断断续续维持了七八年后，终于负债歇业。

虽然歇业，但柏兆记长期经营积累的技艺还在，独特的糕点配方还在，复业的雄心还在！柏兆卿时刻计划着重振旗鼓。

1938年，日寇占领安庆，很多商户逃离本地。由于日寇来得太快，柏兆卿未能逃走，留在城里继续艰难营生。在战火纷飞中柏兆记难以为继，一度歇业。新中国成立后，柏兆卿在当地回族同胞的鼓励下，典当了三间瓦房，又借贷了一些资金，于1951年复兴"柏兆记"，一段时间里柏兆记蓬勃发展。此后，居民粮油供应标准提高,议价的粮油自由市场颇为活跃;糖价大幅回落,市商业局又开始从外地购进计划外的糖,所以柏兆记、麦陇香也由"公私合营"升级为国营企业。但也就在这一年,柏兆记、麦陇香自身的后坊生产被视为落后的小生产方式,准备关停……

历史车轮滚滚向前,柏兆记几经沉浮,艰难求生,柏兆记于1979年中秋节重新开张营业。经过几次整合,演变成了主要生产清真食品的企业。1980年4月,柏兆记重获新生,迁址人民路后业绩蒸蒸日上,但它仍不断改进产品质量、改进配方,以增加花色品种,并扩大批发业务,开拓批发市场。2003年,"安庆柏兆记工贸实业发展有限公司"正式成立,成为一家股份制企业。2005年6月,"柏兆记"品牌被中华商业联合会授予"中华老字号"称号,这也是安徽省唯一被授予"中华老字号"的清真食品加工企业。2013年,柏兆记被认定为"中国驰名商标"。

视产品质量为生命,一直是柏兆记坚守的发展理念。经过百年的沧桑,企业陆续引进世界领先的高科技设备、糕饼自动化生产线、现代烘烤设备、配送车辆等。拥有独特的配方和工艺,还不足以支撑起一家百年老店,百年发展历程、百年沧桑、百年不离不弃、百年的坚守才是品牌背后的文化底蕴。是品牌背后那些有故事的点心,有故事的人,有故事的城,还有百年老字号在世纪之交的厚积薄发,成就西式糕点与传统饮食文化的联姻。

近年来，柏兆记逐渐加大了对生产工艺和生产环境的升级改造力度，确保了放心食品的供应。如今，"柏兆记"早已声名远扬，享誉省内外。

当我们来到柏兆记生产车间门口准备进去采访时，被一名工作人员拦住了。他说，不好意思，进车间要换无菌服，即使我们老总来了也不例外。换上无菌服后还要进行严格的消毒程序。当我们走进全自动智能风淋室后，工作人员介绍说，高速洁净的气流经高效过滤器过滤后由可旋转喷嘴从各个方向喷射至人员所穿无菌服的物料表面，有效而迅速地清除衣服表面所携带的尘埃粒子，带有尘埃粒子的空气再由高效过滤器过滤后重新循环到风淋过滤区域内。

陪同我们的吴总首先带我们参观了糕点粗加工生产车间。车间里的工人们双手麻利地在传输带上忙碌着，传统手动挡机器和全自动机器排列有序，整个车间一尘不染，干净整洁。只见专用台面上摆放着圆圆的金红色的固态蛋黄，吴总介绍，这是他们厂里专门腌制的鸭蛋黄，用途广泛。他指着一台机器说，这台机器是从德国进口的，是目前世界上最先进的同类型产品之一。接着，吴总带我们参观精细加工车间，车间里不少工人正埋头制作半成品糕点。吴总说，很多产品必须要纯手工制作才不会改变其味道。他让我们尝尝烘焙好的海苔凤凰卷，海苔凤凰卷口感清香、酥脆甘甜。接着，他移步到一组庞大的家伙面前说，这些都是当今食品行业最先进、最前沿的机器，如果一个企业不能跟上时代的步伐,就会被淘汰,就会停滞不前,甚至沉沦。他接着说,柏兆记能够迅速响应来自市场的反馈,这样在竞争中无疑会占据很大优势。为建立快速反应机制,增强市场掌控能力,柏兆记进行了许多有益探索,逐步形成了在国内同行业领先的商业模式。

翻开久远的历史,柏兆记创始人柏兆和,一根扁担,一炉饼,一壶茶,沐清风,踏明月,苦心经营,成就了柏兆记。如今斯人已去,糕点流芳。传承百年,栉风沐雨,柏兆记生产的墨子酥、月饼、粽子等时令产品,无不展现中国传统佳节浓浓的节日气氛。绿豆皇、一口笑、墨子酥、龙须酥、贡糕等等,其丰富多样的产品,满足了消费者的不同口味与选择需求,契合了当今食品市场的多元化态势。

在激烈的市场竞争中,柏兆记的后人高举柏兆记特色旗帜,坚持一步一个脚印,踏踏实实地做好"中华老字号"品牌,成为人们割舍不掉的"家"的味道。

"皖河行"寻访古皖口

一

皖河,由皖水、潜水、长河三大支流汇集而成,皖口成为三流汇聚之口,然后一泻千里,奔赴长江。

安庆市山口镇村有一个叫皖口的古城遗址,可惜很多人都不知道。皖口古城遗址虽然现在不太出名,而且与其他遗址相比并没有什么特别之处,但是,其深厚的文化底蕴就是一笔巨大的精神财富。它处于中华文化发展史上一个极其关键的历史时段。

前不久,我参加了由安庆广播电视台、安庆作家协会、皖江文化研究会联合举办的"皖河行"大型文化寻访采风活动,与来自安庆市区和各县(市)的作家、摄影家、皖江文化研究者等30多人一起浩浩荡荡地奔赴古皖口寻访现场。

走进山口镇村,天空依然阴沉,习习凉风拂面。在炎热的夏季,这不正是我们想要的天气吗?空气里似乎蒙上了一层神秘的色彩,茂盛的绿植和浓郁的农耕气息扑面而来,樟树、柳树、苗圃、农田、菜园、瓜果、牛羊，一切都是那么清新自然。

尤其是环绕四周的湖泊，更是美不胜收，广袤无垠的湖面仿佛轻笼着一层薄雾，既朦胧又坚定地悬浮于碧波之上，增添了几分神秘与缥缈之感。岸边，水草随波轻摆。正如欧阳修的诗句"行云却在行舟下，空水澄鲜。俯仰流连。疑是湖中别有天"。广阔的湖面波光粼粼，影影绰绰的树木和对岸的房屋如画中美景，这正好印证了"皖口者，皖河入长江之口也"之说。

踏行在残垣断壁的古城遗迹里，心潮起伏，感觉古遗址在喘息。古遗迹的残败，一般认为是因为时间的力量，其实，更大的可能是因为自然的力量。惋惜的同时，仿佛电视画面里古人生活的情景近在眼前。断壁上镶嵌的木窗棂里恍若呆立着一个老者或是一位姑娘，他们满是疑惑的目光令人怜惜和不解，他们仿佛在问，你们是谁？我们又是在哪里？随处可见的瓦砾砖石上，镌刻着各个朝代的文字，由于年代悠久，多数字体已无法辨认，只有清代的繁体字最为突出。只见一处处墙砖上刻有"怀宁县提调官某某"等字样。我们怀着一种崇敬的情愫，掀开历史的帷幕，蓦然回首，昔日喧哗繁荣的场景既模糊亦清晰地跃然呈现。

追溯到千年之前，皖口是怀宁县的重镇。南宋嘉定年间，金兵南下破光州，为防金兵入侵，安庆知府奏请朝廷，在"盛唐湾宜城渡之阴"建筑新城，安庆府由梅城搬迁至此，以备战守。同年，怀宁县治亦迁至皖口，至此设县治四十三年。

皖口因交通便利，地势险要，可驻兵屯粮，直到1359年，一直是沿江一处军事要地。据史料记载，这里发生过四次重要的军事活动：228年，孙权、陆逊歼魏将曹休万余兵马于此。550年，梁朝叛臣侯景派其手下将领伍约、卢景晖杀鄱阳王世子萧嗣，梁将王僧、徐文盛出兵讨伐，侯景亲自率兵至皖口，在皖口一带对峙达三个月之久……

南宋以后，皖口因坐落在百子桥的南阳，又名山口镇村。南宋景定元年（1260年）怀宁县治、安庆府治迁至宜城，府、县同城而治长达六百九十年。山口镇村一直归属于怀宁县。这是皖口的前史。

二

山口镇村古街中遗存着大量的历史痕迹，古井、古墓、古城、古墙、古渡。古街里，一处古井吸引了我的目光，古井的斜面上雕刻着"同治戊辰年"字样。探头窥视，古井水水质清澈，像一面镜子清晰地照出窥视它的人。古井也不知道有多少人光顾过它，它像一个风烛残年的老人，彷徨无力地注视着过往的行人。为了沾一沾它的"百年灵气"，井水现今仍然有村民取用。

城隍庙古碑设立在山口镇村的古道旁，再往前走便看到了城隍庙的碑文，斑驳的石碑上镌刻着几个刚劲有力的大字，浸染着岁月的痕迹，历史记载了一切。目及之处能看到几处显眼的古墓葬,这些古墓葬被称为"御葬",现残存石人、石马、陶瓷片已所剩无几。据一些村民反映,有不少文物贩子来此收购古砖。为什么古墓距离城隍庙这么近?墓葬里安葬的又是谁呢?这种疑惑在我的脑海中一闪而过。

不远处便是城隍庙,城隍庙庄严而肃穆地矗立着,飞檐翘角,高大的门楣上书"般若门"几个醒目的大字。城隍庙历经七百年的历史变迁却依然巍峨地俯瞰着脚下的这片土地,香火不断,每年到此朝拜的香客逾万人。

来到皖口的古渡口,站在宽阔的观景台上,倚栏听风,举目四望,湖对面的楼宇和农舍在雾气里若隐若现。一望无际的湖面波澜起伏,漾起的一道道波纹像一条条绸带般随风起舞。清凉的风伴随着毛毛细雨,令人顿觉神清气爽,呼吸和轻吻着来自大自然的恩赐。当然,拍照留影是必不可少的主题活动之一。雨越下越大,雨幕里几棵葱茏的垂柳摇曳着翠绿的流苏,像一个个清纯的少女亭亭玉立在湖边,美成了一道道夺目的风景。同行的人站在风雨中撑起花雨伞,围成一圈,像湖中一朵盛开的荷花般曼妙绮丽;三三两两的人依依不舍地依偎在柳树下,全然不顾瓢泼大雨。

本地人说这片水域就是如今俗称的七里湖、八里湖,也称古渡口。"古渡口"意味着古时候这里的昌盛和热闹。如此大好的观景台,背景是漪澜宁静的湖泊,曾吸引多少古人站在这里凝视湖面吟诗作画?

自古以来,河流就是孕育文化和商业的温床。作为一个军事、经济、文化重地,历代文人墨客来此不吝纸墨,挥毫作文。宋代黄庭坚曾作《发舒州向皖口道中作寄李德叟》,明代曹学佺有诗作《皖口阻风二首》,清代姚通意曾作《过渡口》,施润章有诗作《李阳驿至皖口》《侯风皖口》等。最具代表性的有宋代王安石的《别皖口》:"浮烟漠漠细沙平,飞雨溅溅嫩水生。异日不知来照影,更添华发几千茎。"以及唐代李涉的七绝诗《井栏砂宿遇夜客》:"暮雨潇潇江上村,绿林豪客夜知闻。他时不用逃名姓,世上如今半是君。"

三

我们到达城西皖江大桥皖河入江口的地方才反应过来,其实是绕了一大圈,差不多又回到了原点——山口镇村。

皖江大桥过了就是海口,车行不远便停了下来,我们觉得似乎迷路了,而带路的车辆此刻正在返回,他们说江里涨水过不去了。我们笑侃,刚刚还嚷嚷着带路冲刺在前,一定要去皖河大桥看看皖河入江口,现在带路的人反而打了退堂鼓。大家纷纷表示既然来了就应该去看看,真看不了就算了。

路不宽不窄,笔直,不知道通向哪里。很快,车子在一处宽阔地带停了下来,我们决定步行去江坝上看看。放眼望去,江堤上绿草成茵,一群肥硕的黄牛正哞哞着吃草,这正是"风吹草低见牛羊"的好兆头,大家不觉心情愉悦。但除了路和堤坝,到处都是水汪汪的,江坝、树和芦苇是这里的一大风景,农作物都浸泡在水里,只隐约地露出一点点绿来。江坝人家门前高处菜园里的辣椒、茄子、黄瓜等都已挂果,蔬菜沐浴在雨中,无不展现出其盎然的生机。坑洼泥泞的土路上到处都散落着形状各异的鹅卵石,大家兴奋地低头捡拾起地上的鹅卵石来。不知不觉水已经漫过脚踝,抬头一看,才发现原来江水已经快淹没了人家的房子了。看看浸泡在水里一米多深的房屋,再看看成片的像栽种在水里的柳树和芦苇,同行的人不觉倒吸了一口凉气。

　　我们走到高处的一户人家问一位带孩子的老人,江里涨水了,您老怎么还不搬走?您就不怕吗?老人说,不怕,我家地势高,不会被淹的。还是有危险,您家孩子这么小,他们出门怎么办?不危险,1998年特大洪水,我们家也没进水。不过,政府倒是给我们渔民安排了救灾安置点。哦,您是渔民,哪一年来到这里定居的?六几年来到这个小渔村的,我们有渔船,拉大网捕鱼,以前靠打鱼为生。这里的鱼可多了,因为是皖河入江口,鱼都集中在这里。哦,现在还打鱼吗?不打了,现在皖江已经封江十年,政府花十几万收购了我们的渔船,另外给予渔民补贴,还给以船为家的渔民安家费和银行贷款帮扶。哦,那上岸好吗?老人笑着回答道,好,好,现在渔民都转行了,在政府的帮扶下渔民们做生意的做生意,打工的打工。我儿子媳妇都出去挣钱了,我年龄大了,在家里带带孩子做做家务什么的,帮衬他们。

靠山吃山，靠水吃水，山口镇村渔民世代以捕鱼为生。由于长期在此处捕捞作业，他们面临着渔业资源的枯竭，已经捕不到多少鱼了。加上渔业部门为保护生态平衡而出台实施"皖江流域野生鱼类保护措施"，渔民们纷纷上岸从商或外出务工。

因为江水涨了，我们没能看到皖江大桥和皖河入江口。其实也没有什么遗憾，等长江的水位降低，站在皖河大桥或是高处，就能清楚地看到皖河入江口的滔滔河水汇入长江的场景。令人欣慰的是，今天的古皖口得到了很好的保护。安庆西郊至皖河口地区是安庆市自然生态最好的地区。

夕阳红·彩蝶飞

历史进入 21 世纪,滚滚银发浪潮开始冲击着我们这片拥有古老文明的国土。日益加剧的人口老龄化问题,使如何发展养老事业已经成为一个全社会关注的重大问题。为此,我们一行人来到安庆市大观区玉琳养老护理院,采访了年轻的院长胡彩女士。

一

一进入养老护理院大门,首先映入眼帘的是悬挂在大厅上方的一条红色横幅,上面写着:"每一位老人都是我们的亲人。"横幅下面是医疗室,左侧是老人康复中心,各种康复器材一应俱全;右侧药房里则摆满了药品。哦,这是一家颇上档次和规模的医养结合型的老年护理院。

我们顺着无障碍楼梯行至二楼,大厅好大,长约一百米,宽十几米,四周坐着闲聊的老人们。最北边的娱乐室里,一些老人正打着扑克牌、麻将,不亦乐乎。走廊两侧依次排列着老人们的居室。居室里干净、整洁、明亮,电视、空调等家电一应俱全。每个房间都配有卫生间,老人们或坐在轮椅里或卧在床上,身边都有护工服务。我想,老人们在这里居住,安享晚年,此生足矣。

这时,一位工作人员端来记事台历柔声问着一位老人,刘奶奶,今天是您老生日,晚餐您老是吃鸡汤寿面还是鸭汤寿面?刘奶奶满脸皱纹,年龄约九十岁,耳朵有点背,没听清楚。这时护工走上前去,凑近老人的耳朵大声重复了一遍。这回老人听清楚了,连声说,鸭汤,鸭汤寿面,辛苦你了!感谢院长!感谢国家政策好啊!

我们不由得和这位年轻的女护工交谈了起来,她告诉我们说,这位老人无儿无女,老人将我们当作她自己的孩子,我们就要尽儿女的一份孝心。她还告诉我们,养老护理院里任何一位老人的生日,她们都不能遗忘,否则就是工作上的失职。给每位老人过生日,做鸡汤或鸭汤寿面,对护理院来说,事虽小但意义重大,体现出了院方对老人们的关爱,尤其是孤寡老人,更能感受到这个大家庭的温暖。也只有让老人们感受到大家庭的温暖,他们才能感受到党和政府的关怀。

二

在院长室,我们见到了院长胡彩女士。她三十岁出头,中等个子,苗条而不失丰满,白里透红的脸蛋,温和的眼神里透出坚韧和刚强。

胡彩毕业于芜湖中医学院护理专业,在医院做过几年护士,接触过不少老年病人,这使她联想到当今我国人口老龄化问题已越来越成为一个严重的社会问题。而政府在这方面的投入显然不够,何不开办一家养老护理院来减轻政府的担子?说干就干,她到沿海各城市考察一番回来后,毅然决定辞职,将大观商城二期其父亲租赁给人家做仓库的房屋退租,又租下了与之相连的房产,共计有7800平方米,经过多方筹款,不计房产,投资3000多万元,终于在2008年新建成了拥有78个房间、260张床位的医养结合型的玉琳养老护理院。

刚开始,胡彩没有经验,真正叫"摸着石头过河"。头一整年只入住20来位老人,而同时段的护工、医护人员、厨师以及打扫卫生的服务人员等加起来比入住的老人还多,仅此项全年就亏损了三四十万元……两年、三年过去,护理院仍是亏损,第四年也还是亏损。这期间,家里人不理解她,朋友们说她傻。为此,她也一度陷入焦虑和迷茫之中。

多少个不眠之夜,胡彩独自坐在江畔焚烟亭里苦思冥想。失败是成功之母,她一直鼓励自己:坚持,坚持,再坚持;努力,努力,再努力。干事业哪有一帆风顺的?此刻,她看着初夏时节的湍急江水,朦胧的江面上,一艘重载货船正自东向西逆水而行。胡彩想:我现在所创办的养老护理院,不正像这艘在江面上行驶的货船吗?只要不畏艰险迎难前行,终究会抵达目的地!

而且退一步说,即使再亏下去,就权且当作行善积德,为社会做点好事。人生短暂,且不说人过留名雁过留声,但也不能碌碌无为浑浑噩噩过一生吧!胡彩是个要强之人,坚信自己的事业一定能成功。尽管面临着如此困境,她仍然不打广告,靠着优质的服务赢得声誉,赢得老人和老人家属的信任。果然,贵在坚持,到了第五年时,护理院终于实现了收支平衡,开始有了起色。她仿佛看见了事业的曙光,鲜红的太阳正冉冉升起……她长长地吁了一口气。

在以后的五年中,胡彩经过努力,不断提高护理的服务质量,完善服务设施,始终把老人的安全当作头等大事,努力让入住的老人开心、舒心。此后,护理院的老人入住率基本上保持在百分之八十五之上……她不仅获得了经济效益,更重要的是赢得了社会上的声誉和相关领导的称赞。同年,她被选为大观区人大代表。

胡院长告诉我们,干养老护理事业是没有多少利润的,十年了,总体一算才挣了个房租。她选择这一行,关键是为老人家属解除后顾之忧,让他们可以安心地工作,同时又可为社会安置一些就业人员。这可以说是实现了自己的人生价值和愿望。

从胡彩的话中我们得知,虽然护理院的发展已经步入正轨,但她仍不敢有丝毫的懈怠,依然小心翼翼、如履薄冰。如何将护理院服务质量提升得更高,如何让老人住得舒心,如何让老人们的家属安心,这些一直是她苦苦思考的课题,也是她努力的方向。她将全身心投入到养老护理事业中,她要在这夕阳的晚霞中收获灿烂的硕果。

三

胡彩的玉琳养老护理院在如何服务好老人方面很是下了一番功夫。护理院非常重视对护工进行上岗培训，让工作人员掌握一些基本的护理知识。譬如，由高血压引发脑溢血的老人摔倒骨折了，不能马上扶起，发现了一定要在第一时间告诉医生。护工取得专业培训资格证还不够，每个星期还要安排专家培训，既讲专业知识，又讲传统的道德观念。告诫护理人员不仅要讲孝道，还要讲专业，要将两者有机地结合在一起。专业培训不但提高了护工们的服务质量，而且同时提高了他们的文化素养。

百善孝为先，敬老扬大爱。胡彩的护理团队不只是对那些每月缴足护理费的老人们尽孝，对那些没有退休工资，子女经济困难的老人们也提供周到的服务。前不久去世的104岁的刘奶奶，十几年前入住。她家在农村，没有退休金，几个子女也都老了。胡彩了解到她的实际情况后，将她的护理费减半。十几年来，护理院不但没有提高她护理费一分钱，实际上还倒贴了员工的护理费，刘奶奶平时看病的医药费也是院里支付的。老人去世后，儿女们送来寿碗寿毛巾，还要请胡彩和护工们吃饭，以表示十几年来的感激之情。他们收下寿碗寿毛巾却谢绝了吃饭。胡彩说，老人的子女们的感激使我们意识到了自身存在的价值，从而也让我们获得了人生的快乐。

  与此同时,胡彩还强调服务人员要有"三心",即爱心、耐心、细心,关键是爱心,只有心中对老人怀有爱,才能做到耐心、细心且周到地服务。这点,胡彩更是身教重于言传。她大多数时间吃住在护理院,每天一起床,第一件事就是去每一个房间看看老人们是否都正常,发现问题及时解决。她告诉护工有什么事可直接向她报告。晚上待所有老人都安顿好了之后,她才上床睡觉。不然的话她不放心,也无法入睡。200多位老人啊,家属托付给你,从某种意义上说,也是社会的托付,可千万不能辜负了他们的信任和重托,责任重于泰山啊!这必须牢记心中。她说,只有孜孜不倦、无私奉献,才能干好这项工作。因此,她的手机都是一天二十四小时开机,让人们随时可以联系到她。胡院长告诉我们:有一天凌晨四点,手机铃声骤然响起,将她从梦中惊醒。她吓了一大跳,一般情况下这个时候是不会有人打电话给她的,何况是凌晨四点,肯定是急事。她一骨碌爬起床,急忙穿衣,以最快的速度赶到老人房间,发现那位出事的老人是尿毒症病人。原来白天老人自个儿到医院做透析,晚上睡觉时不小心将插管弄破了,在被子里护工看不见。哪想管子破了鲜血淌了出来,巡查人员看到后吓坏了,立即打了院长的电话。说实在的,我当时也吓坏了,全身都在战栗,毕竟人命关天。她内心虽然恐惧,但表面上还是沉着冷静,妥善处理,像战斗时的指挥员,保持清醒的头脑。由于她及时采取措施止住了血,同时通知医护人员立即赶来,老人终于转危为安。

四

2015年8月的一个下午,正值酷热之际,有位家属送来了一位八十多岁患重度糖尿病的老太太,老人的背部、屁股和脚部都烂了,护理院的人闻到这种腐腥味都躲得远远的。家属说,老人年龄大了,医院都不给治疗了,叫我们带回家,活一天是一天。儿女们还要上班,没有时间照顾老人,又请不到合适的护工,听说大观区玉琳养老护理院服务质量很好,想来想去就将老人送到这儿来了,恳求护理院收下。当时工作人员也有些为难,认为这样的病人腥臭难闻不好护理,于是他们就请示了胡彩院长。

胡院长语重心长地对工作人员说道,收下吧,我们开护理院的宗旨就是为老人们服务的,如果将有疾病的老人拒之门外,就违背了我们的责任和义务。她告诉笔者说,我解开老人腿上的绷带一看,她的小腿以下全烂了,脚背上只剩下根根白骨,一股难闻的腐腥味直钻进我的鼻孔,好似一股电流直入大脑,刺得我的头好疼好疼。尽管我戴着口罩也无济于事,还是反胃得一下子冲进卫生间,稀里哗啦地将腹内的食物全吐了出来。

自从这位老人入住以来,护工都不怎么情愿接近她,胡院长也不想为难他们,那么护理这位老人的事情只能由她亲自干。她每次为老人清洗、上药、包扎等都要花一个多小时。老太太十分感激地对她说，姑娘，真难为你了。谢谢你，姑娘，我死后会保佑你的！胡彩说，奶奶，不用谢，这是我应尽的责任。家属也感激得直向她叩头，还送来一些物品给她，她都一一拒绝了。四十天后老太太去世了，她也整整护理了四十天。

护理院虽说是为老人服务的，但也存在个例。一位最难护理的脑瘫小伙子，二十多岁，长得健壮，力大如牛，每顿要吃几大碗饭，吃得多，屎就拉得多。他不但需要喂饭喂水，而且拉屎拉尿也需要护工帮助。仅仅这些还不是问题，问题是他每次拉屎都是用手从肛门里抓出送到嘴里。这样一来，他的衣服和被褥全糊满了屎，有时他还在房间里乱跑乱抓，弄得整间屋子臭不可闻。护工给他清洗时，他就用脏手抓住护工的衣服不放，或掐护工身上的肉，以致护理他的人身上都是青一块紫一块的。最后护工们都不想护理他，有的干脆离开了护理院。后来有一位护工没办法，只好将他的手脚捆了起来，于是他就不停地嗷嗷大叫。胡院长得知后，立马阻止了这个护工不人道的行为。怎么办？胡彩想，他虽然是个二十多岁的脑瘫小伙子，但潜意识里肯定也需要女性的体贴和温情。于是，她就亲自护理这位小伙子。她一边给他洗澡，一边用温柔的话哄他：不要抓，不要叫，要听话，洗澡舒服吧？脑瘫小伙子开始时也乱抓乱掐，慢慢地，在胡彩温和的语气和耐心的护理下，一个月后他居然好转了。

五

胡院长说，护理院的每个房间里都有专职护工，一切安排得井然有序，表面上看一切风平浪静，但仍有惊心的事情发生。

有位老爹叫王松林，八十八岁，半自理，五六年前初来护理院时还是能完全自理的老人。因为是自理老人，院方就允许他自个儿出门，不过到吃饭时间一定要自己回来就餐。有一天中餐开饭时间到了，他还没回来，食堂管理人员向胡院长汇报了此事。她打老人儿子的电话，老人儿子说他也不知道。胡彩就发动大家分头找，找遍了他平时去的地方，也没看见老人。到附近一带的大街小巷、商场等处也找了个遍，仍是没找到人，最后只好到派出所报了案。派出所里的人说也没有发现老人的踪迹。整个下午大家都在找。胡彩当时很自责，心里十分难受，人家将老人交给你，你怎么就将老人弄丢了呢？这一天她都没吃一口饭，没喝一口水。她所有的心思都在老人身上。万一出了意外，她怎么向家属交代？胡彩沿江边到处打听，问有没有老人掉到江里去，问交警马路上可出现过交通事故，都说没有。她这才长长松了一口气，只要没出事故，人一定会找到的。

到了晚上，天空忽然电闪雷鸣，倾盆大雨倾泻而下。胡彩不顾风雨交加，迎着闪电继续寻找。当她走进一条狭长漆黑的小巷时，忽然从路边窜出一条大狗，冲着她汪汪地大叫。胡彩由于极度的疲劳和饥饿，又被吓了一下，半天喘不过气来，全身无力，眼冒金光，顿时瘫倒在地上……她太累了，真想好好地休息一下，美美地睡上一觉，但面对一个老人的失踪，她又挣扎着爬起来，一步一步艰难地行走着，寻找着……

晚上十点多钟，胡彩依然迈着沉重的步子四处寻找老人。此刻，她感到自己也病了，似乎只剩下一口气了。她暗暗下决心，哪怕只有一口气也要找到老人。这时，她忽然看到巷口拐弯处有一个模糊的身影，看上去像是王老爹。胡彩挣扎着使出全身的力气向前追赶，却浑身无力。她想大声喊住老人，却没有一点力气发出声音，她恨自己在关键的时候没有用处。她用完了最后一丝力气追上了王老爹，紧紧抓住他不放。老人一看是胡院长，就站住不动，然后跟着她一步一步回到了护理院。胡彩一踏进护理院的门就倒下了，接着发高烧，在医院里住了一个多星期。后来人们才知道，王老爹那天在街上四处转悠，转着转着就迷了路。他为此感到内疚，事后连连对胡彩说，对不起院长，对不起大家，大家辛苦了，我以后再也不乱跑了。胡彩笑着对老人说，只要您老没事，我们就放心了。

六

胡彩对笔者说，由于我们护理院是医养结合型护理院，所以有些病情危重的老人也入住进来了。他们住在医院里的费用太高，在护理院治疗连同护理相对而言就便宜多了，以致有的家属将老人送到此是来送终的。养老护理院的工作宗旨本来就是敬老为德，孝行天下。所以不管什么老人来入住她们都绝不拒绝。她们除了日常护理老人外，还兼顾着不属于其服务范围的事项，这个事项虽不收费，但很艰难。胡彩对我们说起了一件令她终生难忘的艰难之事。

那是多年前一个炎热的夏天，窗外骄阳似火，酷热难当。九十多岁的张奶奶在没有任何征兆的情况下突然去世了。胡彩当时感到极度的悲痛。张奶奶在护理院待了好多年了，胡彩待她就像待亲奶奶一样。老人的儿女都在外地，一时回不来。电话告知了，儿女们说你们先将老人收殓好，他们一回来就火化。如此高温下尸体容易腐烂，时间久了肯定发臭。为了满足老奶奶儿女的要求，重担就落在了胡彩身上。给死去的老人洗洗身子换上新衣服，化好妆，让老人体面地到另一个世界去，这对于一个还没有结婚的姑娘来说，无疑是一件很难做到的事。她也是第一次面对这种事。以前胡彩都不敢到殡仪馆参加追悼会。为老人收殓不属于护理院的职责所在，这事就不好叫别人来干，这个时候如果她退缩了，谁来干呢？但害怕是解决不了问题的。这件事无疑对胡彩的心理承受能力是一个很大的考验。她想，养老院里死人的事是经常发生的，这次推托掉了，那以后怎么办？以后的家属一定也会有类似的要求。于是，她准备好水和毛巾，穿上白大褂走进死者房间。胡彩正准备为死者脱衣服时，看见老人僵硬地躺在床上,脸色像纸一样苍白,眼睛周围发青。胡彩突然感到毛骨悚然,心跳加快,额头上冒出冷汗,双手发凉,全身颤抖起来……她下意识地向后退了几步。怎么办?就这样放弃了吗?此刻她陷入了内心的斗争中。平时你不是很坚强、很有毅力吗?碰到真的考验就要退缩吗?这种退缩不仅是胆量上的退缩,更是事业上的退缩。她想,凡事都有第一次,闯过这一关,以后的事就好办了,我胡彩绝不会认输的。于是她鼓起勇气上前几步,咬紧牙关,屏住呼吸,颤抖着给老人解开胸前的纽扣,脱掉全身衣服,用毛巾将老人全身擦干净。她又为老人换上了新寿衣,洗了脸,化了点淡妆。完毕后,她弯下腰向老人鞠躬三下:老人家,一路走好!

七

搞养老事业没有坚定的决心和吃苦耐劳的精神是不行的。如果只是为了钱,我是不会干这一行的。干这行不仅需要社会责任感,更需要奉献和良知!胡彩如是说。

养老护理院里的老人们大多卧床,属于临床护理。他们对这类老人给予了精神上的慰藉和鼓励。还有一部分能够自理的老人,要让他们的生活丰富多彩些。他们或看报,或下棋打扑克,或到健身房健身,或外出到绿化广场散步,或坐在江畔焚烟亭眺望长江……在饮食方面,养老护理院内食堂卫生整洁,餐厅可同时供200多人就餐,配有高温消毒柜,有专业人员担任主厨,早中晚餐粗细荤素搭配,花样品种不断更新,卫生和营养适合老人饮食习惯和健康要求。每顿一荤两素一汤,提前一周公布食谱,供每位老人选择。老人营养得到保证,玩得好,心情舒畅,这样就能长寿。总之,老人们的满意,就是"胡彩们"的追求。他们争取做到酒店式服务标准,医院式专业水平,家庭式亲情照顾。

胡彩兴奋地告诉我们,随着时代的发展,我们从事养老护理事业的人也要不忘初心,与时俱进,不断提升服务质量。现在进入了互联网时代,护理院也实现了网络全覆盖。每位老人都可随时与子女进行视频聊天,家属不用亲自来就可了解到老人的生活状况。网络的好处不仅限于此,它还给老人们提供了更便捷的服务。原来在老人信息认证方面,以前家属们拿来认证表格,院里填写盖章后再到居委会盖章方可确认,很麻烦。现在可借助高科技,在电脑上打开视频通话,可直接完成认证,很方便。高科技就是好,有的家属通过微信平台,让外卖员直接给老人送想吃的食物,这既表现出儿女的孝心,又节省了大量时间,可让他们安心地工作。

胡院长虽然年轻,但是个极有事业心的人。她不仅具备实干精神,还有无私奉献的品质,这也许就是她走向成功的原因。在谈到今后的打算时,胡彩院长自信地说,前年,我再次在本市迎江区广济圩路13号投资创办金诚养老服务中心,床位400

张,是集托老、养老、康复、保健为一体的综合性养老场所。近两年来入住势头很好,入住率远远地超过了我的预想。待到金诚养老服务中心入住率达到百分之八十五时,我想在其他辖区再新建养老机构,不仅要建成平民养老院,让每一个老人都住得起,还要让他们住得安心、舒适、温暖,力争发展扩大成让每一个老人都能住得起而又称心如意的养老院,以帮助老人们安度幸福晚年。

我们期待着她未来的养老护理事业发展规划获得成功,期待着她在全市养老护理事业新征程中,谱写出夕阳无限好的壮丽诗篇……

在采访即将结束时,胡彩满面红光地笑着对我们说,昨晚,我做了一个梦——金诚养老服务中心前院是一片鲜花绿草的海洋,院子里菊花、牡丹、映山红、桃花等各种鲜花竞相开放;后院是一片绿郁的菜地,架子上挂着西红柿、豇豆、茄子、辣椒、丝瓜、黄瓜……红的绿的鲜艳可爱,许多老人在绿叶中忙着采摘果实,脸上露出幸福灿烂的笑容……

夕阳西下,霞光满天,大地一片金黄。有只彩蝶,在云彩中张开双翼正自由地飞翔……

"湖畔聊吧"与石塘湖飞鱼

"大隐隐于市",最佳的隐居方式莫过于躲在某个小镇之中了。

人们在庸常的忙碌中很容易厌倦生活,一种莫名的诱惑让人渴望。如果你想,那种清丽唯美的画面就会呈现在你眼前:山水、果园、菜地、炊烟、田地、青砖黛瓦,还有河边浣洗衣服的女子。忽然回过神来,离安庆市区不远的杨桥镇不正是"众里寻你千百度,蓦然回首,你却在灯火阑珊处"的美人吗?

杨桥镇不愧是安庆市区的后花园,而巨石山则是杨桥镇的脊梁。巨石山我去过几次,欣赏到了别样的风景,山林间的蓑草茂树纵深,怪石嶙峋,溪流潺潺,从不同的观赏角度出发,每次都有不同的感受和惊喜。

不是冠上"后花园"的名字就可高枕无忧了,后花园也在不断地成长。杨桥镇每一个好玩的景区都不尽相同,令人流连忘返,说不尽的田园风光,看不尽的果蔬美景,游不完的山水画卷。游人们请不要放过每一处擦肩而过的景点!譬如,灵山石树、目溪郦园、南国山庄、大塘人家、织女问天等。而杨桥镇的生态园更是一个比一个好,一个比一个规模大,有阳光雨露生态园、龙泉生态采摘园等。就连小区秀水苑的名字也像个秀女一样,娇滴滴、羞答答。

想必每一个来杨桥镇的人都不会错过余家湾。余家湾度假村、农家乐,特别是余家湾的农家菜,最有名也最好吃。十几年前,我们就经常开车过来吃饭,到了周末,城里人请客吃饭、亲友聚餐都喜欢吃这里的特色农家菜。想想这里的红烧肉,咬一口嘴角流油,粉蒸肉、杂鱼钵、老鸡汤泡炒米,那味道杠杠的。

余家湾家家户户栽果树,门前屋后,田间地头,桃树、梨树、李树、栗树、杏树、葡萄树,应有尽有。公路两旁摆上箩筐、篮子,里面摆上满满的时令水果,摊位上的水果有红色的、绿色的、青色的、白色的、紫色的、橘色的,果农们自家采摘的水果既新鲜又有卖相。

岚事先去杨桥镇物色好了房子。曹老师家房子很不错,原来是学校办公楼。房子像是坐落在半山腰上,两层结构,院子是双开的大铁门,庭院里紫薇开得正艳,还有桂花树、海棠树、美人蕉、蔷薇、白兰花等。屋后是树林,右边是果树和菜地。菜园里有韭菜、辣椒、茄子、空心菜等。周遭环境很好,房子虽然陈旧,但被收拾得一尘不染,清爽干净。二楼是空的,过道和房间打扫得干净整洁。雪白的墙壁似乎在告诉我们什么是可塑性,就像一张张白纸,可以创造出一个个精彩和奇迹。

二楼五间房一字排开,除一间接待室外,其他四间像孪生兄弟般,每个房间都有一张传统的红漆办公桌和两把椅子。走廊上浅色的瓷砖被擦拭得泛出洁净的光。抬头眺望,远处群山起伏,山峦叠翠,氤氲缱绻;近处房屋错落有致,绿树鲜花映衬得美如画卷。我忍不住说,这里风景真好!空气清新,环境清丽优雅,视野开阔。曹老师说,这房子好,坐东北朝西南,冬天在走廊里看书晒太阳,日光充足,很适合创作。岚高兴地说,这里干净、整洁、舒适,外部生态环境优良,最适合人居住了。

我们觉得岚是铁人,总是精神抖擞,不知疲倦,浑身散发出活力。岚常常摇头苦笑,苦和累我都不怕,我就怕好心办坏事。岚做事雷厉风行,说干就干。很快,她打电话问我,可有时间去杨桥?那段时间正好是罕见的高温天气,每天气温都是40摄氏度左右。我说,等天凉了再去吧。

那几天,正逢我的小说集《潮汐》出版。一天,岚忽然给我打电话,说,你的新书到了,我在你家宾馆楼下。她突然将一串钥匙交给我,说,房子租下来了,这是你的房间和接待室的钥匙。我惊诧地说,啊,这么快啊!我还没有做好准备呢。

"湖畔聊吧",我们的新家园,这个既轻松又休闲的名字,为我们点亮了一盏灯、一份渴望和美好。"湖畔聊吧"是我们私下议定的写作基地。不管能不能写出作品,都不能辜负美好的夙愿及岚的辛苦付出。

我们到了"湖畔聊吧",车里塞满了被褥、脸盆、塑料桶和一些生活用品。三人大包小包,手提肩扛,静戏称我们像逃荒一样。我们肩负使命般郑重地开启了别样的人生。

二楼接待室门楣上的"湖畔聊吧"几个字,是书画家石宾虹老师题的字,很是醒目。真是神速啊!我们啧啧称奇,不得不佩服岚的办事效率。所有房间里都各有几幅岚和石宾虹老师的画,我的房间里各挂着一幅石宾虹老师的山水画和一幅工笔花鸟画。静站在那幅山水画前说,画得真好!真羡慕紫艳姐姐房间里有这么好的画。岚打趣道,你房间里也有石宾虹老师的画呀,还有我的一幅画呢!静笑着说,我喜欢这幅画。

岚忙着烧水、洗茶具,静擦桌子、门窗,与娇小纤柔的她俩比,我个子大,自觉拖地。大家忙活一通,三人兴高采烈地大发感慨。岚连说舒服,她说以后外地和县里的朋友来都可以免费入住,谈人生、聊养生、品茶、掼蛋……她话锋一转,说,当然主要还是要搞创作。她说,一个作家,仅有丰富的社会阅历是不够的,还要善于观察生活,会适时体验生活、概括生活,与社会各界和人民群众保持紧密的联系。这一点对于一个作家来说是非常重要的。文学就是"人学"。"汝果欲学诗,功夫在诗外"就是这个道理。

上次来,曹老师已经热情招待我们了。悄然中,曹夫人烧了一桌子农家菜。菜端上桌,曹老师说,你们先吃。看着餐桌上色香味俱全的农家菜,我们馋得直想吃却又假惺惺地说不好意思麻烦你们,但一坐上餐桌就顾不了矜持,纷纷大快朵颐起来。曹夫人叮嘱孩子们不要喧闹,而她一直在厨房忙碌,等我们快吃完了,她才上桌。

曹夫人话不多,给人的印象是清秀干净,略显腼腆。她看见我们,微笑点头致意,轻声说,来了,便转身去沏茶。曹夫人不仅烧得一手好菜,而且举手投足间不失优雅大气,看得出她既贤惠又知书达理。

曹老师家庭幸福,儿子儿媳都是老师,两个孙子长得虎头虎脑,聪明活泼。曹老师是杨桥中学的高级教师,去年出版了散文集《野蔷薇》。他是"龙山凤水文化丛书"编委及执行主编。他温文儒雅、善解人意,住在这样一个文人的家里,我们感觉自在、舒适、安逸、愉悦。

午饭后,三人在各自的房间午休,我没有午睡习惯,在床上"烙饼"。我知道她们俩睡眠不好,肯定也没睡着,择床就更不用说了。

接待室的茶还真不错,是岚带来的小青柑普洱茶。我去接待室沏茶时路过静的房间,她在床上翻手机,岚也没睡,在发信息,我们躺在床上百无聊赖。曹老师在走廊里轻声问,你们打牌吗?不知谁和我同声回答,好,打牌。话音未落,我一骨碌爬起来。曹老师真是"雪中送炭",三缺一,哈哈,这下齐了。

吃了,喝了,玩了,总要发点光和热吧,我心里这样想着。就听岚说,打完这把我们出去转转,采采风,准备写点文章。静表示她最近忙朗诵的事,还有主持词也要写,等过阵子再写文章。我说,我还是比较喜欢写小说,在你们面前写散文,我有压力,没有灵感恐怕写不出来。岚鼓励我说,你的散文写得可以,《母亲的鹅》和几篇记叙欧洲游的散文就写得很好。岚这么一说,我好像有点信心了。

既然是"湖畔聊吧"的原住民,呃,也是新居民,自然就要对石塘湖多些了解。今天的采风地点自然而然就选在了石塘湖。到了石塘湖,却连湖的影子都没看到。四周绿色环绕,满目青翠葱茏。阳光正亮晃晃地照射出灼热的光芒,虽然是秋天,但仍然让人感觉炎热。村里似乎是空的,也许人们都躲进屋里了吧!只听见鹅若有若无的叫声和蝉在无休无止地聒噪。

反正石塘湖就在不远处,从哪里插过去都行,三人便朝一户人家的屋檐下走去,忽然瞥见屋后别有洞天。这家人的屋后晒了一排排绿茵茵的绿豆粉丝,从外面看,看不出这是一家粉丝作坊。难怪有人说,杨桥人富得流油,真是不可小觑。

菜园里各种时令蔬菜应有尽有,辣椒、韭菜、南瓜、丝瓜、黄豆、白菜秧和萝卜菜苗长势喜人,一点都看不出因高温炙烤而受到的影响。我看到很多地方的庄稼都被炙热的阳光晒得枯黄,而这里却绿意盎然、生机勃勃。哇,橘子,一棵棵橘树结满了青色的橘子。放眼望去,原来这一大片区域都是果园,橘树一棵挨着一棵,一眼看不到头。

三人穿梭于果树林,沿着地垄向着湖的方向走去。高处是枣树和石榴树,枣子快要下市了,几颗红彤彤、孤零零的枣挂在树杈子上,可怜巴巴地告知人们,枣已经过了生长时机。光秃秃的石榴树叶子都落光了,满树的石榴招摇着,生怕人们不知道它们的存在。我们继续往前走,终于快到湖边了,抽水机正抽着水,碗口粗的输水软管正源源不断地将湖水灌入果园。难怪杨桥的植被都充满生机,原来是石塘湖的水滋养了一方沃土。

石塘湖素有"十里长湖"之称。春天,沿湖的十里桃花,花海荡漾,香气宜人。古诗云:"石塘湖畔龙山麓,十里杏花红两湾。"但见湖水清澈见底,波光粼粼,清风拂面,银湖潋滟,令人心旷神怡。抬眼环顾湖岸四周,一棵棵果树挂满了沉甸甸的果实。还有前不久岚撒下的萝卜种子,已经探出头——冒出两片绿油油的嫩叶,正恣意地生长。我们此刻的惬意无以言表。站在湖岸迎风远眺,碧绿湖水,蓝天白云,水天一色,翠柳依依,果树遍布。有诗为赞:"携得清樽上小航,乘潮打桨午风香;桃花两岸飞红雨,春色随人到石塘。"

我贪婪地深吸几口新鲜空气,然后缓缓地移步欣赏美景。湖边芦苇摇荡,风吹过来,我闭上眼睛,享受着大自然赋予的芬芳,嗅着泥土的气息,品着湖水的甘甜、橘子的酸香,心想,这才是我想要的自然生态景观。

远眺湖中央的螺蛳岛,它若隐若现。"湖光山色起苍黄,虬枝鹊巢沐冬阳。下湖螺蛳九十九,能有几只可称王?"岛上流传的这首脍炙人口的诗歌,形象地描述了螺蛳岛的前世今生。我想象着下雨的黄昏,最好是晚春季节,在石塘湖堤上独自行走,一个人充分地领略水光山色、阴晴寒暑。什么是人间之美?人间之美的基础,是生态之美,尤其是自然生态之美。在自然生态面前,我们与所有的果农一样谦卑和渺小。

而彼时,就像一首歌里唱的:"问湖水,你为谁,这样静,这样美,等那轻轻风儿吹来,你的姿态叫人陶醉……"

湖水清亮婉约,静悄悄的,恍若一位少女。我忽然听到湖水柔情的歌声,注意听,哗啦的声音大了起来。快看!飞鱼!岚大声惊呼。哇,好多鱼飞起来了,起码有一百多条。何止?有几百条之多。岚纠正。我赶快拿出手机,想捕捉刚才那样的精彩画面,等了几分钟,鱼群不见了,只好放弃。飞鱼不大,目测只有两三寸长吧,但就是这样的小鱼爆发出巨大的能量。许是持续的高温造成水中氧气不足,抑或是快要下雨了,由于气压的变化,水中氧气变少,鱼儿需要更多的氧气,才飞出水面用鳃呼吸,于是便有了刚刚美妙的一瞬。

鱼儿以集体舞蹈的方式欢迎我们这些不速之客,实在令人震撼和惊喜。那一幕——飞鱼庞大而新奇的阵容,我还是第一次看到:鱼儿像一群舞者,一起飞跃,然后落下;鱼儿集体飞跃水面的画面又像是一张撒开的网,撒开,落下。

人生何尝不是这样?人们奋斗过、努力过、坚持过,有成功也有失败,最后都归于沉寂,不再喧嚣。

古　镇

　　乡下空气新鲜,满目葱茏,草长莺飞,绿油油的大地和碧蓝的天空唤醒了我们这群所谓的城里人麻木的神经,一切令人振奋激动而神往。梨树、桃树、杏树、樱桃树争相挂果,煞是丰饶。青涩的果藏在碧绿的叶片后面,或一串串一个个地裸露着,昭示着它们的存在。村庄和田野里透着一股清香,紫云英开得正艳,花瓣在微风中舞动。细听之下,还有蛙呱呱的叫声。

　　小桥流水人家,淳朴的乡民,远离城市的喧嚣、繁杂、躁动。目及之处一切归于平静、安详、纯粹。广袤的土地,春风江南,再到古朴的老街,蕴含故事的田园庭院唤起多少离家游子的乡愁。

　　汽车在村道上颠簸,小心翼翼地行驶着。到达金鸡碑时,天空下起了毛毛细雨,但我们依然兴致勃勃地围绕在碑前瞻仰。金鸡碑坐落于金鸡村杨家大山东部,杨家湖北岸。高1.15米,宽0.56米,青山绿水围绕。金鸡碑由白色花岗岩雕刻而成,碑的正文为"金鸡社令正直之神位",两侧分别冠以"日""月"二字。由于年代久远,只有"金鸡"两字依稀可辨。金鸡碑是戏神碑,是研究我国戏曲史的一项重要资料。不知道如今的金鸡奖是否与此有关?

我被金鸡碑前宽阔的湖面迷住了,只见水面纵横,一只水鸟欢腾着掠过,芦苇悠悠地随风飘荡。据说这里曾经是一处繁华的商业渡口,古时长江流域的主要商道之一。后来修起了堤坝,阻碍了水的流向。

我想象着古时的渡口码头繁荣的景象,戏班子锣鼓喧天,旌旗飘扬,唱戏的唱着优美动听的古老戏曲;挑夫挑着担子咿哟嘿呦;商贩挑着货品叫卖;回家的人们蜂拥着赶上渡船……

听朋友说过古镇草场多次了,很是向往,第一次来真的被震撼了。汽车沿着蜿蜒崎岖的小道行驶,在碧波荡漾的草场土坡上停了下来,葱茏的青草围绕着人和车——在风的助力下翩翩起舞。雨不大不小地下着,满目的青草像草原一样在人们的面前铺展开来。除了刚刚经过的村庄,几乎看不到房屋和农田,放眼望去,偌大的草场不见牛羊。我早已兴奋不已,迫不及待地下车,高兴得冒着雨深一脚浅一脚地朝草场深处走去。好美!好漂亮!像大草原一样美。人们争先恐后地拍照留影,全然不顾被雨淋湿,冻得瑟瑟发抖。天公不作美,若是晴天来草场,定是另一番景象,有人感慨。而这些根本不重要,重要的是怀抱大自然,让我们这些整天在钢筋混凝土里生活的人们出来放飞心情。一朵朵不知名的小花探出头来和我们一起欢愉,红的紫的黄的白的,争奇斗艳。于我来说,这里不亚于真正的大草原,看,一样的美,一样的肥沃,一样的青翠碧绿。我想,如果在阳光下,一定能有虫鸣鸟叫,蝴蝶飞舞、蜜蜂采蜜……

徜徉在草场,清新空气扑面而来,人生的境界得以升华,心如水般透彻清亮,仿佛世间万物此刻已经静止,只有天与地、人与草在一起缠绵共舞。

在去看牛灯的路上,汽车停在了一户人家门前,一位老者迎出来与我们握手。有人介绍,老者是一位了不起的农民作家,著有长篇小说《碉堡下的村庄》《石牛传奇》等。老人激动而自豪地拿出厚厚的一摞书——《牛灯》,惠赠给每一位来客,接着他又搬出一大沓画稿,有古代人物,也有当代人物。大家感叹不已,频频点头称赞。我不懂画,但觉得老人的画立体感很强,惟妙惟肖,栩栩如生。有人找老人签名,有人与老人合影,还有人悄悄捐助,但老人说什么也不要捐助,他说现在国家政策好,生活也好,住着大楼房,不愁吃穿。老人说写作和绘画是他个人的兴趣爱好。

最后,老人说,只要他活着,就要写下去、画下去,坚持下去。老人侃侃而谈,兴致勃勃。一位七十多岁的老人尚有梦想和追求,对我而言是何等的激励和鞭策。

牛灯戏道具展览馆就设在老人的家前方不远处。用黑纸扎成的老牛,牛背上披挂着红布,这个牛灯道具历经时代的变迁和沧桑,诠释的不仅仅是中国民间戏曲的精髓,对于研究民间戏曲的发展也有着极为珍贵的学术价值。

新农村"五桥"有一座有着三百年历史的石拱桥,名"纪家桥",紧挨着它的是一座新建的水泥平板桥,两桥并排相偕,却透着历史的沧桑和时代的进步。走到桥下,从侧面观看,别有洞天。河岸绿油油的树木和天上的云彩倒映在桥洞下面的河水中,美轮美奂。因为新建的是平板桥,所以从平板桥这边看过去,石拱桥就一览无余地呈现在我的面前。我能清晰地看到石拱桥垒砌的坚固的石头的平面,两个硕大的桥墩上端分别有两个造型别致的圆孔,这或许是古代石拱桥的特征吧。

清澈的河水从上游流下来,水草在流水中漂荡起舞,鱼儿欢快地穿梭游动。我蹲在小河中央的大青石板上,心旷神怡,仿佛回到了童年,和小伙伴们一起在家乡小河上的石拱桥下捉鱼嬉闹……

中午时分,古镇老街依然热闹,吃的、用的应有尽有,小吃店门口摆着热气腾腾的古镇特色小吃毛香粑、诸葛汤包。灯笼、匾额、货亭、吊脚楼,木质的店铺门前摆着各式老物件,有各种款式的老虎鞋和鸡毛掸子等,全然往昔模样,弥漫着浓浓的旧时味道。

熙熙攘攘的人群,买卖人的吆喝声,让人心安。细雨蒙蒙中,村民们端出蓝边碗大口吃饭,青油油的炒莴笋铺在饭上,锅巴汤更是诱人味蕾。此时的我格外的馋,肚子不争气地咕咕叫起来。我正咽着唾液,又看到一个老农在抽烟斗,这可是个稀罕物啊!小时候看过村民抽烟斗,现在,这种老物件早已退出了历史舞台。老人却乐呵呵地说,这东西好,黄烟,省钱又方便,不用买,是自家地里种的。

第四辑　行走安庆篇

历史的车轮碾过时光的隧道,却总有一些东西能留下来,得以保存。新的世纪,展望和回顾已经成为我们前进路上的垫脚石。

铿锵玫瑰

在安庆,相信不少人都知道,有一家酒店伴随着一代代人的成长,也一同见证了这座城市翻天覆地的变化。这家酒店的老总是一位传奇人物,她的名字和酒店的名称一样响亮,她就是美可居大酒店的创始人刘艳。刘艳是一位出色的企业家,她和酒店的传奇故事总是让人情不自禁地竖起大拇指。

美可居大酒店坐落于安庆市开发区湖心北路,它的前身是金百合大酒店。如果说美可居大酒店见证了刘总一次又一次地完成完美的蜕变,那么,金百合大酒店则是她的人生奏鸣曲奏响的地方。

对人来说,经历多了,见识多了,受的苦难多了,也就长大了。很喜欢这句话:"不奋斗而求速达,只落得少日浮夸,老来窘隘而已。"

最早,刘艳经营着一家小餐馆"锦苑酒家"。小餐馆起家,从小做到大,从最初的艰难到如今的兴旺发达,她是怎样一步一个脚印走到今天的成功的呢?我目睹着她一步步成长,也见证了她一步步成功,作为朋友,我为她感到自豪和骄傲。

刘艳是个热心肠,只要是朋友有求于她,她都会义不容辞,从不推托，所以朋友们都非常信任、尊重和感激她。她精明能干、热情洋溢、能说会道，既八面玲珑又谦虚低调，非常有亲和力，或许这就是她的人格魅力吧！她天生就是块做生意的料。最值得一提的是，刘艳感恩新时代，她积极热心地做公益，弘扬人道主义精神，帮助困难学生，帮扶贫困农民脱贫致富。她资助新州乡一个叫施德的小女孩从小学到高中的学业。她和其他两位资助者一起资助岳西大山里的店前村和苍浦村的农民养黑毛猪，到了年底，他们去高价收购猪肉。刘艳用实际行动为精准扶贫做出了力所能及的贡献。她的大爱善举值得称道。她的饮食和住宿服务事业不断发展壮大和进步，她称得上是一个不折不扣的令人刮目相看的企业家和女强人。

刘艳叫我老公三哥，自然叫我三嫂。每次听到她叫我们"三哥三嫂"的时候，我都倍感亲切，为有这样一个妹妹而感到高兴。

认识刘艳，还得从二十多年前说起。那时候，刘艳已经"鸟枪换炮"，经营着一家规模不小的饭店——艳阳天大酒店，它位于安庆市繁华的人民路上。记得饭店大厅里有一个巨大的玻璃菜品展柜，一棵仿真参天大树，蓝天白云的吊顶连接着一楼到二楼的小桥、假山和流水。这在当时的饭店是非常少见的，可见刘艳颇有经商头脑和行业战略眼光，什么事都走在时代的前沿，所思所想紧扣时代的脉搏。

当年，艳阳天大酒店生意非常红火，食客络绎不绝，在包间吃饭要提前预订，在大厅里吃饭也要排队等候。那时候我做生意，往来客户多，经常有招待，艳阳天大酒店自然成了我的首选，酒店的菜很好吃并且又很符合大众口味。因为刘艳是皖西人，所以她经营的酒店的菜肴不仅有皖西和安庆当地的口味，更是融汇了其他各地美味佳肴的特色。她认为餐饮业就好比竞技场——瞬息万变，要想在残酷的竞争中脱颖而出，需要的不止是勇气和时间的鞭策，更要用心去经营。她不断地挖掘、收罗、创新，以丰富其酒店菜品的种类和味道。艳阳天大酒店的菜品不但新鲜而且品种繁多，我们几乎每周必去品尝一下，客户对艳阳天大酒店的菜肴味道也是念念不忘、赞不绝口。

艳阳天大酒店经营得当，生意红火，可以说让刘艳赚到了人生的第一桶金。

"志在山顶的人，不会贪婪山腰的风景。"这话对刘艳来说最恰当不过了。正在艳阳天大酒店生意如火如荼的时候，忽然听说她要去开发区买楼开店。

令人惊叹的是，她只用了两年时间便完成了一次华丽的转身。

刘艳买下的楼房，整栋楼高六层。近万平方米的面积，框架式结构，要对其进行全面的布局装修和改造，工程量之浩繁，想一想就令人心生畏惧。可谁也没有想到，她一手创建的金百合大酒店居然两年后便开张营业了，堪称神速！这不能不说是个奇迹。由于金百合大酒店的设施、装潢、服务等各方面都很不错,很快在安庆市便家喻户晓了。

想当年,刘艳胸有成竹,不顾家人和亲朋好友的反对,一意孤行买下整栋大楼用以开金百合大酒店,而后马不停蹄地进行了装修,事实证明,刘艳的选择是正确的。金百合大酒店内设大小型会议室和接待室,承办婚宴、升学宴、生日宴、满月宴、欢迎宴,甚至包括中餐宴会、西餐宴会、鸡尾酒会、冷餐酒会、茶会等。还有,酒店的住宿环境也是在安庆排得上名次的,得到广大消费者的好评。这当然与刘艳的不断努力和奋进分不开。慎重地进行每一步选择,选择之后坚定地走好每一步。她是这么说的,也是这么做的。

刘艳性格坚韧,敢说敢干,做事雷厉风行、亲力亲为,不达目标决不罢休,称得上是个不折不扣的实干家。2018年,她大胆地决定对金百合大酒店进行全面彻底的改造,耗巨资重新装潢,将其打造成美可居大酒店。她大刀阔斧地付诸行动,将所有的装潢设施砸掉重来,等于重新开始,这要花费多少钱财啊!当时,朋友们觉得很惋惜,都为她捏了一把汗。大家认为,在这座小城市,流动人口少,而且城市人口还在不断地流失,能赚到钱就算有本事了。还有人嘲讽她说,看吧,人不能作,到时候一败涂地,有她哭鼻子的时候。也有人说她就喜欢折腾,挣点钱都花到装潢上去了。大家议论纷纷,反正说什么的都有。为什么说有人觉得惋惜呢?因为在大家眼里,金百合大酒店在刘艳的精心维护和完善下并不陈旧,而且生意还是不错的。刘艳则对朋友们说,你们看到的只是表象,要想在行业中立于不败之地,就要推陈出新,好味道固然可以吸引顾客,好环境更能招揽和留住顾客。顾客的眼光很挑剔,味觉更灵敏。我们不能等顾客走了、寻觅其他味道去了,生意淡下来时再来闭门思过,服务行业不好做啊!这可是一门大学问,我要不断地去学习、去领悟、去发现。接下来,她又若有所思地说,树苗如果因为怕痛而拒绝修剪,那就永远不会成材。

工程完工后,一个崭新的、亮眼的、更加高大奢华的美可居大酒店出现在市民面前。美可居大酒店与火车站隔路相望。酒店一楼是服务大厅,二楼和六楼是包厢和宴会厅,三楼、四楼、五楼是宾馆。酒店服务和环境及菜品全面提升,美可居大酒店成为安庆市第一家智能化酒店,装有进口的中央空调,更有让人舒心的生态装饰,是接近自然的,也是未来人们追求的那种朴实、低调、奢华的酒店。如果非要将"美可居大酒店"与"金百合大酒店"作比较的话,那我只能说,美可居大酒店不管在哪方面都有过之而无不及。

面对朋友们赞赏和敬佩的目光,刘艳真诚地笑着说,如果没有梦想,生命也就毫无意义!感谢所有否定我的人!正是他们让我成为我自己。

"就算路不坦荡,也要做自己的太阳",这就是刘艳。有信心的人可以化渺小为伟大,化平庸为神奇。记得十年前,我曾为刘艳写过一首名叫《十八岁去远航》的长诗来赞扬她的成功。

刘艳说她小时候家里穷,家乡总是发大水,庄稼被淹得什么都不剩,家也没了。刘艳的母亲带着她们姐妹三人从这里逃到那里,又从那里逃到这里,但依然改变不了贫穷的境况。刘艳从小骨子里就有股韧劲,不向苦难低头,不向命运屈服。她想,一定要走出去,走出去才会有希望。那时候她就懂得,不管多大年纪都不能随随便便浪费时间,浪费的时间再也不能赢回来。于是,刘艳十几岁就出来闯荡,从"一根扁担"(卖茶叶,做小买卖)做起。老天不负有心人,终于,她从一个柔弱的小女子成长为"巾帼不让须眉"的女强人,令人赞叹和敬佩。作为朋友,我为她感到欣慰和高兴;作为旁观者,我为她摇旗喝彩。

2020年疫情期间,她撸起袖子,带领员工亲自送外卖,竟然将春节备用的几十万元的食材,用外卖的方式"一送而空",这样既方便了市民,又没有浪费。她深知要调整好心态,做好菜品,定位目标客户群体,明确自身的核心竞争力,了解市场环境以及发展趋势等。做好这些方面的准备,夯实基础,才能坚实地支撑发展。这样一位坚韧不拔的女强人,有人说她是"铿锵玫瑰"。

青山应如是

别有洞天

　　巨石山位于安徽省安庆市宜秀区罗岭镇长江北岸的菜子湖畔,总面积43平方公里。巨石山素以奇峰、秀水、神石、幽洞、白玉兰"五绝"闻名于世。景区生态资源丰富,竹林波涛,枫叶如岚,漫山遍野的植被浓烈而不失娇羞,华而不喧,绝无仅有。巨石山海拔520米,栈道长度520米,有"520玻璃观景台"等景点,诸多的"520"寓意匪浅,很是契合人们的某种心理需求,特别是年轻人。

　　这次,我是第二次游览巨石山,却依然兴致不减。巨石山风景令我目不暇接,奇峰像一个个淘气的孩子,或倒立或斜插或倾倚或趴卧,形态各异,引人遐想。龙头峰像极了人们意念中的龙,让人想起龙的传人——中国人,如今的中国腾飞得犹如一条腾云驾雾的真龙。而牛郎峰与织女峰则让我想到了经典黄梅戏《天仙配》,牛郎织女千百年来在此相会,不离不弃。他们含情脉脉,凝望对方,成为亘古的风景。一对有情人仿佛对唱着:"树上的鸟儿成双对,绿水青山带笑颜。""从今不再受那奴役苦,夫妻双双把家还……"再看那罗汉峰虚而不实,实而不虚……

我站在玻璃栈道上环顾四野,顿觉心旷神怡,低头看脚下,万丈深渊尽在脚底,吓得慌忙抬头。同行的红战战兢兢地不敢移步,我对她说,你不用看脚下,平视着走就不怕了。我的话果然有效,红平视着前方迈步,接下来,她玩得很开心。

居高临下,抬眼看,山峦起伏,巨石岩壁形态各异,山坳里绿意盎然,鸟儿叽叽喳喳。有人惊奇地发现,一处悬崖峭壁的缝隙里居然生长着一大一小两棵映山红。一棵郁郁葱葱,盘根错节;一棵娇小秀丽,花开正艳,美不胜收。在这狭窄贫瘠的陡壁崖缝上,不知这两棵映山红是怎样顽强地成活,并生长得如此热烈,如此守望相助、生机勃勃?也许这就是巨石山的魅力和神奇吧!当我抬眼看到耸入天际的钢铁巨人的手臂上,鲜艳的刚劲有力的"巨石山520悬崖蹦极"几个大字时,便联想到某些极限运动的画面,特别是"悬崖蹦极"这一刺激而具有挑战意味的运动,这又该吸引与招徕多少少男少女前来?

没想到的是,这次光顾巨石山,本以为迷路了,却意外得到收获与惊喜。

从玻璃栈道上走下来,大家结伴下山,我们几个文友在一位带队的年轻人的指引下,绕行一段奇峰异石之路。忽然,大家眼前一亮,惊讶不已。我们倏然发现一处秀美的湖泊,荡漾着的湖水在阳光下波光闪烁,那一眼不知迷醉了多少旅人?只见清澈碧绿的湖水中,成群结队的观赏鱼儿慢悠悠地游动,鲜艳的色彩,流动的画面,像一幅油画镶嵌在天池里。啊!原来巨石山别有洞天,"金屋藏娇"。在巨石山一隅竟然有如此幽静的地方。我不禁惊羡于此处的灵秀与柔美,她不同于顽石险峰的坚毅与刚强,柔情而不矫作,像一位古时的秀女,透着一股柔情与纯真,使人不舍离去。

沿着秀丽的湖岸观赏、行走,我们看到一条陡峭的羊肠小路。小路蜿蜒地延伸到山顶,大家心照不宣地断定此路不通,便掉头往回走。走在前面的姚辉问一位景区工作人员下山怎么走,工作人员说我们刚刚走的路是对的,于是,大家便又原路返回。此刻,我们并没有觉得扫兴,反而觉得"山重水复疑无路,柳暗花明又一村",要不是误打误撞,我们怎么会领略到"峰回路转"呢?步行不久,我们返回到原处,很快坐缆车下山。我们在景区服务区足足等了将近一个小时,才见市作协的大队人马下山,当中的美女作家们个个被阳光晒得脸色潮红,气喘吁吁。

受诸多因素影响,我们这些志趣相投的文友难得一聚,感谢安庆市作协给我们提供了这样一个别开生面的学习和采风的机会!"巨石山景区创作基地挂牌仪式"举办得非常成功,意义非凡,也让我们有幸认识了一些新师友,其中不乏"早闻其名,不见其人"的,大家真的是一见如故,畅所欲言。

难忘巨石山风景区!难忘这样严谨而隆重、生动而有趣的活动!巨石山不愧为奇山,道路曲径通幽,景色变幻多样。山中古迹遗址保存完好,更有文化遗产巨型岩壁石刻"海枯石烂",其字体苍古遒劲,印证了这座山古往今来都是有情人前来朝圣祈福的福地。山下湿地公园烟波浩渺,四季花海缤纷璀璨,与星罗棋布的山中巨石遥相呼应,美轮美奂的自然风光与深厚独特的文化底蕴,无不赋予巨石山特有的神韵气质。

青山应如是

巨石山奇遇

在一生当中,相信很多人都目睹过狂风暴雨、电闪雷鸣。而在风景区的高峰之巅,遭遇一场特大暴雨,该是怎样的遭遇?又该是怎样一段刻骨铭心的记忆啊!

巨石山为大别山余脉,距安庆市区20公里,最高海拔520米。正所谓"山不在高,有仙则名",俊俏秀丽的山川自然风光与深厚独特的文化底蕴,赋予巨石山特有的神秘气质。

安庆市首届作家培训班学员乘坐一辆中巴去巨石山采风,太阳炙烤着大地,气温居高不下,天气闷热。到达巨石山脚下时,天阴了下来,太阳躲进了云层。学员们排着队乘坐缆车上山。坐在缆车上观景,只见山中云雾缭绕,星罗棋布的巨石千姿百态,幽静的林中小径上,花岗岩铺成的台阶时隐时现,山石间掩映着丛丛簇簇的各色树木。我想,如此秀美的山川一定是造物主刻意雕镂出来的。要不然为什么到了这里,一切都变得与众不同了呢?如果在这里选一块巨石搬到山外去,或许会被人当作奇物供奉起来。

到达巨石山山顶,天空忽然暗了下来。培训班班主任余琳芳朝学员们大声喊话,快,快,要下雨了,大家加快速度!导游也大声催促大家快上玻璃栈道,绕一圈马上回来。学员们急急忙忙地换上鞋套快步走上玻璃栈道,有人仓促地拍照,有人"秒看"风景,有人发呆。这时,天黑了下来,余琳芳急切地大声呼喊,大家快走,马上要下大雨了,快,快,快点!好在灰暗的天色遮盖了大家的视线,否则,快速离开玻璃栈道并不是件容易的事。大家快步往回走,居然有人在玻璃栈道上飞速地跑了起来。这要是在晴天,人如悬在半空中,脚下是万丈深渊,有谁会这样大胆?我看过不少视频,玻璃栈道上的游客吓得战战兢兢的样子既滑稽又搞笑。

一个霹雳在耳边炸响,紧接着,一个又一个的霹雳在天空炸开了花。雨声由远而近,大雨噼里啪啦地落在玻璃栈道上,狂风吹斜了树木,好像天地间即将上演一幕惊悚的大剧。

大部分学员跑进了凉棚,沙马老师急切地扯开嗓子喊,后面的人,快点!快点!危险!快点!快点!危险!危险!

天黑了下来,余琳芳站在凉棚外等候最后一拨人。她用沙哑的声音喊,快,快,后面的人,快点!后面还有人吗?后面还有人吗?

几十个学员还有老师们躲进凉棚里,不一会儿,雨更大了,狂风夹杂着暴雨,电闪雷鸣。无形的恐惧中,大家挤坐在了一起,胆小的吓得尖叫着瑟瑟发抖。暴雨更加肆无忌惮,狂风大作,仿佛要将棚顶掀翻。凉棚里的人衣服都被雨水打湿了,大家簇拥着躲进棚子后面的操作间避雨。忽然咔嚓一声,大家惊呼着,原来是阿杨的玻璃水杯摔碎了。一场场虚惊并没有结束,震耳欲聋的雷声依然在头顶轰炸,学员们因恐惧而战栗着,唏嘘不已。此情此景,恍若灾难片里的惊险片段。

暴雨持续下了一个多小时后,终于转小了,学员们顶着雨开始步行下山。下山的路曲折蜿蜒,沿途小溪潺潺,一道道瀑布奔腾而下,欢快地溅出白亮的光。湿漉漉的树木和花草别有一番滋味。

虽然大部分学员带了伞,但每个人都还是淋得像落汤鸡一样,不过大家依然兴致勃勃地谈论着刚刚遭遇的这场暴风雨。

我们有幸见证了大自然的威力。它以这样不寻常的礼仪欢迎游客,实在是出乎人们的意料。感谢上天在我们的生命征途上烙上了深深的印记,并严厉地给我们上了一课,让我们这些生活在钢筋混凝土中的人们学会敬畏自然,懂得人与自然和谐共生的道理。

共饮长江水

"孤帆远影碧空尽,唯见长江天际流。""滚滚长江东逝水,浪花淘尽英雄。""我住长江头,君住长江尾。日日思君不见君,共饮长江水。"自古以来,有多少诗词描写长江。长江一直以雄伟而奔腾的姿态,从远古奔向未来。长江,令多少人遐想和憧憬,令多少人梦寐以求一睹它的芳容,又令多少人牵挂和神往。

一

依稀记得小时候,母亲带着我乘过一次船,去江对岸走亲戚。浩瀚的江水,轰鸣摇晃的渡船,浪花拍打着船舷,渡船破浪前行,气贯山河。尽管飞溅的浪花打湿了我的衣裳,小小的身子被渡船颠簸得站立不稳,我却一点都不害怕,兴奋地手舞足蹈。记忆恍若灰色的梦境,一直萦绕在我的脑海。直到今天,我与长江有了近距离的接触,才真真切切地感受到长江的存在、长江的伟岸与气势。

与长江的渊源,使我刻意将家选在了江边。站在自家门前极目远眺,一眼就看到滚滚的江水及长江上空的大桥。长江大桥——梦幻而绮丽。相比之下,高耸的振风塔变幻着七彩缤纷的光芒,仿佛诉说着古老而神秘的故事。宝塔对面的花岗岩形象墙上镌刻着太平天国安庆保卫战中的人物的雕像,洪秀全、陈玉成、叶芸来、林绍璋、杨辅清等。我凝视着滔滔江水和驶过的千帆,心中漾起无限的波澜。

说到长江,不得不说说振风塔和迎江寺,因为两者被视为一体。为表示对佛的尊敬与膜拜,游客去振风塔游玩时,一般都会去寺庙叩拜礼佛,祈求平安。慈悲为怀、行善积德是中国人的优良传统和品质。过年人们去迎江寺敬拜菩萨,祈求新的一年风调雨顺、平平安安,这样的朝拜已经成为一种习惯和时尚。因为,在大年三十的晚上,振风塔和迎江寺是人最多、最热闹、最拥挤、最灯火通明的地方。因此,市政府每年都要动用警察和消防员来维持秩序,防止发生意外事故。在这里,放生也成了行善积德的一种方式。每到特定的日子,成群结队的信徒就会虔诚地去迎江寺进香朝拜,从迎江寺出发,信徒们无不神情肃穆地仰望着威严耸立的振风塔,然后去江边放生。人们主要放生甲鱼和乌龟,因为脊索爬行动物成活率高。放生,其真正含义就是对任何人、任何动物都要有善心、善言、善行。三善合一才是真正的善!放生的意义就是要培养我们做到真正的善,教我们做一个德行兼备的人。

振风塔原名万佛塔,又名迎江寺塔,有"以振文风"之意。它指引着来往船只的航行,并具有非凡的观赏价值和极高的历史意义。振风塔是安庆市的标志性建筑,来安庆旅行的游客,一定会去振风塔一游的。

二

天天看到长江,有时也会忽视长江的存在,少了初始的激动和好奇。然而,长江就是长江——以其宽宏质朴的雄姿展现亘古的魅力和光芒。当你不经意间经过它身边时,时常会捕捉到动感而恢宏的画面——那些画面碰撞你麻木而淡漠的神经。

走出家门,穿过一条马路就到了江边,用手掌掬一捧江水,重温小时候的趣味。看乌篷船悠悠,看渔民撒网捕鱼,看芦苇迎风摇曳,看江里游泳的人们。江边的垂钓者,他们并不在乎钓到了多少鱼,而只在乎看到了多少风景,他们享受那种等待的过程。钓鱼是一种享受、一种快乐、一种情怀,抑或是一种娱乐消遣的方式吧!特别是夏天,垂钓者尽管戴着帽子或者裹条毛巾,脸晒成了猪肝色,但他们依然坐在岸边的石头上,注视着江面及鱼竿,一动不动,像一尊尊雕塑。

高大雄伟的江堤上,每隔几十米就有个凉亭。质朴的中式仿古木质镂空雕花凉亭,内圈设有宽阔厚实的木质的或者花岗岩材质的坐凳。坐下来看远处飘扬的旗帜,细看原来是一艘游轮,随游轮去看江景无疑是件无比惬意的事。那艘装饰豪华的 17 号游轮漂荡在江面上,玻璃船舱里游客满堂。游客们叽叽喳喳,兴奋地观赏江面上驶过的乌篷船、集装箱船、滚装船、水泥船、挖沙船和渔船等等。

华灯初上,江岸上灯光璀璨,沿岸十里江堤犹如一条巨龙般灵动。远处横跨两岸的长江大桥上,黄、白两色灯光勾勒出大桥的轮廓,悬在空中的融入高科技元素的灯光流光溢彩,照亮整座城市的夜空。远处耸立云霄的振风塔变幻着五彩斑斓的色彩,像一个硕大的风向标一样指引着来往船只驶向未来。

三

记忆中,晨光熹微,迎着清凉的风,踏着露水,我常常沿着江堤漫步,看绿草成茵、看雾气缭绕、看清风拂过、看江面上船舶穿行,闲逸地张望着,寻找卖鱼的渔民。渔民一般将船停泊在僻静的港湾,那地方避风朝阳。渔民将捕捞的鱼摆放在地上,一字排开,新鲜的野生鱼种类繁多,有刀鱼、花骨鱼、石巴子、刺鲃和翘嘴等。这些野生鱼非常紧俏,常常被一抢而空,如果去迟了,根本买不到。

现在,长江里几乎看不到渔船了。由于渔民过度捕捞作业,导致生态环境严重失衡,长江里的野生鱼越来越少。国家为了维护渔业生态平衡,不久前出台政策,对皖南沿江实施十年封江的保护措施。

自从封江以来,政府以每条船十几万元的价格收购了大量的渔船。如今,渔民都高高兴兴地上岸谋生了。国家给予以船为家的渔民一定的上岸安家补助,并尽力帮助他们实现转产转业;协助银行发放贷款,帮扶上岸渔民获得生存技能,营造生活环境,为渔民解除后顾之忧。在党和政府的关怀和帮扶下,渔民开始安下心来。他们明白,捕鱼不是他们唯一的生存渠道,他们陆续收网,并寻找自己的生财之道。一位渔民朋友说,他们夫妻上岸后开始养龙虾,前景不错,一年收益几十万元,比在江里捕鱼时的生活优越得多。

尽管吃不到长江野生鱼了,但人们并不遗憾。因为,生态平衡了,一切都会好起来。

治理和维护长江生态平衡,只是国家出台的一种防止环境污染和维护生态平衡的措施。

国家致力于防止环境污染,维护生态平衡。生态环境好了,一切都会蓬勃发展。

生态平衡是人类永恒的话题。我们应该为在改善生态环境和保护鱼类方面做出决断的国家感到高兴和自豪。

四

清晨和傍晚,长江沿岸景色宜人,空气清新,也是一天中最热闹的时候,快走的、跑步的、练太极的和跳广场舞的人很多。江边无疑是市民释放、解乏、聊天、观景、呼吸新鲜空气和锻炼的好去处。

若是晴天,春暖花开,江边公园里,清风拂面,柳枝依依。粉红、猩红、橘红的蔷薇花铺满堤坝。小路两旁,淡红、深红和白色的海棠花争相怒放。走在姹紫嫣红里,心情格外舒畅。等银杏树的叶子黄了的时候,听鸟儿唱歌,看金黄的树叶飘落,踏在厚实柔软的金色银杏树叶上,穿梭在树林里,别有一番滋味。移步再看江面上漂荡的船舶,看两岸的自然风光,再看现代文明的足迹。

王勃写道:"闲云潭影日悠悠,物换星移几度秋。阁中帝子今何在?槛外长江空自流。"白居易写道:"一道残阳铺水中,半江瑟瑟半江红。可怜九月初三夜,露似真珠月似弓。"白居易沉醉了,他的《暮江吟》寄寓了他的喜悦之情。古往今来赞叹长江的诗句数不胜数,人们喜爱长江的程度可想而知。

远古时期,江水切开巫山,使东西古长江贯通一气,浩浩荡荡注入东海,长江得以形成。今天的长江,更是人类家园的一道亮丽的风景。长江包容而大度,它流淌的是母亲的乳汁,抚育着无数的中华儿女。长江的每个角落都充满可能性,这里没有固定主题,一切都有可能发生,长江促使人们为此浮想联翩。

居住在长江边,每天可以看到长江,谁说不是一种幸福呢?!

峡谷风情

采风车队缓慢地驶进贵池老山自然保护区，远山近岭迷迷蒙蒙，最美人间四月天。青山绿水间，满目醉人的绿扑面而来，林海便以它原始和野性的姿态，给予人们浓烈又淳朴自然的拥抱。

保护区位于池州市贵池区东南部的梅街、棠溪、梅村三镇境内，东与青阳县及九华山毗邻，总面积13855公顷。野生动物种类繁多，有陆栖脊椎动物和两栖动物。其中有国家一级保护动物云豹、黑麂、白颈长尾雉；国家二级保护动物穿山甲、鬣羚、虎纹蛙、游隼等；被列为重点保护的野生动物有中华蟾蜍、黑斑侧褶蛙、尖吻蝮、黑眉锦蛇等；鱼类有二十一种；昆虫无数。群山重重叠叠，起起伏伏，举目顾盼，林中似乎有无数的精灵隐匿其间，正在探头窥视着我们这些不速之客。

保护区盛产茶叶，霄坑村茶叶更是远近闻名。霄坑村位于皖南山区九华山山脉，地处25公里长的高山峡谷中，平均海拔700米，最高海拔1021米，村域面积52平方公里，全村划分12个村民组。山场面积4800公顷，其中天然林面积2500公顷，人工林面积670公顷，毛竹林面积770公顷，有机茶面积280公顷,森林覆盖率达94%以上。2017年,村民人均收入达16000元。霄坑村先后荣获"先进基层党组织""全国文明村""全国造林绿化千佳村""全国一村一品示范村""全国绿色小康村""全国生态文明村"等一系列荣誉称号。

霄坑不愧为有机茶之乡。我们进入霄坑境内,地里、半山腰上,到处都是茶树。山脚下逼仄的石头缝里都长出了几棵瘦弱的茶树,树冠上冒出许多嫩芽;地势平缓、采光良好的土壤里的茶树被修剪整齐,嫩叶笑盈盈地沐浴在阳光下,排着队等待着采摘。我发现保护区的竹林都呈枫叶红色,不知何故。而我所看到的毛竹都是葱葱郁郁的,尤其是春天,竹林更是绿得发亮、绿得招摇、绿得像麦穗。第一次看到枫红的毛竹时,我被惊艳到了。我注意到,但凡有竹林的地方,必定有茶。而多数竹林下方的山坡上都种有茶树,这一规律不知是人工所为,还是自然所致?我们不必去追究。

山上树木茂盛,翠竹摇曳,茶树穿插于竹林野花及灌木丛间。

影影绰绰的群山像是一个睡意尚浓的仙女,披着蝉翼般的薄纱,含情脉脉,凝眸不语。路两旁群山起伏,林海莽莽,在绿色的林海中点缀着一簇簇红、黄、白、粉及紫色的花朵。

沿山路而上,满目的青翠衬托着的映山红,该是对群山露出的最热烈的笑意吧!像一个美丽的少女露出她娇柔的笑靥。随处可见的茶树,不经意地生长在其钟情的地方——路边、灌木丛里、稀疏的植被间。我置身于茶的世界,抑或游离于绿色环绕中。真愿自己与这里的山峦相伴,与世无争,不问世间酸甜苦辣。听风邀落叶,落叶舞晴川。抚罢素琴复长啸,长啸一声醉竹轩。随处可见的新奇美景,此刻却美不过茶。只见一处高大陡峭的悬崖下,倏然出现了一小片绿油油的茂盛的茶树。我睁大眼睛呆住了,该不是哪位天上的仙子下到凡尘寻找她的如意郎君来了吧?是的,仙子找到了她的真命天子,那处挺立刚毅的铁灰色崖壁就是她的郎君。只见仙子着一身鲜艳翠绿的霓裳羽衣,含情脉脉地靠在郎君的怀里。是的,仙子找到了她的幸福,从此她有了依靠,她的郎君为她遮风挡雨。郎君仿佛正在深情地对仙子说,天塌下来有我,你只负责貌美如花。

咦,那是什么?只见远处深绿的山坡上跳动着星星点点的红、黄、白,走近一看,原来是采茶姑娘,她们麻利地用双手采摘着鲜嫩的茶叶。我问,你们累不累?她们回答不累,说这是她们的工作,已经习惯了。

两岸的山峰变化成各种有趣的姿态:有时像持杖的老翁,有时像脱缰的烈马。镶嵌在天边连绵起伏的山峦千姿百态。远处,奇山兀立,群山连亘,苍翠峭拔,云遮雾绕。不知不觉,车队进入了峡谷,坐在车上靠峡谷的一侧,我侧目伸长双手咔嚓拍照,峡谷对面的山绿得令人陶醉。此刻,我遥想着,假如能在此山中安家该是何等的人间幸事啊!像古人一样盖一间小茅屋,安下心来写作,对于今天住进舒适楼房里的我们而言,实在是过于遥远和陌生。用华美精妙的诗句感叹雨中窗外的美景,夜晚时望着漆黑的夜空,听狼嚎虎啸,住在茅屋里的人不知是否还有先人那样的闲情雅致呢?赫然,我看到峡谷里的绿莹莹的静止的水面,没有波澜,静谧孤寂着。移目一瞥,突然看到更近处的树木和植被的间隙里有三两条形如军舰似的木船。因倾斜着身子,当我看到车子似乎就要翻下山崖时,吓出一身冷汗,慌忙收起目光。待我再看时,船只已经退后,但刚刚我从一处荒芜的地方清晰地看到了那几条木船的轮廓。我目测了一下,那几条木船有十来米长,一米来宽,不知为什么闲置在此。可潭中为什么有船呢?再看到潭时,水还是那样碧绿悠长,不知通向何处。车子沿着峡谷一路向上,潭也一路跟随。现在我称潭为河了,因为它就是一条河,一条绵延不断的河。波澜不惊,幽深的河水泛着墨绿的光,它像一条绿色的绸带,飘向未知的方向。再看两岸斑斓的树叶飘洒着落入河中,它们抱成团漂浮在水面上静止不动,似乎在观望,或者等待着什么。我想,等落叶腐烂后就会沉入河底,然后腐烂发酵,变成大量的矿物质和微生物,所以水就变成碧绿碧绿的了。树叶转化的有机养分是鱼类最好的天然食材,这里的鱼儿一定是最肥硕、最鲜美的吧。

  沥青路面不宽,会车时要注意一旁的万丈深渊。为了安全,路牙子两边镶嵌的白色路标醒目地勾勒出路的曲折迂回。迂回中,路引导着车队一直向前。峡谷下的河也跟着蜿蜒向前。

  在阳光下,远山就像洗过一样,青翠欲滴。满山蓊郁荫翳的树木与辽阔的天空上缥缈的几缕云,恰好构成了一幅雅趣盎然的淡墨山水画。

"五岳归来不看山,黄山归来不看岳。"这句话流传至今,诠释了黄山在中国人心目中的位置。黄山巍峨雄壮、巧夺天工的美是任何华丽辞藻都无法形容的。尽管老山与黄山无法比拟,但它分明就是一个亭亭玉立的少女,那么端庄,那么美丽。如果不是走进老山自然保护区,我就不会被它呈现的美所折服。

一行人沿着一条小道继续向前行进,小道旁,或者树林里,会有许多伸出来的绚烂的花朵,将春天点缀得温馨柔美。而几乎干枯的河谷却越来越宽广,清澈的水从石缝中穿行而过,凌乱、光滑、大小不一的鹅卵石铺天盖地。哇,从未见过如此壮观的鹅卵石。我忽然感觉自己像穿越到了原始社会,此刻的心宁静得似孩童,平静而简单。羊肠小道崎岖起伏,小道陡峭得几乎称不上是路了。我们攀岩而上,有些光滑的大石上长满了青苔,稍不留意就会跌入河谷。俯瞰河谷,一块巨石直立,另一块横卧其上,直插崖壁之中,势如苍龙昂首,气势非凡。巨大的鹅卵石犹如一块块顽石,趴在河谷中;密密麻麻的石头像战场上疲惫的千军万马一样,横七竖八地卧倒在战壕里,或躺、或伏、或坐、或插入崖石里,等待着命运的审判。而这些奇异怪石的命运亿万年来一直被自然界之手掌控,它们被山洪冲刷,变成了如今的模样,幸运的是,这些石头在今天如此繁杂喧嚣的时代中还能安静地躺在大自然的怀抱,感受天地日月之灵气。

再往前走是一处陡峭的下坡路，只见面前横亘着一座架在河床上的木桥。木桥由四根坚硬的树木构架而成，非常稳当，踩在桥上几乎感觉不到摇晃。听到不远处哗啦啦的水声，我们终于到了最后的目的地——龙池瀑布。瀑布的水倾泻而下，但见瀑布如帛，泻入潭中，气势磅礴。溅起的水珠如雾气般飘浮在空气里，使人神清气爽。踏在凹凸不平的石头上，我们来到了河谷里。从下往上看，瀑布就像一块巨大的白纱披下来，那样晶莹、那样纯朴，令人流连。宋代诗人王十朋曾作一首《百丈崖下龙池》：

西风突兀百丈崖，
龙池飞布山涧挂。
举目皆翠无人居，
谁家姑娘在采茶？

大自然的鬼斧神工铸造了神奇的物象，也改变了历史。不变的是，这里的大山依然巍峨壮观，峡谷和河流依然在接受大自然的洗礼和考验。

望仙谷之旅

对于旅游,我向来神往,却没有说走就走的自由和底气。没有时间和空闲只是借口,时间是挤出来的。这次国庆假期,在市作协主席姚岚的带动下,我与文友姚春华、吴小英,小作家张金雨阳母女跟旅行团一起去江西上饶望仙谷。一路行来,不仅游览了古村落——石门村、梦里老家小镇、望仙谷,重要的是还瞻仰参观了方志敏烈士纪念馆,不枉此行。

上了旅游大巴,我发现这是个规模超大的旅游团,60位游客挤挤挨挨地坐满了大巴。大巴上,导游介绍说,车上有一位抖音"网红"——开花的石头,很火的,你们刷抖音的时候都能看到他。我以为"开花的石头"是个年轻人,但他一亮相,我一怔,实在没想到竟然是一个五十岁左右的油腻大叔。他用洪亮的声音滑稽地说,我很丑,但等一会儿大家就不觉得我丑了。我真名叫李卉,没想到是个女人的名字吧。我来介绍一下,今天来的游客当中有市作协主席姚岚,还有五六位女作家。他得意地笑笑,嘿嘿,我也是市作协会员,车上还有摄影家协会主席,还有很多熟悉和不熟悉的朋友,今天大家聚在一起都是缘分。我会点小曲、会说相声、会说笑话、会营造气氛,你们不会的我全会。车上一阵骚动,有人叫,唱首歌曲,来段相声吧,有什么技能都亮出来吧!没想到"开花的石头"风趣幽默,一路上让一车人喜笑颜开。大巴上的"大杂烩"够大家舀一勺又一勺了,"开花的石头"像打了鸡血一样兴奋,不知疲惫,继续发挥他的特长。车厢里混杂着游人的叽喳声,一车人听着歌曲,耳朵里灌满了杂音,在困顿混沌中有人进入了梦乡。

望仙谷

经过几个小时的车程,傍晚我们终于到达此行的目的地——望仙谷。看着暮色,我有些失望,导游只给两个小时的时间,能看到什么景色?而且又是晚上。

"望仙谷"这个地名就令人遐想:神仙住的山谷,一个听上去不食人间烟火的地方,仙女般美丽的令人神往的山川河谷。没想到此刻,导游打破气氛,说了句令人泄气的话:来望仙谷主要是看夜景,看灯光秀,大家抓紧时间吧!在游客看来,白天看山观景才安全,才合乎常识吧,晚上看就有些不合情理了。大家心里像塞了团棉球般堵得慌,但又一想:已然是晚上了,既来之,则安之吧。

我和几个文友踏着昏暗的灯光边走边发牢骚,大家心中都有些怨气,心不在焉。我们随着人流行进,偶尔瞄一眼远处山坡上萤火虫似的扑朔迷离的灯光,到处朦朦胧胧的,踩着石块砌成的路径,深一脚浅一脚地顶着夜色和霓虹灯开始上山。彼时,我内心涌不起一丝波澜,无非就是欣赏璀璨神秘的灯光嘛,见得多了去了。夜幕下,看得清山水风景吗?可是,越往上走、往里走就越觉得别有洞天,我心飞扬,刚刚的失落一扫而空。

有些人并不会在大幕拉开那刻出现,就像望仙谷。

我们仿佛到了另一个世界,一步一景。这里到处是水,地上、头顶、崖壁、山谷,周遭都是哗哗的水声,溅起的水花四溢,真是冰火两重天。我心里豁然开朗,首先是轰隆隆的水声吸引了我。抬眼一看,在灯光的照耀下,一条气壮山河的峡谷仿佛从天而降,瀑布倾倒着飞泻而下。我甚是疑惑,久旱无雨,在这样干燥炎热的天气里,水流从何而来?如此壮观的瀑布像银河般震撼人心。此情此景,正如李白的诗句:"飞流直下三千尺,疑是银河落九天。"

可以揣测,这条壮观的峡谷是亿万年前地壳运动形成的自然景观!上天将此般美景降落人间,是赐予人类的礼物!全国各地的游客,纷纷驱车来到这个深山老林里观赏游玩。当然,望仙谷里人工雕琢的景观当数上乘,上山的途中瀑布飞泻而下,灯光诡异迷离。石板铺筑的小径曲径通幽,山谷两岸的咖啡馆、酒吧、特色小吃店、古装店、演绎大舞台、广场,一切都是那样贴近生活,亦像远离这个世界的喧嚣独自吟唱。每一个景点都塞满了人,而每一个犄角旮旯都充满了欢声笑语。

风是善解人意的,夜色也是。

望仙谷恍若仙境的夜景,消解了我起先的不满和误解。我特别喜欢这种意境,伫立,凝思谛听,忽然就来了感觉。听,绵延不断,风是伤感的,也是惬意的,昭示着生命的厚重和沧桑。

在灯光闪烁的夜幕中,到处都是水的流动和波光,似乎伸手一抓,就能抓出一把水汽。各种喜水植物因水的浸润,生长也格外旺盛,在这遍地是水的世界里,景色不是阴冷,而是有种禅意的美。纵目一望,在灯光的簇拥下,深深浅浅的绿,让你舍不得挪开视线。俯瞰,那棵生长在瀑布下石头缝里的槐树根系发达,一个个粗壮的分枝从根部生长出来,围绕着树干,高大而茂盛,游人随手就能触碰到树枝和树叶。槐树,让人想到黄梅戏《天仙配》里的七仙女和槐树……游客就像踏入了仙境,如醉如痴。抬眼看一看挂在天际的"鹊桥",也不由得让人想到天上的织女七夕时与牛郎鹊桥相会。稍低处这座精美的廊桥,虽然系人工筑造,但处在这样朦胧的仙境中,谁不说像是一座"鹊桥"呢。

不得不说,景区缔造者与能工巧匠们的良苦用心:望仙谷怎么能离开"仙",怎么能不沾染"仙气"呢?!

要说风景如画,对岸峭壁悬崖上悬挂着的玻璃栈道上人来人往,树林、竹山、飞瀑,与对面景物遥相呼应,相互烘托,更是神来之笔了。

看,游客们手拉手在玻璃栈道上战战兢兢地前行,像探险一样,既刺激又好玩。山还是那个山,水还是那个水,景还是那个景,却令人流连忘返,沉浸其中。

石门村——醉桃花

高速上，大巴经过无数的隧道和群山，终于到了石门村景区。石门村，一个躲在深山里的村庄。临近中午，此时正值"秋老虎"肆意发威的时候，气温飙升到35摄氏度，天干物燥。不记得多久没下雨了，仿佛过了一年。金秋的凉爽不见踪迹，太阳光下，热浪翻滚，仿佛地上都在冒烟。

石门村里的一座座白墙茅屋清雅静谧，错落有致，像集体静默般迎接着观光的游客。到了村旁的潭边，才感觉有一丝清风。望着幽深的潭水，船家划着竹排悠闲自得，游客兴奋地纷纷坐上竹排沿河观光。船夫说这里水深6米，提醒大家一定要注意安全。只见潭水碧绿，不时有水鸟飞过。沿河的参天古树和翠柳将河道映衬得古朴而幽蓝。竹排上，游客自由地划着双桨，战战兢兢地拍照，绿翅红嘴的水鸟扇动羽翼，站在枯枝上跳舞嬉戏，全然不顾游客的嬉笑和竹排划过的搅扰。我们惊叹，在这个世外桃源般的水乡，人与鸟的和谐达到了哗而不惊、喧而不乱的境界，这亦是人与自然和谐相处的写照。

途经桃园的时候，惊见朵朵桃花，与桃花相遇，我心中的激情瞬间被点燃了。人生一世，草木一秋。每个人都是一棵生命之树，如同花草树木皆将化为尘土、归于大地一样。而面前的桃花却以"苦熬秋虎扫日月，还我娇艳不败时"的姿态和精神与气候及季节抗衡。

　　我一直钟爱桃花。第一次在十月看到桃花开，我不由得兴奋不已，舍不得挪开视线。桃花应该是三四月份开花吧？我甚是好奇，捉摸不透。酷热天气，桃花依旧笑春风——亦二度恋秋风？虽然早已过了花季，但在这样炎热的秋天，在这个偏僻的古村落看到了桃花，实属罕见。有人戏说是假花，我不信，偏走近细看，将桃花放在鼻尖，馥郁的芬芳一下子钻入肺腑，顿觉桃花有一种清新脱俗的美，让人变得格外安静，连空气都变得清凉。淡粉、乳白、浅红、深红的桃花虽然稀稀疏疏，有的花朵在烈日的照射下羞答答地低垂，有的花朵迎着烈日，却不失它的风采，依然娇艳、从容、淡定。这不就是一种精神的高度吗？桃花的柔情给了我无尽思忖。我想，唯有这里的桃花独领风骚，供游人欣赏，也许她微不足道、非常渺小，然而她不辱使命，懂得生命的真谛。

　　秋天的诗总是让人感物伤怀。此刻，在我的眼里，面前这一朵朵桃花就是一首吟咏秋天的诗，不会因草荒、花衰、叶败而显出疲惫之色，失去自己的尊严。

　　唐朝诗人王维说："古木无人径，深山何处钟。"人已淡去，空花自落，细草芊绵。一旦放下自我，在世界的河流中自在回味，你就会在一朵朵小花之中发现一个宇宙，一个有意义的世界——就像这个偏僻的古村落。

方志敏纪念馆

上饶市怀玉山景区,秀湖烟雨、碧塘风荷、潭瀑溅玉,秀美壮观。车窗外是万丈悬崖,我坐在靠窗的位置不敢往山下看。大巴七绕八拐到了山顶,虽然已是十月,景区却依然人气火爆。来自全国各地的游客涌入这里接受红色教育,体验书院文化,欣赏高山盆地美景,感受这片革命圣地的英雄气概,重温红色革命故事。一群人上山四处游览,到处可见方志敏等英烈们曾经战斗和生活过的痕迹。

1935年1月29日清晨,两个国民党士兵在怀玉山的树林里发现了方志敏同志,他们满怀发财的热望,从方志敏的上身摸到下身,从袄领捏到袜底,最后只搜出了一块怀表和一支自来水笔。方志敏不幸被捕后,在国民党监狱中,表现出了共产党人的坚定信仰和浩然正气。他还在极其险恶的环境中,撰写出《可爱的中国》《清贫》《我从事革命斗争的略述》等狱中遗著,被评价为爱国主义的千古绝唱,凸显了爱国、清贫、创造、奉献的精神。为了可爱的中国,方志敏最终英勇捐躯。粟裕说:"红军北上抗日先遣队的进军虽然失败了,然而由方志敏等同志领导的,广大指战员和烈士们的可歌可泣的战斗业绩,已成为红军斗争史上英勇悲壮的一页,永垂青史。"

怀玉山景区的清贫园、中国工农红军北上抗日先遣队纪念碑,无不印着革命先烈浴血奋战的足迹,歌颂了他们为中国人民的解放而与敌人进行殊死斗争的精神。

红色旅游与"绿色旅游"在怀玉山完美融合,领略这里山川河流的美,瞻仰方志敏烈士纪念馆,对于我们来说是一次很有意义的旅行。

第五辑 杂谭篇

雨的演技

有时,雨滴滴答答,不合时宜地落下。雨幔锁住日光,呼吸透不过人心,篱笆拦不住决堤的洪水,立冬的誓言在雨中瓦解。时间可以冲淡一切,四季更迭。雨,在嫌弃的目光中踟蹰、哭泣。雨对天唏嘘:春雨滋润万物,夏雨引起阵阵涟漪,一场秋雨终抵不过一场寒,冬雨的演技也不过如此吧!雨是水,水是生命之源。殊不知,雨亦是一把双刃剑,暴雨橙色预警响彻东西南北。及时雨、暴风雨、毛毛雨、连阴雨、倾盆大雨,不都是雨吗?雨,漫无目的地游荡;雨,一直存在于天地间,它一直觊觎大地。要怪,就怪雨在忙乱中不讨好地泼洒。是人类的活动和污染紊乱了气候的变幻吧?雨无奈地摇头。实际上,整个夏天都不见雨的踪迹,甚至秋天也觅不见雨的身影。春天倒是有雨,但雨像逃出牢笼的囚犯一样横冲直撞,毁坏了庄稼,淹没了房屋……然而,是雨湿润了大地、拯救了万物。而雨,在诅咒中不堪,在怒骂中崩溃,又在期盼中缠绵,在目光中一泻千里。这就是雨——将自己的双重性演绎得淋漓尽致。雨水汇集成小溪、河流,最后汇入浩瀚的大海。雨,是功臣!譬如,杰出的三峡水利工程,谁说雨没有功劳?雨是爱的使者,雨是倒霉的替罪羊,雨是在天空与大地之间斡旋的大使,雨是生命的源泉。雨就是雨,无可厚非,岂能尽如人意?

只为落一场雪

关注天气,只为落一场雪。暖阳比不过雪的妖娆,炉火比不过雪的柔美,温室比不过雪的煽情,色彩比不过雪的纯洁。一眼洁白、一眼流岚、一眼华耀,无色胜似有色。雪离我很远,又似乎很近。时间阻隔不了空间,久违不是理由。雪千里迢迢,似乎扑面而来。意念中,我仿佛看见,漫天飞舞的六角雪花扑棱着这尘世。臆想将雪捧在手心,世界变了模样。雪,在一夜之间变得缤纷。雪给大地披上了洁白的纱幔,可又在一夜之间幻化成虚无。雪不仅是美的化身,且是魔术高手。雪是美的化身,它纯洁无瑕,曼妙如仙女般,不可侵犯。皑皑雪花纷飞,银装素裹,装点着红尘俗世。雪,宛如天外来客。南国的雪啊,总是吝啬地飘飞,恍若空灵一瞬,行色匆匆。人们像等待了八百年,雪,恍若只在梦里回旋。落雪了吗?没有。可是天气预报明明说今天有雪啊。哦,快下雪了吧。雪却彷徨着,踌躇着。哦,雪,你来了吗?雪却试探性地挥了挥手,转身走了。雪,是我前生的期盼。雪,是我今生的挚爱。雪,是飘忽的化身。落入尘世的雪啊,洁净得容不得一粒尘埃。雪,宛若美人,可遇不可求。落雪了,突如其来的惊喜,再美的语言也抵不过雪花翩翩。千里冰封,万里雪飘。于南国而言，这样的雪景好似镜花水月，一场场关于雪的梦境恰如空幻。不记得多久没下雪了，仿佛已过了几个世纪。在南方，雪虽近犹远，有时，虚幻得看得见、摸不着。期盼下一场雪，等了又等。

告别 2022

惆怅伴随着梦境,一睁眼,天亮了。无形的手翻开了新的一页,2023 年踏着晨雾来了。时间的速度快如闪电,昨天恍若今日。磨盘碾过,记忆的碎片拼凑出味觉的盛宴与光影,甜酸苦辣在岁月里撒野,点缀得一如往昔。盘点 2022 年,点点滴滴如浮云般缥缈,有苦有乐,有悲有喜。生活的那团麻总要理清,抽丝剥茧亦易如反掌。失败和成功像孪生兄弟,付出与收获如影随形。说说自己吧!2022 年,是谁偷偷在我的年轮上刻上了一道深痕?很欣慰那道痕迹值得拥有。我出了一本小说集《潮汐》,梦想从这一刻唱响。人生有多少个梦想能够实现?我不嘚瑟,因为我只是刚刚起步,山高水远,学无止境。2022 年像一个匆忙的过客,一眨眼就不见了。风的阻碍,雨的暴行,都无法阻止年匆忙的脚步。2023 年迎着风徒步而至。这一刻,希望的风火轮是否在天地间彷徨?收获的种子是否在梦里萌芽?

一壶清茶

一夜瞬变

徐徐清风一夜婆娑,吹遍了大江南北。

秋,接过夏的火力棒,迈着碎步姗姗来迟。秋是诚实的、可靠的,也是成熟的。

春天的摇篮孕育着无数的生命和希望,一切都在悄悄地演绎和变化。春的青涩、懵懂、温暖、蓬勃、灵动,在夏季得以成长。磨难总是要经历覆辙与历练,烈焰和拷问压不垮夏天的持久和韧性。

秋,宽容地耐着性子,相信时间可以改变一切。

可是,夏却耍起威风,迟迟不愿离去。夏季漫长而灼热,仿佛要将万物炙烤成灰烬……

秋等了又等,等到银杏黄了,等到万物凋零,等到长江的水干枯,秋愁白了头。

骤然,秋风起,世界瞬变,秋在一夜之间变成了金黄色。可是,冬的脚步声近在咫尺,秋天只好草草收场。人们还没有领略到秋的月色,嗅到大地成熟的味道,秋便一转身不见了。

冬天疾速地登上舞台,演起了变脸。顷刻之间雷公电母唱起双簧,狂风肆虐,骤雨哗啦,白雪公主闪亮登场。

无奈,冬承担起"瑞雪兆丰年"的义务,急不可待地奔来,寒潮席卷,冰封北国,没有一丝一毫妥协。冬天来得也太快了吧?春华秋实你追我赶,冬不能懈怠,将寒冷发挥到极致。因为,只有承上启下,才能对得起苍穹大地。

寒冬封存的是希望,是未知,是可能,是解药。

冬天不冷?夏天何热?

夜在梦中,梦在何处?

一夜辗转,一夜梦幻,归于窝巢。听,突突突……呜——大型船舶驶过黑暗的长廊;听,呜呜呜,运沙船的汽笛穿透前世的薄纱,呼出划桨的"欸乃"声或者"吱呀"摇橹的旧时光。我恍惚看见自己紧张地划着双桨,迎着寒风驶向未知的彼岸。

原来,一切都是风在作祟。

风是邪恶的,也是正义的。

风总是见利忘义,窗外的风呼啸而过,来了又走,走了又来,一阵紧似一阵。风吹散了一切。不,风吹散的是——声音。不不不,风吹散的是旋律,是长江发出的吟咏、长叹和怒吼。诚然,是船在与风抗争。

风总是不近人情,说来就来,说走就走,肆意妄为,风没有一丝一毫的歉意。而船舶总是不计前嫌地谦让着风。狂风来了,船便躲进港湾里不与风一般见识,而风却一意孤行……

风见缝插针,无处不在,反复无常。它桀骜不驯,时而呼啸,时而怒吼。

风又是多情的,时而清风拂面,时而丝丝缕缕,热浪袭来时,风送来清凉。谁说风不善解人意呢?

风终于停了,天也亮了。

我似乎从偌大的摇篮里醒来,仿佛回到了孩童时代。我移步倚栏而立,长江尽收眼底:看,垂柳、红日;看,滚滚波涛;看,千帆过尽。

啊!长江,与我相伴,微妙的梦境同江水一起一路向东!

向东向西

二度搬家,家的前方依然是长江。且不说母亲河养育了多少华夏儿女,我始终依恋着长江,最初的梦想莫过于内心的笃信吧!梦是遥远的抑或现实的,幸运之神总是眷顾坚如磐石的人吗?

滚滚长江向东流,亦如坚定的人格,单调而不负韶华,亘古不变。"不负如来不负卿",又岂能负一江"痴情"?那两岸该装点些什么吧?世间饱含的悲伤、喜悦和过往,最后总是烟消云散。然而美丽需要装扮。看,东方是雄伟壮观的长江大桥,它沟通着南北两岸,恍如鹊桥一般为南来北往的情侣创造着机会。看,西边是巍峨耸立的宝塔,矗立千年,见证着这座城市的喧嚣、浮躁和发展。

冥冥之中恍如隔世,景物,被时光捕捉到,亦是城市之光赋予的魅影。

不,一切美丽动人的印记都是时光的沉淀,云淡风轻,时光也是。

做一个幸福的人

彻骨寒冷,时间指向早上六点。我拉开窗帘,外面灰蒙蒙的,天空无声地叹息。是雨天,还是晴天?我呢喃着轻叹。远眺江面,晨雾弥漫,远航的船舶呜呜地发出怒吼,誓将冲破迷雾。

天上突兀地飘下一颗雨滴,接下来,两颗、三颗、四颗……越来越多,越来越密集,顷刻间天地间塞满了惆怅。是雨,还是雪?是天空的眼泪?是大地在哭泣?不,窗外的木棉花摇了摇头。而茶花则醉红了脸。一阵凛冽的寒风刮来,我瑟瑟地蜷缩着退回床上,抓起一本书,套了件棉服,呆滞、迷茫,没有翻动书页。

冬天像跨了几个世纪,在冬月陡然来了,严寒夹杂着雨雪飘零,连声知会都没有。

我想起了海子的诗句:"从明天起,做一个幸福的人……"

一壶清茶

追剧,仿佛是年轻人的代名词,而我最近也迷上了追剧,是我老了,还是时光不待?

看,你头上有几根白头发。

我知道,有时,拔除腐朽却化不成神奇。

哦,时光不老,空谈和臆想在盘旋,时光携日月一路狂奔。回眸,前世今生。看,云卷云舒;瞧,花开花落。千古不变的日月星辰追随天荒地老,世间万物如此多娇。

潮湿的空气、雾霾的天气,晴空万里、和煦阳光,阴晴圆缺的月亮……一切都在回环和往复,风向一贯都是变幻的。我虚无的大脑里装不下只言片语。谁说打发时间是罪过?人生如品茶,甜酸苦辣充盈。饱满立体的花骨朵,不分老幼,哪有残缺?哪有遗憾?想开了,这就是人生。

哪怕一壶清茶,那也是茶。

"鬼打墙"

我喜欢信步而行,只要有空,就会出去走一走,多年来一直保持着这种习惯。世界卫生组织曾指出,步行是世界上最好的运动。据说北美洲每天就有数万人参加步行运动,在欧洲,步行运动、徒步旅游日益成为时尚。

自从有了"微信运动"程序计算步数,我的步行数据在微信朋友圈内常常排名前列。有了步行记录,便有了动力,总想超越自己,甚至超越别人。有一天自己居然走了三万九千多步,创历史纪录。然而,创纪录的一天也是不寻常的一天,背后隐藏着一段离奇的经历。

那天傍晚夕阳西下,晚霞似一抹红色的颜料,刷红了湛蓝的天空。成熟的季节,空气中飘浮着熟透的味道。乘着微凉的风,我跟妹妹一起从西门出发,沿江堤向东而行。望着江面上各种集装箱船、客船、滚装船、运沙船、渔船等缓缓而行,浑厚雄壮的汽笛声响彻云霄。江边公园垂柳依依,芦苇哗啦啦摇响,与西风絮语,像是缱绻低吟着一首黄昏的歌谣。远处宝塔高耸,与苍穹相融,美景在长江大桥的衬托下,像一幅幅恢宏磅礴的画卷。

我和妹妹边走边看风景,边走边聊天,聊母亲、聊家乡的风土人情、聊自己、聊家庭琐碎、聊疾病、聊儿女,聊一切关于生命和人性的话题。不知不觉,从西门到东门再到北门,从北门到南门再绕到东门,我们沿江而上,循着新建的宽敞的四车道一直走到尘土飞扬的土路上。不知走了多久,我看了看微信运动记录的步数,将近三万步,赶超历史纪录了。妹妹说,我们去他(妹夫)工作的监狱看看,给他一个惊喜(我妹夫是个狱警)。远不远哪?管他呢,反正我们不怕走路,再走十里八里也不成问题。没等妹妹搭话,我自问自答地说。有了目标,于是我们更加兴致勃勃地向前走着。不知走了多久,天幕开始暗下来,江边一个人影都没有,远处高大的建筑如海市蜃楼般诡异。

妹妹掏出手机问妹夫还有多远,妹夫问了我们的具体方位,说还有十几里路。十几里路要走多久啊?因为不熟悉路径,我和妹妹在一处荆棘密布的荒野里迷路了。在城乡接合部的一个农户门口,我们停下来观察,若直行,有一条宽敞的水泥路可以通向大道,左边是菜园,右边是杂草丛生隐约可见的小径,前面是一堵高大的墙,两扇紧锁的大铁门关得严严实实。我说不想走大路,想抄近路从江边往回走。妹妹点头说正合她意。我兀自因黄昏和夜幕下的江景而陶醉着。我喜欢浓厚的乡土气息,那里空气清新,江畔有花花草草,藤蔓青萝,晚风氤氲,江面上乌篷船悠悠,渔家灯火星星点点。无垠的世界是一首激滟的歌,旷野厚重地流淌着大自然的气息。

走了几个小时,我看了看手机,此时天色已经暗了下来。妹妹毫不犹豫地说,你看,我也喜欢走小道,就像到了乡下一样,只要你愿意走,我就陪你走,哪怕走到天亮都可以。受到鼓舞,我哈哈笑道,那好,我们穿过去走江边。我们正在想着乱石杂草中的小道能不能走得通时,看见一个菜农正在菜地里浇粪。

于是妹妹问道,喂,您好!请问这条路能走得通吗?菜农头也不抬地说,你自己走的路,自己看吧!菜农的话等于没说。那么,这条路到底是通还是不通呢?我们只好跟着感觉沿着杂草丛生的小路往前走。穿梭在藤蔓杂草间十几分钟,我们忽然看到一个妇女挎着一个土黄色的布包,像是刚从寺庙上香归来一样,风尘仆仆地迎面而来。妹妹高兴而笃定地说,哦,还好,既然有人走,路一定是通的。于是我们两人撸起裤腿,在暮色下的杂草中一前一后、深一脚浅一脚地走着,腿上被荆棘杂草划出一道道伤痕,但当时并不觉得疼痛。突然,一堵一人多高的砖墙挡住了出路,墙下堆积了很多砖块。妹妹站在砖块上看了看,说,可以翻过去,不知是谁堆砌了这堵供人翻越的墙。我趴在墙头上颤抖,好奇地扫视着墙内,黑压压的,看不清楚。我们好不容易翻过了墙,穿过一大片杂草,眼前是一条宽敞的水泥路,一个阔大的水池里水哗啦啦作响,沿着路走了几百米,又发现同样阔大的水池。看来这儿的水池不止一两个,这到底是什么地方呢?虽然我充满好奇心,很想探个究竟,但我清楚自己此行的目的。我们沿途左看看、右看看,还是没找到出路。好在我们喜欢走路,好在我们有的是时间,心里虽然惶恐,却也不那么着急,于是继续往前走。让我们感到纳闷的是,明明是一条很宽敞的路,走着走着,路忽然变窄,亦模糊不清了,眼睛居然也迷蒙了起来,像做梦一样,心也开始跟着乱了慌了。勉强走了一段路后,隐约看到有几辆小汽车停靠在一处平房前。我们眼睛一亮,有车的地方一定有路,于是走了过去。

什么人?怎么进来的?!一声怒斥,一个矮胖的男人从屋里走了出来,让我们仿佛清醒了。哦,师傅,这是什么地方啊?能出去吗?我小心地问。问那么多干吗?你们怎么进来的,就怎么出去。我们是翻墙进来的。翻墙进来的?就请你们再翻出去。矮胖的男人一点也不客气,再不走就把你们当小偷抓起来!哦,我们走,可我们找不到出去的路啊。我胆怯地可怜巴巴地说。一个大活人,能走进来,就不能走出去?请问师傅大门在哪里?我乞求的声音轻得好像只有自己能听到。大门在东边,自己找,前面有狼狗,自己注意。矮胖男人干净利索地回答道。

我们急急忙忙地退回到似曾相识的路上继续往前走,约莫走了两里路,发现偌大的院子里面有四个大水池。这是什么地方啊?这么多水,这么神秘。妹妹说。

我抬头看了看楼顶上的霓虹灯牌,上有"碧水蓝天"字样,我说,是不是水厂?这么多的水池。你听,水声夹杂着机器声轰隆隆作响。

肯定是水厂,刚才问是哪里,那人不讲,是不是怕有人下毒?要是在过去,还不把我们当特务抓起来了?妹妹认真而风趣地说。

赶快走,如果引来了狼狗就麻烦了,我的话还没说完,两条狼狗就虎视眈眈地警惕地走了过来。我吓得屏住呼吸放慢了脚步,假装漫不经心的样子踏着碎步。

妹妹压低声说,不要跑,你一跑它们就把你当坏人,追着不放。

我当然不会跑,就像有些时候,你想跑,不能跑;而有些时候由不得你,你必须跑,不仅要跑,还要拼命跑。我曾经见到狗就跑,常常被狗追得满世界跑,后来,见到狗都绕道走。特别是十几年前的那次经历,刻骨铭心,我一辈子都不会忘记。我不喜欢狗,恐怕从还在娘肚子里起就不喜欢。当然,狗就更不喜欢我了。狗通人性,知道谁是它的朋友,谁是它的敌人。有一次,我穿上一件自认为很时髦的新衣服——记得是件铁灰色的长罩衫,准确地说是件长袍,当时也不知道是什么眼光。长长的红色的流苏随着我的步伐左右摇摆,宽大的长长的喇叭袖口,长长的裙裾盖住脚踝,大人小孩无不向我行注目礼。街头所有的狗先是被我的气势镇住了,等它们反应过来时,我就遭殃了。头狗带着喽啰、公狗带着母狗、母狗带着小狗一齐向我追来,"大军"压境,势不可当。我吓得拔腿就跑,像离弦的箭一样向前射去,身后一群狗狂吠不已。我想,狗们肯定是把我当成乞丐了,不,比乞丐有过之而无不及,我很纳闷。事后,朋友说,你那件衣服就是件"乞丐服",这不是周瑜打黄盖,一个愿打一个愿挨吗?所以说,狗眼看人低。我想把那件只穿了唯一一次的"乞丐服"长袍送给妹妹,妹妹不要。她嬉笑着打趣地说,鬼要呀,我才不想成为众矢之的。你那件破叫花子衣服扔进长江里喂鱼,鱼都不吃,给谁害谁。鱼吃衣服?难道处于食物链顶端的人类口味变了,鱼的口味也变了?我同样嬉笑着反驳妹妹。那件奇奇怪怪的衣服尽管价格不菲,但我感觉像个鸡肋,弃之可惜,食而无味。

妹妹接着说,你放心,我身上有狗的气味,狗不会咬我。她长期养狗,跟狗有特殊的感情。我吓得心怦怦直跳,屏住呼吸装作若无其事的样子慢慢地走着。妹妹笑着,优雅地翘起臀部,停步、弯腰、伸手,一连串的动作一气呵成,然后亲热地柔声说,狗狗,来,来,来,我认识你,我是你的朋友。说完,她蹲下身来朝狼狗招手。一条狼狗慢腾腾地站在妹妹面前摇头晃脑,另一条狼狗停步静观其变。狼狗伸长脖子,四肢下蹲,用灵敏的鼻子围着妹妹嗅了一圈,然后伸出血红的长舌头舔舐着妹妹的手表示友好,接着往后退了两步,哼哧了几声,算是检验合格可以放行了。妹妹说,还好我认识狗,要不然它们会狂吠不已,追着我们跑,再严重些,也许会被咬到。唉,真是虚惊一场。

我们沿着环形大道转了一圈,没有发现一个路口,也没有找到大门,又绕回到刚才问路的平房处。还好,狼狗也没有走过来,只是站在原处一动不动地朝着我们随意地叫了几声。我们停顿了一会,想了想,还是原路返回,于是瞪大眼睛认认真真地找,但是别说矮胖男人所说的东大门,就连一个路口都找不到。奇了怪了,我们走了一圈又一圈,转得我头发晕,似乎还是在一个圈子里打转,绕不出来。我心里咯噔一下,完了,今天恐怕绕不出去了,脑袋好像被什么东西蒙住了。妹妹说,好像是遇到"鬼打墙"了。我不相信是"鬼打墙",传说中的"鬼打墙"应该是在野外或者原始森林里,哪有在城乡接合部的?这儿除了南边是长江外,往东西北方向几里地都是人声鼎沸、喧哗吵闹的街市,只不过,我们正处在被城市遗忘的角落或是城市的缝隙里而已。可能是脑子一时"短路"。妹妹忽然灵机一动,哦,对了,刚才那矮胖男人说,你们怎么进来的,就怎么出去。于是我们决定放弃寻找大门,转而在丛生的杂草中寻找翻进来的墙垣,但也不好找,找了足足二十分钟才找到。翻墙过去后,沿着菜园直走,宽敞的水泥路终于通向了公路。我们一边走一边留意矮胖男人所说的东大门。果然,沿公路走了一段距离后,我们很轻易地就看见高大气派的水厂大门,果然是自来水厂,难怪那么神秘。真奇怪,这么大的门,这么宽敞的道路供汽车和职工通行,在水厂里面我们眼睛都不敢眨一下,但就是找不到。妹妹用"鬼打墙"来解释我们迷路的原因,虽然我不相信这个说法,但也找不到一个合适的理由来反驳。

  这么大的自来水厂,这么严谨的工程,看上去戒备森严,水厂难道没有发现这么大的漏洞?人们可以翻墙出入,那么,砌那么高的防护墙又起什么作用呢?

层层疑问像迷雾一样缠绕着我,于是我和妹妹决定,在某个白天,进入水厂参观,一定要探个究竟,以解开心中的疑惑。

放下时光

时值仲夏,马路两旁水果飘香。嗅着香甜的水果味道,我们方知到了安庆的后花园——杨桥。

罗岭,杨桥的延伸,猜想、好奇,你不言,我不语,扑朔。

润家生态园坐落于罗岭一隅,溢满芳香,郁郁葱葱地一路蜿蜒,五公里嵌满鲜花的路是村民散步地点。

曾经那个乡村的中学老师,一个严厉却也羞涩的姑娘,一双美丽迷人的大眼睛,甩着粗长的麻花辫子,疑是"村里有个姑娘叫小芳"!那绽放的花朵,洒落一场场酸涩亦甜美的回忆。

谜一样的姑娘嫁作人妻成了军嫂。面对抉择,她迷茫、犹豫、彷徨,她问山,问水,问自己将何去何从。

从青年到中年,她披着月光,踏着晨曦,一路追随夫君,在海岛上守卫……

二十多年过去了,原来,她的心是火热的,追求永不止息。

时光的洗礼,明媚了时光,花开花落,岁月不老。

轮回,带着惆怅,些许喜悦,叶落归根。

创业、坚守、蓄势待发,前方的路永无止境。

入园,映入眼帘的是满眼繁华,不远处的池塘满是绿色,如盖的荷叶,点缀着白色和粉色的花瓣,清雅地摇曳……

生态园门口,一个穿着碎花连衣裙的清瘦女子向我们招手致意。我被她那高挑苗条的身影吸引,猜想她一定是润家生态园的创始人章玉岩女士吧。女子锥子脸,透出优雅气质,看不出年龄,但她沙哑低沉的嗓音多少也透露出年龄。这是一个温柔亦有故事的女子。

一行人重拾"梦境",徜徉在果园里,赏桃、摘蓝莓、观景。

山坡上数不清的桃树,硕果累累。一个个蟠桃红绿相间,沉醉不语。难怪有半夜偷桃的人,顶着月光偷吃这人间的仙桃呢。

蓝莓园美得像个仙女,一身紫衣的她披上白纱裙。熟透的紫、青涩的粉、纤柔的绿,惹人怜爱,不忍下手。

一颗蓝莓入口,犹如拥抱整个世界的甜美。

青山如黛,迤逦远去,犹如波浪起伏。阳光涂抹在一座座山峦上,天地顿时流光溢彩。山脚下,山水碧绿,或成水塘,或成湾沱,或成湖泊。翠绿的静静的湖泊,在开阔处磨出镜片,折射天光。风过处,水鸟越过水面,翱翔、俯冲、舞过,方见水流缓缓流淌。

放下时光,追寻……许是今生的向往!

灯 光 秀

在庆祝新中国成立70周年的伟大日子里,北京、上海、广州、深圳、杭州、南昌等城市,为祖国母亲的生日举行了灯光秀。全国人民欢聚一堂,热烈而激情地观赏那美丽而神圣的夜之光,就像在国庆70周年大阅兵开幕式上,《我和我的祖国》久久回荡在中国大地上一样。而我,有幸亲眼见证了南昌秋水广场庆祝新中国成立70周年国庆灯光秀。

与祖国同庆,与祖国共同成长。为记住、见证、纪念这一神圣而有意义的日子,怀着美好的憧憬和愿望,女儿和女婿同全国众多年轻人一样选择在国庆节期间结婚。参加完女儿女婿的婚礼,一切安排妥当,傍晚,我们便早早地站在酒店的窗前,俯瞰秋水广场,期盼看到为祖国母亲生日点亮的灯光。

站在酒店最高处,凝视着远处的八一南昌起义纪念塔,我心潮起伏。八一南昌起义纪念塔,早已成为英雄城市的标志性建筑。

看近处的秋水广场,空气中弥漫着节日气氛,到处张灯结彩,五星红旗随风飘扬。秋水广场中央硕大通红的展灯醒目地照耀着整个广场,上书"不忘初心 牢记使命"八个铿锵有力、鲜艳夺目的大字。被国庆的节日氛围渲染，目之所及无不是欢腾雀跃、喜气洋洋的景象。江岸上红旗招展，滚滚长江带着笑意以千古不变的姿态奔涌而去。不远处的英雄大桥、八一大桥和南昌大桥仿佛并驾齐驱，气势磅礴，宏伟壮观。特别是八一大桥北端有两只威武的石狮子雕塑，寓意"解放思想，实事求是"。有趣的是大桥南北两端有两只猫的塑像，一黑一白。黑猫的爪子压着一只老鼠，老鼠抓着一枚铜钱；白猫跃起，准备扑向黑猫手中的猎物。这让我想起了那句在历史的进程中响彻中国大地的话："不管白猫黑猫，会捉老鼠就是好猫。"

此刻的我心潮澎湃，激动不已，放眼望去，秋水广场不远处的滕王阁巍然耸立于赣江之滨。滕王阁无人不晓，早已是一座享誉海内外的千古名阁。

滕王阁与秋水广场遥相呼应，两者互相映衬。王勃在《滕王阁诗》中写道：

滕王高阁临江渚，佩玉鸣鸾罢歌舞。
画栋朝飞南浦云，珠帘暮卷西山雨。
闲云潭影日悠悠，物换星移几度秋。
阁中帝子今何在？槛外长江空自流。

由此可见滕王阁非同一般的历史渊源，如今的滕王阁有江西省博物馆之称，因惊世大发现而令世界瞩目。国人都知道，南昌汉代海昏侯国遗址考古惊世大发现，一个贪婪的盗墓贼，打破了小村的宁静；一个及时的报警电话，揭开了2000年前侯国的神秘面纱……

秋水广场，其名正是出自王勃的名句："落霞与孤鹜齐飞，秋水共长天一色。"秋水广场以音乐喷泉为主题，是集旅游、购物、观光为一体的大型休闲广场。人们可一边欣赏音乐，一边观赏滕王阁美景。赣江对面的高楼大厦，在灯光的映衬下显得格外绚丽，与秋水广场周围的建筑一起，以赣江为中轴，形成了一个完美的整体。滕王阁则精致美观，楼台亭阁的布局，飞檐翘角的外形，在七彩灯光的映射下美不胜收。

晚上七点半，秋水广场的上空忽然亮如白昼，礼花齐鸣，烟花嵌满整个天空。秋水广场音乐喷泉，绿色的激光图案打到喷泉上，随着音乐不断变化，游客看到一个更加富有动感的喷泉，灯光秀更是令人眼花缭乱。我相信，此次南昌秋水广场为庆祝新中国成立70周年而举办的灯光秀，将会带给人们一场空前的视觉盛宴。

为了更真切地看到炫目灿烂的灯光秀，我们飞也似地跑下楼，拥入人群中。此时，道路上拥挤不堪，人们争先恐后地步入广场，人群已将秋水广场挤得水泄不通。令人惊讶的是，刚刚还人头攒动、车水马龙的道路上，此时已不见了车辆，只剩下人流，人们井然有序地奔赴目的地。令人赞叹和不解的是，面对如此拥挤的路面，人满为患的广场，交警是怎样做到在如此短的时间内迅速行动,使混乱的局面变得如此井然有序的呢？我想,一定是交通运输部门提前做出了预案,交警很快实施了交通管制,人满为患的混乱场面,才得到快速的控制。此刻,只见到处是执勤和维持交通秩序的交警,没有了车辆,道路变得顺畅起来。人们交口称赞,纷纷为交警的应急处置能力竖起大拇指。

瞭望广场外围,鳞次栉比的高楼大厦,霓虹灯变幻的图案以五星红旗为主题,光影交错,绚丽夺目。其中两座并排而立的摩天大楼最为醒目,高耸入云的大楼交替地打出红艳艳的党旗、国旗、军旗,变换的字幕依次为"庆祝新中国成立70周年""不忘初心　牢记使命""英雄城市　文明南昌""美丽南昌　幸福家园"。秋水广场外围的标志性建筑和灯光的完美组合,交织成了南昌昨天、今天和未来的交响曲。

我们选择了一个最佳观赏点,倚栏而立。此时的秋水广场,摩天轮也变成一个巨大的时钟,色彩斑斓的灯光,构成一幅惊艳的画卷,令人恍若置身梦境,目"灯"口呆。今夜的南昌成了不夜的英雄城,今夜的秋水广场的灯光、夜景及喷泉叫人百看不厌。此时此刻的秋水广场,人声鼎沸,成为欢乐的海洋。音乐声婉转悠扬,缓缓而起,喷泉随音乐的节奏缓缓喷出。时而像一个含羞的少女,扭动着婀娜的身姿;时而又变幻成无数的七彩飘带,在风中起舞,在水边飘逸;时而又变成一条白色的巨龙,直插云霄,气势如虹。

我们移步欣赏完红谷滩秋水广场的美轮美奂的灯光秀和赣

江夜景后,依然流连忘返,意犹未尽。

　　站在南昌红谷滩秋水广场灯光秀现场,人们群情激昂地齐声唱响《今天是你的生日》这首脍炙人口的歌曲,祝福祖国母亲生日快乐!

放血及针灸

　　这是一所不起眼的私人中医针灸诊所,从一个小门面进去上二楼。进门,我和老公两人交了四十元挂号费,一看,百来平方米的医疗室里挤满了人。有站着的病人,有坐着的,大多是等着放血和针灸的人。两个医疗间的床上,"卧"无虚席,病人背上、头上扎着银针。凳子上、靠椅上都是人,病人腿上、手臂上的银针随着肌肉的抖动而颤抖。

　　哪位是陈医生？我问。那位是。一位忙碌的医生转头看了一眼,一位正在扎针的医生说。

　　听说陈医生是市中医院出来的内科针灸专科医生。传闻说他能治百病,特别是针灸和放血疗法,其效果被说得神乎其神。

　　我们也是慕名而来。

　　中医放血疗法最早的记载可以追溯到《黄帝内经》,是一种历史悠久的医疗手段。通过放出适量的血液,可以起到调节气血、平衡阴阳、促进血液循环、消除瘀血、止痛等作用。

　　放血,我早有耳闻,但亲眼看到后,还是有些不寒而栗。

　　前几年,跟几个朋友去一家专门利用放血美容整形的门店放血。门店装潢得富丽堂皇,几个穿白大褂的人进进出出地忙碌。因为早有预约,所以很快几个朋友都被安排在床上放血,唯独我不敢。身穿白大褂的人用一根细针在放血的人背上快速地刺着,等刺出密密麻麻的针眼时,立马拔罐。一个人背上一般有六到八个罐,血从密集的针眼里冒出来,瘀堵的人血是黑褐色的,量也多,最多的有半罐血,倒出来像凝固的鸭血一样。有一个朋友的罐子里只有一点点血,放血的白大褂说,没有血是因为没有吃他们店里的韩国进口的化瘀产品。朋友问,这个进口的产品多少钱?白大褂说,一个疗程三万多元。一位朋友放血后感觉眩晕,脸色苍白。她说自己贫血。贫血的人不能放血,这是起码的医学常识。我们感觉这是一家不正规的店,只顾赚钱,没有把患者的实际需求和身体健康放在第一位。放血疗法主要针对气血瘀滞、热毒蕴结、寒邪凝滞等病症,能起到较好的缓解疼痛和治疗的作用。对于体质虚弱、贫血等人群,应慎用或禁用放血疗法。

于是我们质问白大褂,她说,就不收你们这位朋友放血的钱了好吧。有朋友说,这不是收不收钱的问题,如果出了医疗事故怎么办?谁负责?这也说明这是一家极不负责任的店,利益高于一切。放一次血九百元,收费高得吓人不说,逮人就放血,也不符合医学常识。

我的左手大拇指患腱鞘炎,一开始,大拇指弯曲、伸直的时候会像开关一样咔嗒咔嗒作响,半年后伸不直了,还伴有酸痛。陈医生说,注射一针封闭针看看会不会好转,如果不行,就要做小针刀。

　　注射封闭针前要打麻药,打麻药有些痛。注射封闭针时,我紧闭双眼,痛得龇牙咧嘴,但十几秒就结束了。针拔出来后,感觉不是那么痛了。

　　我老公这两天忽然腰疼,他听我说了陈医生的神奇医术后,立马就要去陈医生那里治疗。我们觉得陈医生是从中医院出来的专科正规医生,医术肯定没的说。再说也省了在大医院挂号排队检查及拍片的麻烦,还省下一些不必要的花费。

　　陈医生说我老公腰疼是瘀堵所致,要放血。我老公是个怕痛的人,陈医生扎的时候,他手和头抵住墙壁站在那里发抖,从扎的点往外喷出乌黑的血,他扭过头看。医生说不能动,一动血就出不来。乌血顺着他的腿肚子呈三条线往下流,地上垫着的病护垫一摊一摊全是血。十几分钟后血不流了,出血口像自动关闭的闸门。

　　陈医生在我老公腰部扎了几根银针,他笑着说,肉太厚了,针扎不到底。我说,拿长一点的针。他说,这已经是最长的针了。七八根银针在我老公腰部随着腰肌剧烈跳动而抖动着,老公蹙眉说好难受。一旁的医生说,肌肉越是跳动得厉害,说明针灸起的作用也越明显。

　　我在医疗间好奇地踱来踱去,看针灸的人,看放血的人。一个七十岁左右的老头腿部静脉曲张得厉害,陈医生在他的腿上扎了几个点,乌黑的血喷射而出……

老头说他胃部和胸部很不舒服,晚上疼痛得睡不着觉。陈医生看了看他的舌头底下,老头的舌头底下有两根粗黑的筋带。陈医生说,你内脏拥堵很严重,要放血。他叫老头伸出舌头卷起来,疾速地往老头的舌头上扎了两下,老头还没反应过来,陈医生立马把老头拉到一边的水池边说,快吐出来。老头趴在水池上哇哇地吐出许多乌紫的血块,接下来又吐出大量的乌血。十几分钟后,老头吐完血,擦完嘴,坐下来休息。老头女儿问,舒服些了吗?老头说,嗯,舒服多了。

我们屏蔽和打击那些利欲熏心的不法商家对中医疗法的扭曲和亵渎,弘扬和传承国粹。

不管时代如何变迁和发展,中医针灸和中医放血疗法必将永存。不变的是,小银针,大乾坤,中医针灸遍布世界各地,被广泛应用。中国针灸,国之瑰宝,医之精髓,药之不达,唯针可到,可谓是实至名归。

吃　瓜

　　昨天,我去菜市场买菜,路过一个地摊,地摊上摆着甜瓜、香瓜还有辣椒、豆角、空心菜之类的新鲜蔬果。我问,香瓜怎么卖呀?四块一斤。便宜一点,我买几个。我习惯性地说。你多买几个,我给你三块钱一斤。

　　我一看,一愣,这个卖菜的女人可不一般。

　　我买菜时从来不注意菜贩的长相,除非经常买菜的摊位的摊主或者特别热情熟络的菜贩,我才记得住他们的长相。菜贩子主动让价一块钱,印象里好像不多见,也许这就是缘分。我定睛一看,这是一个精心化了妆的五十岁开外的女人,细眉大眼,编着两条不粗不细的辫子,偏分的头发上夹着闪亮的夹子,嘴上涂着口红,脸上抹了防晒霜,由于出汗,有些花了。她看我在看她,有些不好意思,说,你去我家玩,我家好多瓜,西瓜、甜瓜、香瓜都有,随便吃。第一次见面就叫买菜的人去家里玩,我也是第一次见到。我笑道,看样子,你年轻的时候很漂亮。现在老了,没我年轻的时候好看。她说。好,有空我去你家玩,你家在哪里?在大渡口,离渡口不远。哦,有空我去你家买菜。你去我家就不用买了,我家好多菜,还有瓜,我送给你。不用,我买。我说,我怎么找你?我们加个微信吧,你用微信吧?我玩微信,我还玩抖音呢。说完,她一手拿一个瓜硬要塞给我。我自己家种的瓜,甜着呢,拿回去吃。我怎么肯收下她的瓜呢?于是我在她的摊位上买了些空心菜和辣椒。有空去你家玩,我喜欢乡下。离去时,我说。

一般卖菜的人很少有化妆的,特别是摆地摊的那些菜农,穿着就更随意了。我喜欢买菜农的菜,一是图个新鲜,二是吃起来也放心,更感觉比超市和菜市场摊位上的菜好吃。

看到瓜,我便想起大妹种的瓜了。

大妹种了几分地的瓜。视频里,大妹摘了好多的瓜,有西瓜、甜瓜、香瓜,看着嘴馋,但家离得远。我对大妹说,看得到吃不到。那你回来呀,随便你吃,随便你带。

在过去那个贫困的年代,哪里有瓜吃啊?!别说吃瓜,有饭菜有红薯吃就算不错了。过去,红薯是粗贱的食物,没想到现在竟是城市里的珍贵食物了,人们还时不时买来吃。

记得小时候,有一次,我们家正在吃饭。说是吃饭,其实是母亲将红薯与米一起煮熟,捣碎后和米饭放一起搅拌,然后给我们吃,我们像吃药一样难以下咽。当时,邻居大妈送来一个甜瓜,是被什么动物啃食了个洞的甜瓜。母亲把那个洞挖掉,然后分给我们姐妹吃。我们吃得津津有味,觉得这是我们吃过的最好吃的瓜。

如今,香蕉摇身一变,成了炸串,可以卖比之前高几倍的价钱。

同样是红薯,被制作成各种包装精美的食品。

而吃瓜就像吃饭一样容易。

在现在的好时代,我们想吃什么就吃什么,不会为吃而纠结。

时代的改变,使我们验证出许多事物的珍贵或卑贱、美好或丑陋,一切只是心的感觉而已,并没有一个固定的面目。心如果不流转,事物的流转就不会使我们失去对物质价值的思考;而心如果浮动,时代一变,价值观就变了。

祭拜陶渊明

历史的车轮滚过漫长的岁月，它的扉页上记载着：一千多年前，江西九江有一个男孩出生了，他将开创魏晋南北朝文学的又一座时代高峰，并成为中国传世文脉的丰碑。他就是中国古代伟大的文化巨匠和诗人——陶渊明。

那天，暮霭沉重，山渐渐显得神秘起来。我们与九江市文联和作协一行人一起恭敬而肃穆地站立在陶渊明墓前，似乎感受到世俗喧嚣已然被浇灭，天地间只剩下被雨统一的宁静，被雨声阻隔的寂寥。人人悄然归位，规规矩矩地在雨幕的包围中默默站立。外界的一切统统被无视，但见雨中的人们神情特别专注虔诚，谁说不是在认真聆听陶渊明的绝世诗句呢？

结庐在人境，而无车马喧。问君何能尔？心远地自偏。采菊东篱下，悠然见南山。山气日夕佳，飞鸟相与还。此中有真意，欲辨已忘言。

在大雨中，在陶渊明墓前，他的这首著名的诗在人们的耳边回响。当作家们以崇敬之心集体朗读这首诗的时候，仿佛离这位伟大的诗人虽远犹近,崇拜和敬仰之情油然而生。

大家神情庄重,缄默不语,向陶渊明墓三鞠躬。

因此,哪怕有雨,哪怕电闪雷鸣,也撼动不了人们默默地为陶公祭奠的决心。

陶渊明着迷于自然,他以自己的诗句展示了鲜明的文学主张,呈现出一个完整的审美系统。陶渊明创造了一种以"田园"为标志的人生境界,形成了一种千年不移的文化理想。

我最喜欢《桃花源记》里的著名诗句——芳草鲜美,落英缤纷。不知这金句醉倒了多少华夏儿女?

陶渊明与彭泽县有着无尽的渊源。当我听到有关陶渊明的话题时,发现其总离不开"彭泽"两字。我是九江市彭泽县人,为此,无形中我为彭泽县感到骄傲和自豪。

陶渊明曾在朝廷做过几年小官,最后一次出仕,做了 80 多天的彭泽县令即辞官回家,以后再也没有出来做官。陶渊明厌倦官场的污浊与腐败,向往田园,遂回归故里,从此隐居,融于天地万物之中。田园生活是陶渊明的诗的主要主题,他的作品《饮酒》《归田园居》《归去来兮辞》等,无不呈现出脱离仕途的轻松之感,以及返回自然的愉悦之情。

陶渊明写出了千古佳作,为中国文脉增添了前所未有的自然之气、洁净之气、淡远之气,而且让中国文脉跳开了非凡人物,而从凡人身上穿过,变得更加通俗了。

陶渊明留下的文化遗产流芳千古,在中国历史的长河中奔涌流淌。

宋朝著名的思想家、哲学家、诗人朱熹曾对陶渊明、李白都有很高的评价,认为陶渊明平淡中含豪放,暗藏深意,而李白则有"清水出芙蓉,天然去雕饰"的自然美。

李白同样仰慕陶渊明的人品和诗作,并作了一首《戏赠郑溧阳》以表赞叹。

任何年代,人类都会崇拜历史上的伟大的文化巨匠。同样,世人无不为陶渊明的超凡脱俗、酷爱自由,以及在官场中不愿为五斗米折腰的气节所折服。

青山应如是

记忆的碎片

　　雅安在微信中说想请我为第六十六期的"情感客栈"撰文，写什么题材都可以。说真的，当时我又惊又喜，好长时间没有写这类题材的文章了。几年前做过《杂谈周评》，近几年来因为种种原因而沉寂了很久，偶尔来论坛也只是来去匆匆。因此，我根本不知道"情感客栈"到底是怎么回事，什么内容，所以有些担心自己做不好。雅安鼓励我说，不要有压力，随意就好。上星期"漫长"版主回复我说，我的《四季无恙》就可以做"情感客栈"的内容，他说可以叫雅安帮我弄。我当时没弄明白怎么回事，便懵懂客气地说，雅安跟你都很忙，还是算了吧。漫长，你可能觉得我有点可笑吧，我自己都觉得自己可笑呢。

　　当我提笔的时候却发现无从下笔，准确地说，离我曾经尝试认真地"码字"，已经过了很久，而那些真切的岁月，依然包含新鲜汁液，在记忆中依稀可见，我知道它们仍将继续。

　　原来有些事真的是不经意地散落，有些人真的是出乎意料的命中注定……无论上天给我怎样的躯壳，我都已上演了几十年的人生剧目，其中不乏悲欢离合。一些人、一些事就这么明明灭灭地刻在沿途的风景中成了过往，我学会了安稳、学会了淡忘、学会了铭记、学会了坚忍,学会了很多很多。

辗转中的快乐在百转千回中碎成一地,然后拾掇拼接、重归于好,却是那样的不合缝隙。那就随风飘散吧。

现在,当我回头来看过去的那些过往和碎片时,读者的包容、理解和信任,带给我继续创作的动力。

换作现在的我们来面对它,那种笑中所带的自嘲而澄澈的心情,表明我们不曾虚度这些年的岁月。因为,我们最终获得了成长。

不知道为什么,当我想起那些走得足够远的人的时候,首先想起了你——雅安。记得那个时候,我们一见如故,以姐妹相称,虽然不曾见面,却似曾相识。

感谢很多人,曾经,他们与我一起构架起充实愉悦的桥梁,并且使那些过程充满了可贵与美好。一些人或许从不参与其中,或许从不知道构架桥梁的辛苦,而我也没有忘记坚守。也许放弃是不负责任的,就像寒冬的蜡梅,将朵朵绮丽都呈献给了别人。那些隐忍的伤痕,只能等待自己去抚平。

"缘"来如此——就像我曾经写的一首诗:"与你相知相识,愿生命中有你,一切都在不经意时明媚,阳光,雨露,花海重逢。"

青山应如是

升　金　湖

　　一直想去升金湖一睹它的芳容,一直向往"鸟类的天堂",想看候鸟展翅飞翔的画面。我虽然离升金湖不远,却一直没有机会去,心里念念不忘。忽然接到通知——随三市(安庆、池州、芜湖)采风团去升金湖采风,我自然非常高兴。

　　升金湖是国家级湿地自然保护区,2015年被编入《国际重要湿地名录》。每年到升金湖越冬的鸟类数量达10万只左右,其中国家一级保护鸟类6种,二级保护鸟类23种,越冬的鹤和鹳共6种,故升金湖有"中国鹤湖"之称。保护区内的湖泊、河流、丘陵、灌木丛、草丛、针叶林、野生动物等构成了复杂多样的生态环境。保护区内有5个植被型组,11个植被型、37个群系,植被丰饶且呈多样性。自然保护区内物种资源丰富,有水生植物84种、兽类32种、两栖爬行动物25种、鱼类62种、鸟类175种,丰富的动植物物种体现了物种的多样性。

　　我们到达升金湖时,天空依然灰暗,有人说可能要下雨了,但天气预报显示是阴天。我想,要是晴天来观赏那该多好哇。心潮澎湃地放眼望去,升金湖湖面宽广,但遗憾的是——露出的浅滩几乎看不到水面,水位退向更远处,远处的湖面影影绰绰似海市蜃楼。

　　湖面的浅滩中出现了浅浅的水洼,水洼上平躺着宽大翠绿的叶片。这么大的叶片显然是睡莲的了,只有莲才有这样温情柔美的风姿,像一个个娇羞的低头不语的少女。我忽然担心起来,看样子,如果不下雨,这里的水肯定就要继续减少下去,而这些美丽的睡莲岂不就要干枯而死了?我的心不由得揪了一下。还有不远处铺散在潮湿泥土上绿油油的菱角菜,想必也非常渴望雨的滋润吧。

　　微风拂过面颊,我深吸了一口清新空气,忽觉神清气爽。感谢大自然赋予动植物们大好的自然风光和优质的生存环境。忽然好羡慕那些住在升金湖畔的村民,他们每天可以看到各种候鸟,看到湖泊,看到纯净清澈的湖水,呼吸新鲜空气……

　　湖岸高大青翠的芦苇吸引了我的目光,只见芦苇随风摇曳着,美不胜收。芦苇有上下两种颜色,上面是灰黄色,下面是翠绿宽大的长条叶片,非常有画面感。走近一看,原来上面灰黄色的是老化芦苇变成的干草,上端的芦花仍在随风飘荡。我不觉感叹,啊,这样强烈对比的层次感真的是太美太好了,于是赶紧拍照留影。

　　湖边的野草、野花数不胜数,同行的人中正好有一位对花草有研究的老师,我们边看边问,老师边走边给我们解答。这个是什么?那个又是什么?一蓬紫色的花朵铺展在地面上,非常绚丽多姿。那位老师说,这是紫花地丁,紫花地丁有白色和紫色两种,植株低矮,观赏性高。接着,我们认识了开白色花的是碎米荠、雀蛇草等;开紫色花的是刻叶紫堇、紫云英、半枝莲等。野草有车前草、荒野豌豆、通泉草、宝盖草、粘毛卷耳等。一簇簇狗尾草在风中招摇着以显示它们的存在。看湖岸高处,一大片碧草迎风飘动,似绿色的飘带般翩翩起舞。我一瞬间感觉自己像来到了草原上一样。第一次看到这么多没见过的美丽的野生花草,我们兴奋不已,一路叽叽喳喳。

沿着一条崎岖的土路来到了湖岸更高处,阵阵凉风迎面袭来,既有清冽的水汽,又有清新的田野气息。登高看远,眼前忽然呈现出另一番景象,一望无际的湖水明亮如镜,春风吹拂着蔚蓝色的湖面,荡起微微的涟漪,风儿裹挟着朵朵浪花溅到湖面上。刚才没看到湖面时的失落感一扫而空,此刻,心情飞扬。湖边停靠着一只小小的木船,被浪花拍打着一摇一晃,有人坐上去拍照。我是第一个发现小木船的,也兴奋地拍了一张又一张。

一只水鸟在广袤的湖面上盘旋翱翔,时而俯冲,时而昂首向上,忽然又绕了个360度的大弯飞回到它刚刚落地的地方,展翅抖抖身上的羽毛,伸伸腿,单腿站立旋转着跳起了芭蕾。哇,这只鸟真漂亮,白色的羽毛,只有肚皮和尾部的几根羽毛是灰色的。它高挑、纤瘦、细长腿,可能是鹤类。湖面上鸟儿不多,只看到几只不同的水鸟飞过,可能我们来得不是时候吧。一般来说,候鸟在三月份迁徙,幸运的话,四月份适当的时候还是会观赏到很多鸟类的。

我们今天看到的湖面只是升金湖的冰山一角。回程途中，汽车离开升金湖，行驶了将近一个小时后，我却忽然看到升金湖水波粼粼的湖面，没想到走了这么远，升金湖依然还相伴在身旁。

领略了升金湖、草坪、野生花草的美景及风姿……收获了满满的开心和快乐。

挣脱生活的束缚，逃离城市的喧嚣，回归宁静，放飞心情，到大自然中去走一走，呼吸新鲜空气，是当今生活在钢筋混凝土中的人们最向往、最轻松、最快乐、最惬意的事。

青山应如是

走出去，飞回来

　　清晨，阳光普照下的瓜蒌园，日光的香味不经意地存在于空气中，你闻到了吗？而阳光不声不响、不急不躁，或热烈，或温暖，或安详，或明媚。此时，一个绰约柔雅、不惑年华的女子，着一件淡粉色羊绒大衣，披着晨光，呼吸着新鲜空气，迎着田野的风。她抬头望去，东湖村生态产业园基地一望无际，远处光伏发电站隐约可见。她站在偌大的瓜蒌地里独自赏景。青翠茂盛的瓜蒌藤欢快地爬满棚架，瓜架下，瓜蒌挤挤挨挨，一个个、一簇簇，有的已经成熟，有的仍在蓬勃生长，青绿色的瓜果满腹希望地沉坠着……斑驳的阳光洒在地垄里，美不胜收。这名女子是谁呢？只见她掏出手机，调整好镜头，从不同的角度拍了好几张照片。她满足地嘴角上扬，笑意荡漾开来。

　　国枝，来瓜蒌园散步呢，这里空气清新、景色独特，我也喜欢来这里走走看看，还是回乡创业好吧？不知什么时候，村妇女主任简爱从挂果的瓜蒌地里钻了出来。徐国枝应道，嗯，好美，几十亩的瓜蒌都结满了瓜果，今年瓜蒌大丰收啊！是啊，现在大石乡发生了翻天覆地的变化，东湖村不仅荣获"安徽省农村电商优化示范村""美丽乡村建设省级示范村""太湖县科普示范村"

"太湖县'妇女之家'规范化建设示范点"等荣誉称号,还流转土地几百亩,建设光伏发电、种植、养殖等产业基地,解决了贫困户务工问题,带动贫困户增收,建档立卡的贫困户已经全面实现脱贫。你也是乡村脱贫攻坚战的参与者啊。简爱激动地说。主任说得是,现在的东湖村今非昔比了,我只是做了我应该做的。徐国枝答道。

徐国枝为家乡的父老乡亲创造和提供了就业机会,为脱贫攻坚奉献了一份力所能及的力量。当然,她也是返乡创业扶持政策的受益者。当初她和丈夫在忽遭变故后毅然返乡创业是正确的,现在终于有了成就,企业正在蓬勃发展,她自己也成了县里的能人。可惜他已经不在了,她的心酸楚了一下,往事一幕幕浮现……

十几年前的一天清晨,徐国枝拉开堂屋大门,风呼啸着倒灌进她家的瓦房,冷飕飕的。她哆嗦着打了个喷嚏,冲里屋喊快起来,再磨蹭就赶不上去宁波的汽车了!好了,马上,我多收拾几件衣服,省得花钱去买。拿那么多行李都够呛,衣服带差不多就得了,出去打工哪有那么多讲究?走吧。来了来了,催死了。丈夫忙不迭答道。

汽车到宁波的时候快到下午两点了,徐国枝斜挎着一个黑褐色的皮革包,双手拎着大包小包。她的丈夫肩上扛着一个硕大的鼓鼓囊囊的蛇皮袋,里面装着被褥、脸盆、毛巾之类的生活用品,一只手拉着一个破旧的拉杆箱。两个人风风火火地走在熙熙攘攘的街头,与大街上的景色和人流格格不入。徐国枝的丈夫是个粗心大意的潦草汉子,对什么都无所谓,他大步流星地走在大街上,仿佛对一切熟视无睹。夫妻两人性格互补,徐国枝则是个纯朴含蓄还有点羞涩的小女人,面对人们异样的目光,她躲闪着,尽量不去观注大街上的眼眸,尽瞅街道两旁的旅馆。她想,得先把东西放下来,再去找工作。他们左找右找,终于在一条僻静的巷子里找到了一家小旅馆。小旅馆倒是干净,房费也不贵,就是房间小得像鸽子笼一样。除了一张狭窄的床可以睡人,其他什么东西都没有,他们只得把行李堆放在床边的地上。

他们因为文化水平有限,辗转了几个地方都没找到工作,这时徐国枝才真正体会到"知识改变命运"这句话的意义。家乡太湖县百里镇尊师重教,而孩子们更是不比吃穿只比学习。她为家乡骄傲的同时,想到如果自己有文化,上了大学,哪怕念了中专,学了一技之长,也不至于像现在这样落魄——找不到工作。

夫妻两人辗转几天后,只得在宁波市市郊一家橡胶厂里做最苦最累的活。橡胶厂工作环境恶劣,工资待遇低,干了半年,夫妻俩觉得难以维持生计,于是产生了另辟出路的想法。听说小吃很赚钱,他们便取出全部积蓄,报了一个烹饪培训班,学成后租了一个沿街店铺,一家小吃店就这样开起来了。夫妻俩吃苦耐劳用心经营,小吃味道好、价格公道,顾客吃了都竖大拇指,店里慢慢有了回头客。也许是老天垂怜他们,小吃店生意越来越好,常常顾客盈门。五年后,两人开始畅想未来,一个个计划在他们脑海中盘旋……

那一年,徐国枝的小女儿出生,添丁进口财源滚滚,夫妻俩满怀希望,喜不自胜。然而,下半年,一场变故在悄然间迎面而来——她的丈夫病倒了。冥冥中注定在你生命里出现的、停留的、远去的,或许都是一种不可违的宿命吧!眼看梦碎了,但是,内心倔强刚毅的徐国枝偏偏不认命。

丈夫生病倒下后,徐国枝没有被突如其来的厄运压垮,她筹划着自己今后的出路。十岁的儿子正在老家读书,何不回去一家人在一起呢?她既可以照料生病的丈夫又可以照顾一双儿女。但是,一家人靠什么维持生活?她绞尽脑汁,大胆地想到了创业,对,回乡创业!现在国家政策越来越好,对于返乡创业者,政府有创业补贴、扶持政策,涉及贷款、财税、用地支持等。如果自己回乡创业开办工厂,用地和贷款都不是问题。招录乡里、村里贫困的乡邻到厂里就业,自己致富的同时,还能带动乡民脱贫。她遐想着,心飞了起来,但又在心里暗自嘲笑自己:八字还没一撇呢,真是异想天开!

外表看上去柔弱谦卑的徐国枝,骨子里却透着坚毅和不屈不挠的秉性,她坚持自己的思路。丈夫有顾虑,他对妻子说,你看我这病恹恹的身体,什么事都做不了,帮不到你,你一个人怎么创业?她温柔地对丈夫说,路都是人走出来的,船到桥头自然直,我不怕困难,也一定能克服艰难险阻。丈夫摇摇头说一个好汉三个帮,你一个弱女子怎么单枪匹马去创业?徐国枝坚定地说,我可以去召集村里的姐妹一起干,有政府的政策扶持做坚强的后盾,我想,一定会成功。

　　回乡之后,徐国枝既要照顾病中的丈夫,又要兼顾一双儿女。"机会永远留给有准备的人",就像这句话一样,"凡事预则立,不预则废"。从回乡的那一刻起,徐国枝就像绷紧的发条一样不停地忙碌着、思索着,盘算着未来谋生、发展的方向。她忽然想起自己做姑娘的时候喜欢刺绣,绣出来的东西惟妙惟肖。她大胆设想,何不尝试开一家刺绣作坊?这种小型作坊投资不大,利润可观。当今社会,人们的思想观念多变,或喜新厌旧,或返璞归真,有人青睐于那种质朴、纯真的东西,而商场里,几乎所有的商品都看不到手工制作的痕迹,机器制作几乎取代了手工制作!而手工制作的优势又在哪里?机器与手工没有交集,很多循环往复的事物永远没有解答,未来时代发展的趋势谁也无法预料。所以,手工制作就显得格外难能可贵,其商品及其制作过程很值得推崇,也是最朴实可信的。

　　徐国枝在新闻里看过这类宣传报道:云南某大学生回乡创业,召集了一大批农村妇女一起学习刺绣,最后走向辉煌……女人们青睐和感兴趣的刺绣类手工制品在市场上颇受欢迎,甚至出口国外。

　　乡村振兴,返乡创业,乡村扶贫产业带动和帮助贫困户脱贫就业。国家政策吸引人才返乡创业、就业等契机摆在面前,不要纠结,有些机遇稍纵即逝,何不抓住机会尝试尝试呢?说干就干,从小做起。徐国枝游说并撺掇几个村妇一起干,在她的鼓动下,有四五个妇女陆续加入进来。在村里一户闲置的民房里,徐国枝开始了她的创业之路。

一转眼,半年多时间过去了,该交的学费都交了。人们都在成长,但人生总是有变数,计划和变数,永远不是一条直线,有些事情必须推翻重来。失败是成功之母,人生曲折,几经磨难,彼岸总在前方。自欺欺人也好,自我安慰也好,徐国枝只能这样宽慰自己。她发现手工制作太慢了,作坊里完工的刺绣成品中几乎没有让自己满意的。要在短时间内掌握技巧谈何容易?再说这地方绣娘也不好找,凭自己的刺绣技术培养绣娘岂不是纸上谈兵?招聘刺绣技工也不现实,耗费大量的时间和精力不说,还有诸多现实问题存在。所以,她没有时间等,也等不起。换一种思路,天空依然蔚蓝,不管是手工刺绣还是机器刺绣,各有千秋吧!主要看产品质量和卖相、人们的购买倾向和喜好,价格更是决定刺绣商品的生存空间——方方面面,都不是简单的事。当然,如果比速度,手工永远比不上机器。

决定后,她立即付诸行动,在师傅的带领下开始学习缝纫技巧。在网络上销售的刺绣家纺商品种类及式样繁多,对于初入行的徐国枝来说是个不小的挑战。遇到困难她从不言放弃,咬紧牙关坚持着。白天她要照顾家人、料理家务、参加学习,晚上继续挑灯夜战,对着网络视频学习刺绣技巧,时常忙得忘了时间。有时候，当她趴在缝纫机上打了一个盹醒过来时，东方已经出现了鱼肚白。她觉得自己像陀螺一样不停地运转，骨头都要散架了，浑身酸疼，但她咬牙坚持着。功夫不负有心人，在不到一年的时间里，徐国枝从一个门外汉迅速成长为缝纫刺绣能手，产品质量逐渐得到市场的认可和客户的青睐。订单越来越多，为了应付与日俱增的订单数量，徐国枝决定将原来只有四五个人的加工作坊扩大。她找到东湖村党支部书记宋继根，跟宋书记说了自己的想法。宋书记说，村里扶持返乡创业者是应该的，你放心，等我们村委开会研讨报批后，有了结果就通知你。你有什么要求都提出来，只要符合政策规定，村里绝对支持你。

在当地政府的扶持和鼓励下，徐国枝将一处村里闲置的仓库改为生产车间。她的刺绣家纺加工厂逐渐扩大，几年后，她的加工基地内已经能够容纳近百名技术工人和数台大型印刷制版机器设备。

几年前，徐国枝的丈夫因病情恶化而去世，饱尝人生艰辛的她在悲痛之余也深切地体会到，家庭的完整与幸福对于一个人来说是多么的重要和珍贵。为此，在平常的企业管理中，她处处体现人性化，将心比心，照顾那些生活困顿的家庭，尽力为周边困难的乡邻提供好的就业机会。徐国枝说，在外打工的辛苦，我深有体会，照顾贫困户来厂里就业，他们的收入与外出打工的工资差不多，甚至超过外出打工的工资，他们脱贫了，我就高兴。我现在就想把这个厂子经营好，争取更上一层楼，让姐妹们有事做,让她们在家门口就能打工挣钱,既照顾了老人又带了孩子,一家人其乐融融地在一起才是真正的幸福。

在徐国枝的加工厂里,她一共招收了几十名贫困户,其中大多数都是家庭妇女。厂里的贫困户对徐国枝感激不尽,她们说没有徐总就没有她们今天的好生活,不用出门打工就能有一笔可观的收入,在照顾家庭的同时,还可以挣钱养家,真是一举两得。徐国枝真诚地说,创办电商企业,帮助生活困难的村民——让他们就业脱贫,我就有成就感。为脱贫攻坚做力所能及的贡献也是我自己创业的初衷。为此,再苦再累我都心甘情愿。

如今,徐国枝的家纺加工厂被誉为"扶贫车间"。国枝家纺公司发展逐步走上规模化、产业化道路,她还投资了六七百万元建厂房,光机器设备就投资了两百多万元,生产地毯、丝圈地垫、客厅地垫、商务地垫、防尘布、桌布、洗衣机罩、空调罩等多种产品。如今,加工厂已实现了"线下生产+线上销售+物流发货"一体化发展,生产加工的商品第一时间在国枝家纺直播间利用电商平台推广销售。富起来的徐国枝不忘家乡政府的帮扶和支持,不忘东湖村父老乡亲们的厚爱。2021年3月9日,国枝家纺向东湖小学捐赠了180套学生书桌垫。

徐国枝感到非常欣慰,如今,大石乡在重视农村文化建设及精神文明建设的同时,还成立了大石乡诗词学会、诗词书画学会,文集和刊物中各种形式和风格的作品百花齐放,充分展现了乡村振兴所带来的新面貌、新气象、新格局。有句话说:"近朱者赤,近墨者黑。"受家乡浓厚文化气息的熏陶,忙碌之余,徐国枝尽量抽出时间学习文化知识。不管多忙,看书学习已经成为她生活和工作的一部分。当然,她主要看有关纺织行业的书籍,比如《纺织材料学》《纺织工艺与设备》《织物结构与设计》《纤维复合材料》《纺织图案设计》《纺织品及服装外贸》《纺织机电一体化》等书籍。看不懂,她就循序渐进地学习、琢磨、推敲和钻研……

徐国枝忙碌的身影穿梭于车间、厂房、销售直播间、仓库,电商企业国枝家纺在这片土地上大放光彩,在太湖县家喻户晓,甚至在安徽省乃至全国声名远播。

如果有人问徐国枝,您已经成功了,您是否满足于现状?她会说,前方还有很多路要走,自己还有远大的抱负要去实现!

附　录

个人生存境遇的体验式书写
——小说集《潮汐》序言

姚岚

20世纪80年代后期开始以市场经济为引擎的社会发展变革,这股中国社会发展进程中的"强台风",首先生发于沿海城市,并迅速扫遍内陆乡村,让我们这一代人的身心遭遇了强烈的冲击和洗礼。在这一重大历史进程中,我们或多或少都置身于传统的价值文化观念溃败与个人人格徘徊游离的混沌状态之中,在洪流激进、泥沙俱下的磅礴大势面前,能坚持自己的本心实属不易。

紫艳就是被这股洪流裹挟着,在传统与改革的夹缝中游弋。为了生存得更好,年轻时候,她就与丈夫一起拼搏于商海,几经沉浮,欣有所获。但在物质生活得到一定程度的满足之后,她少女时代的文学梦想又顽强地钻出"锅碗瓢钵""灯红酒绿"的喧嚣层,一种更高层面的精神需求在折磨着她,也在击打着、鼓动着她的脑神经。她终于又捡起了"文学",并从"诗歌"很快跳跃到了"小说"。

进入新世纪后,我便与文学有着密切的联系。尤其在文联上班,顶着"作家"和"主编"的头衔,便不免常常有熟悉或陌生的作者甚或作家找上门来,送新著、谈文学。只要不太忙,我往往会给客人泡一杯茶,聊得热火朝天。文联本就是要发挥"联"的作用。凡喜爱文学的人大多真诚直爽,心无城府,何况我这个人,更是文学圈里的热心肠,性情素来耿直,不做作、不绕弯。

认识紫艳也是这样。四年前的一天,她带了几篇小说稿,找到纺织南路我们文联这栋小楼,进了三楼我的办公室。她标致而文静,年龄与我相仿,却显得拘谨而羞涩。这让我大为诧异。我在文学圈混了几十年,见惯了这个圈子里的各色人等,他们大多自以为是"才子""才女",或滔滔不绝,或趾高气扬,或狂放不羁,或故作谦逊而心里却自命不凡,最普遍的也是落落大方。像她这样打从内心深处渗透着少女般"羞涩"的,我还是第一次遇见。

而给我留下深刻印象的则是她的小说《二娘》,原标题是"石女"。老实说,首先是题目引起了我阅读的兴趣,而后引起我的高度重视,并促使我主动给她打电话的,却是这篇小说在人物形象塑造上的成功。

我的文学审美比较挑剔,而一个文学新人,能以第一篇文稿打动我的真不多,尤其是小说。因为那几年,小说创作是安庆文学的薄弱环节,我正为此苦寻良策,挖空心思大力发现和培养小说作者。

紫艳,就以一篇《二娘》走进了我们安庆市的文学圈子。先是在有着近40年刊龄的省级内刊《振风》上露面,后来又被文学期刊《清明》公开首发。紧接着,短篇小说《黄梅调》(原名"黄梅戏迷")被上海《浦东文学》刊登,《古镇》刊登于《安徽文学》……这给她极大的鼓舞。从此,她常常夜不能寐,挑灯夜战,中短篇小说一篇接一篇,完成后便从手机上发给我们欣赏和提意见。两三年时间,我们欣喜地目睹着她的勤奋和成长。

紫艳祖籍安徽宿松,出生于江西彭泽。江西人杰地灵,历史上文人辈出,陶渊明、晏殊、欧阳修、王安石……中小学教材里一个个闪光的名字深深扎根在她的心里,孕育着她的文学之梦。恋爱、成家之后,这一梦想被生存的琐事暂时封堵着。她与丈夫一起搏击商海,靠勤劳的双手努力创造着物质财富,同时积累了丰厚的人生阅历、文学养分,这保证了她在有了充裕的积累之后能够从容地构筑自己的"文学殿堂"。小说创作最需要的就是阅历和想象。

《潮汐》精选了11篇中短篇小说,从乡村到城市,紫艳选择性地描述着她熟悉的领域。她的小说一如她的为人,温和而细腻。紫艳善于捕捉生活细节,擅长生活描述,文笔优美而细致,且善于强化地域的陌生感,给自己的文章打上独特的标识,并以自己的眼光来审视和改造,完成人物的再创造。无论是《二娘》还是《黄梅调》《上海潮汐》《陪产》,莫不如此。

文学就是"人学"。一篇小说的成功,往往就在于塑造了鲜活的人物形象。《二娘》就是塑造了一个独特而鲜活的农村妇女,丰富了文学作品浩如烟海的文学殿堂里的女性形象。二娘因自身身体原因不能生育,却一直乐观、直爽、善良、泼辣,我行我素,敢爱敢恨。为了弥补自己不能生育的缺陷,也为了慰藉自己缺儿少女的孤独,她一而再再而三地认干儿子,到了老年居然还再婚……也因此引出许多不怀好意的猜测和误解。但二娘个性泼辣、大胆,认定了的事,从来不因人言而畏畏缩缩。这个形象既有着她突出的个人品质和个体特征,也在一定程度上囊括了过去几十年间农村妇女的诸多共性。作者以第一人称流畅而圆满地完成了这个形象的塑造,通篇故事因优美的叙述而让人感到十分真切可信。

《潮汐》中有许多篇目,大多叙述由乡村转向城市、由小农经济转向市场经济的社会发展变革背景下,不甘于贫穷的弄潮儿们在商海中的拼搏与沉浮。紫艳以其自身的真切体验,向读者展示了商海中一个个悲喜交集的故事。紫艳不同于其他作家,她的优势就在于,她所叙述的故事往往是自己的经历或是她熟悉的朋友所经历的,她有着强烈的感受,并想把它诉诸笔端。这些故事的地域跨度也很大,有的发生在皖西南小城镇,有的发生在大上海。紫艳很善良,这点从她笔端的主人公身上也看得出来。二娘自不必说,其他几篇里的人物也是这样。即使如《上海潮汐》里坑害了"我"家的"齐辉",也有他值得称道的个人品质。个体的人总是无法摆脱时代的洪流。作为一个作家,紫艳是传统的,也是清醒的,她看到了时代的进步、社会的发展、生活的美好,并在她的笔下反映并讴歌着这些进步、发展、美好。

对一个作家来说,能抓住社会道德的主流,并在作品中艺术化地表现它,这是最值得称道的。

作家的写作必然有自己的道德取向。在繁复混乱的生活表面刻画出自己的"发现",挖掘出别人没有发现的东西,并用小说的方式来呈现它、确认它、强化它。小说发展到这个层面就够了。而认知和思考,则是读者的事。弗拉基米尔·纳博科夫说:"真正的作品不需要指控,作品本身的逻辑足以表达道德的要求,得出结论是读者的事。"真正优秀的作家会在他的故事中"藏身",不会对作品中的人物指手画脚,哪怕他对其中的人物有着特别的爱恨。中国作家存在哲学思辨和社会认知上的欠缺,逻辑思维的训练也很不够。这样的欠缺难有速成的渠道,需要一个日积月累的过程,是需要以作家个人的综合素质作为基石的。

小说是需要设计的,高手往往能设计得了无痕迹且让人感觉结构奇巧、自如、完美,读者直到读到结尾,才恍然大悟:原来如此。如果从这些上衡量,紫艳的小说创作还有很大的提升空间。

文学创作是一盘美味。激情,是它的火,是它的电。没有火没有电,是烹制不出美味佳肴的。紫艳就有着这样的创作激情。一旦进入了创作状态,她就吃不好睡不好,昼夜伏案。她的老公和女儿看到她"神神道道"的,生怕打扰了她。而一周或十天半月后，她就发一篇小说给我们看。那份收获的喜悦，感染着我们。人虽然憔悴了，但心里满足了。

春天，是生机勃发的季节。多年前就听紫艳说想出版小说集，这个愿望在辛丑年的早春终于实现，实为可喜可贺。我认识紫艳也才四年光景，我目睹了她在攀登文学殿堂征途中的每一步付出，以及她的苦恼和坚持。她在喧嚣而繁杂的时代里、在大半生为生存打拼之后能有如此顽强的精神追求，实乃我辈应该大力扶持、提倡和学习的。

是为序。

2021年2月24日（修改）

紫艳小说的三个维度

余昌谷

《潮汐》是作家紫艳进入新世纪后展示的"鸿影心迹",真实地表达了其人生"由花变果"时期的生命体验与心灵悸动。作为一个进入文坛不久的女性作家,紫艳成熟于改革开放的现实社会中,与社会新的进程同步。这就使她更易于适应当下生活中所发生的一切,从自己的感受出发去靠近文学,走向文学。

姚岚以"个人生存境遇的体验式书写"为题,在序言中对紫艳小说的内涵和创作特色做了准确到位的概括。我在这里作三点实证分析,故题为《紫艳小说的三个维度》。

一、"日常化"的人物

人的塑造,是文学的本意;而人的再发现,是文学不断深化的精神课题。进入 21 世纪以来,我国文学作品在人的重塑上不断深化着,那就是更注重于"人的日常发现"[1]。有一种说法认为,新世纪的"人"既不同于 20 世纪 80 年代的"理性"的人,也

---

[1] 雷达:《新世纪以来长篇小说概观》,《文艺报》2006 年 10 月 26 日。

不同于90年代新写实的"原生态"的人,或"欲望化"的人,而是"日常化"了的人。这种说法之所以有一定的道理,就在于它是大抵合乎新世纪文学的创作实际的。

　　紫艳以小说的方式,密切地注视着她视野所及的变化着的生活和世道人心,并以独特的视角对这一变化的现代生活——特别是农村生活和人的生存、心理状态进行刻画,来表达她的思考和感受,从而塑造了一系列的人物形象。他们之中,无论是土生土长的农村人,还是奔波于城乡之间的打工者,抑或是在市场经济大潮下闯入城市的新移民……几乎都是"个体的、世俗的"人,无不在"个人生存境遇中"演绎着自己的"日常"人生。

　　同名小说《二娘》中的"二娘"是紫艳塑造的最令人难忘的一个女性形象。你可以说她是农村妇女中的"另类":石女,不生育,却一个接一个地认干儿子,年轻时曾跟人私奔,老了还再婚……然而,这一切除了说明二娘的不幸之外,更表明她是一个对生活孜孜追求、充满热望的人。我们可以用"三爱"来概括她:一爱强。强到明明是她跟别人私奔在前,可当她过不下去时,回过头来又将二伯中意的女人打跑了。二爱美。头发总是梳得油光滑亮,衣服洗得雪白干净,家里收拾得整整齐齐。她喜欢长得标致的人,当年竟跟一个长得特别标致的烧窑的男人私奔。三爱折腾。我行我素,一次又一次地抱养和认干儿子,折腾得家人无法消受。二伯死了,她还把自己嫁了。这"三爱",与其说是二娘的个性使然,倒不如说是由其"个人生存境遇"所决定的。二娘生在封闭、贫穷的山村,小时候因宫寒未及时治愈,造成终生不能生育。对于一个农村妇女来说,还有什么比这更不幸呢?可二娘不认命!"三爱"即是她对命运的抗争,对世俗的挑战。"我是个争强好胜的人,凡事不认输,好面子,乡下人重男轻女,我也不例外。"[①]可见,正是乡下"日常化"的生活,造就了二娘这样一个"日常化"的人。这一人物形象,无疑是紫艳的独特发现,《二娘》也因此成为一篇了不起的小说。

紫艳把目光投向"日常化"的人,她关注的多是女性的生存境遇和命运。《二娘》固不待言,《隐秘的古道》《黄梅调》《家里家外》《雨幕》等也无不如此。它们是为女人写的,又是给男人看的。《隐秘的古道》中的千叶,三十年后,当她与于飞"有情人终成眷属",最后一次行走在瓷茶古道时,已身患绝症。她当年与青年体育教师于飞正是相识、相爱于这"隐秘的古道",一见钟情又刻骨铭心,可又不得不委身于自己并不喜欢的保卫干事。她任由旁人牵着和保卫干事结婚后,便是生子、种地、过日子,做无穷无尽的家务,夜里还要接受丈夫的猜疑、拷问和蹂躏。千年古道见证了她与于飞结缘相爱的初心,也见证了她一生所爱的人最终陪伴在身边,心灵有了依归。然而,这对于千叶来说,却是付出了一生的煎熬和沉重的生命代价。《黄梅调》中的秦三妹,与耿三相识于故乡的一条山间小路。爱唱黄梅戏,又在同一

---

① 紫艳:《潮汐》,北京:团结出版社,2022年,第19页。

个城市打工,他们相爱、结婚、生子……为了生计,为了有一套属于自己的房子,没有什么技能的耿三长年在建筑工地打工,积劳成疾,以至于瘫痪;秦三妹除了在饭店上班,还兼做家政保洁钟点工,丈夫残疾后,养家糊口的重担更是落在了她的身上。在生活的重压之下,秦三妹坚持练唱黄梅戏,最终获得《星光》月冠军,继而廉租房也批下来了。"双喜"临门,他们因此感谢生活、感恩社会。然而,他们为改变生存境遇所付出的艰辛和牺牲更令人难忘。秦三妹虽能够走上《星光》的领奖台,却终难实现买一套属于自家的房子的梦想。《家里家外》与《雨幕》可谓是具有"互文性"的两个短篇。前者写一对夫妇下海经商,丈夫嗜酒成性,还包养一个金姓女子,妻子心知肚明,却不愿捅破这层窗户纸,她好面子,也怕离婚。丈夫发现金姓女子用他的钱去养小白脸,终于大彻大悟,妻子窃喜不已。后者写一对年轻夫妇不再外出打工,女的在家带孩子,男的走村串乡叫卖水果。女的进城给孩子买尿不湿坐了一次他人的摩托,被男的误会而起冲突,一气之下回了娘家。但她又挂念自己的孩子,又想到丈夫平日的好,当丈夫弄清真相开车来接她时,两人误会解除,和好如初。

  这些"日常化"的人物,就个体而言,意义也许并不那么典型,但就群体而言,指向却是非常明显的,那就是共同揭示了底层人物的生存境况和他们灵魂世界的震荡。越是平凡越是蕴藏着人生之丰富内涵,也越能牵动读者的心弦。紫艳小说的魅力正在这里。

二、"个人化"的叙事

"个人化"或"私人化"叙事是相对于公共性叙事而言的。这种叙事在我国20世纪70年代至80年代的文学中,还只是作为一个要素存在,且被整合在充满政治激情的公共性的话语中,被宏大的叙事所遮蔽,直到90年代"新生代"作家出现,才成为一种文学潮流。在新世纪文学(尤其是描写"日常化"人物的作品)中,它仍然是非常活跃的因素。

在我们上述论及的紫艳的几篇小说中,除了二娘当年参加生产队集体劳动、秦三妹上《星光》参赛等为"公共化"或"群体化"叙事外,更多的内容为个人化叙事。姚岚在序言中谈道:"紫艳以其自身的真切体验,向读者展示了商海中一个个悲喜交集的故事。紫艳不同于其他作家,她的优势就在于,她所叙述的故事往往是自己的经历或是她熟悉的朋友所经历的,她有着强烈的感受,并把它诉诸笔端。"[1]在我看来,正是这种以自己或熟悉的朋友的切身经历为素材,这种以个体的生活经验和生活感受为出发点的方式,成为紫艳的优势,但同时也是一种限制。当紫艳以自由作家的身份描述这一切时,就表现为一种没有政治使命或者说非自我意志的写作,不仅人物的生活色块被推到

---

[1] 姚岚:《个人生存境遇的体验式书写——小说集〈潮汐〉序言》。

了前场，而且个人化叙事也成了她作品本身拥有的艺术价值的主体。如《陪产》将镜头聚焦于医院、产房，以乔亚跟踪其女儿"临产"，到其孩子出世为主线，事无巨细地将它们记录下来，真切地表达了一个母亲陪着女儿"一同作战"的经历和感受。分娩，对一个女人来说，是一个痛苦的过程，是一个人的"战争"，即使在现代医学条件下，也仍属个人化乃至私人化、私密化的事，不仅男性作家写不出，就是在"新生代"女性作家中也极难见到。《陪产》却从孕妇入院开篇，以母女两人不同的"战争"观及其冲突为主线，将一个新生儿的"出世"写得有声有色，从而成为"个人化"叙事的精彩篇章。又如《花姐》，写乡下姑娘"桃花"到城里打拼创业，结婚生子，做起了全职太太。想不到在她不经意的时候，自己心爱的丈夫和自己最信任的闺密竟然在一起了。为了捍卫婚姻和家庭，桃花还原了她的本性，走出家庭，融入社会，想干什么就干什么。其实，她的"融入社会"，也就是与几位闺密和女友进出按摩室、美容养生馆、私人诊所、舞厅……"想干什么就干什么"，就是不惜花钱，在本市、去上海、到韩国，整形、减肥、放血、做脸……"她要像花一样美丽，改变容貌改变人生"，于是，桃花成了"花姐"。整个作品以花姐的华丽转身为一以贯之的叙述内容，编织出女性与自身、女性与女性、女性与男性、女性与社会之间的网状关系。这里没有重大的社会环境叙写，也没有重大的社会事件介入，有的只是女性的自我认识、自我感知、自我选择。这是一部处于社会政治边缘的女性的活动史,是女性认识自身而后认识人生从而进行自我调整的演绎史,它从根本上就是绝对的个人化叙事的女性文本。

　　当然,同是个人化叙事,紫艳的写作姿态和方式,是有别于"新生代"中的女性作家的。如果说,在"新生代"女性作家中,"个人化"叙事实为"私人化"写作,是以自传体的书写方式讲述女性心灵和躯体成长的故事,那么,紫艳则是在营构个人化女性经验世界中,把对于人生的感受和体验作为叙写的重要内容。"私人化写作"是一种自传或半自传性质的写作,私人空间是其唯一的写作空间和话语空间,因而新生代女性作家笔下的主人公,总是强烈地拒绝社会群体和公共空间,她们关注和表现的是女性的私人经验,当然也包括性经验,所以,大量的关于人体器官感觉的描写和性事描写充斥于文本叙写之中。如"他重重地压在她的身上,慌乱地为激情寻找出路。他的器官灵敏得像一只艺术家的手指,准确而有力地弹在女人最中心的音符上……"(陈染《时光与牢笼》),"他进入她的身体。进入、吞没,因洗澡而有些发凉的器官进入她灼热的身体,填满了她所有的空隙,随之而来的是她的一声深长悠远且带有悲剧性的呼喊……"(林白《守望空心岁月》),类似的性事描写,无不是以自我暴露式的话语张扬着欲望和人性,是真正意义上的返回到个人经验和身体的写作。而在紫艳的小说中,是没有这样的身体写作的,即使偶尔写到性事,也只是文本叙事的需要。"千叶闭上眼死猪样挺在床上任由丈夫蹂躏,丈夫就是一头发情的猪、发狂的猪、癫痫的猪,他愤怒地冲刺杀戮,剑矛通用,左右开弓。此时,丈夫杀红了眼,千叶看到一头在野地里拱来拱去翻上翻下的青面獠牙的野猪。他折磨着千叶也折磨着自己,不消不停,似乎还不解气。他意犹未尽,终于精疲力尽地泄下阵来。丈夫浑身热气腾腾,汗涔涔地散发着令人作呕的气息,过瘾,我还要,还要……"这段话出自《隐秘的古道》。千叶作为一个正常的女人,当然也有性欲,然而,每当丈夫醉酒需要时,她却只是闭上眼死猪般躺在床上,任由丈夫这头发情、发狂的野猪拱来拱去、翻上翻下。身体是属于女性的家园,为爱而性,才是性爱;至性至爱,才使人感到生活的魅力和生命之流的澎湃。可对于千叶来说,则是屈辱、痛苦、无奈。没有爱情的婚姻是不道德的,没有爱的性又是什么呢?尽管这是现实中的存在,但被紫艳写入小说,还是令人唏嘘、发人深思,这种个人化叙事也就有了一种张力。

三、"平面化"的叙述

"平面化"是相对于"典型化"而言的。通过典型化,真实地再现典型环境中的典型人物,揭示社会生活的本质或本质方面。过去很长一段时间,我国文艺作品都遵循这一创作原则。然而,20世纪80年代的新写实小说家,却颠覆了这一原则。他们亮出"真正写生活本身"的旗帜,仿佛意大利新现实主义者那样"把摄影机扛到大街上去",让生活依然以其本真状态复现在小说中。90年代的新生代小说家,以平实的心态去写当下的生活和人的心理体验,同样不曾越出个人日常经验范围,都是生活现象以及这些现象作用于他们而形成的感受和印象本身,没有"典型概括",没有"本质揭示",也谈不上"审美观照",因而同新写实小说家一样,他们的叙述都被称为"平面化的叙述"。

在小说创作中,对作品的理解很大程度上便取决于作品的叙述方式。紫艳的小说从日常的生活切入,以底层人物的"个人生存境遇"作为艺术描写的中心,很少看到大起大落的情节,更难见到那种富有强烈动感的突变和陡转,也体味不到浓厚的戏剧性冲突的气氛,人、事、景、物都宛若从容流淌的生活之水,以最接近人们所熟悉的实际生活形态呈现出来。显然,紫艳的小说是与典型化相悖的,她不是立体化的雕塑,而是平面化的叙述。

《"琴"何以堪》是《潮汐》小说集中一篇以男性为主角的小说。有钱又有闲的裴老师自从见了隔壁饭店老板的女儿,便克制不住地想念和记挂起这个令他魂牵梦萦的女人。怀抱大脸猫,站在三楼走廊上,"瞄"着她的出现,几乎成了裴老师每日的功课。他知道她有老公有孩子,但他还是像一个偷窥者着了魔一样,爱上了这个叫灿灿的女人,几天见不到她就心里发慌,心神不宁,无端焦虑。可笑乎?荒唐乎?作者却漫不经心地娓娓道来,既不赞扬也不嘲笑,这就是一种平面化的叙述。

平面化叙述不同于传统小说的立体化叙述,主要就体现在对人物心理活动的透视上。在传统小说中,叙述者不但能知道人物此时在想什么,而且知道人物为什么会这样想,这样,作品中的人物既是立体性人物,又是透明性人物,读者不会有理解上的难度。平面化叙述则隐去了人物外在活动和心理活动之间的界限,即当人物进入心理活动状态时,叙述者只是把自己所透视到的人物心理活动直观地叙述出来,使之呈现为一种外在的现实活动。《"琴"何以堪》用的就是这种方法。"能不能看到她?"这种思念每天在困扰着裴老师,也折磨着裴老师。如小说中有这样一个细节:一天,裴老师看见灿灿的旗袍挂在走廊上,便在走廊里盯着灿灿来收那件旗袍。他等了好久,忽然内急去了趟厕所,等他出来一看,那件旗袍就不见了。裴老师心里的那个难受、后悔就不用说了。从此,他恨不得日夜守候在走廊里等她出现,还破天荒地邀请了两个哥们儿在灿灿家的饭店吃饭,希望能见她一面。越是想见到她越是见不到她,越是见不到她就越是遏制不住地想她。这篇小说就是如此循环往复地写出了裴老师的这种心理状态,而这种心理状态又直接表现为他的系列外在活动,消除了两者之间的界限,从而使人物在读者眼中呈现出平面化的特征。这篇小说着力描写人的一种心理状态,很值得玩味。后来,那个叫灿灿的女人已感觉到裴老师是在注意自己,甚至有过心动,但作者就是没有让他们见上面、说上话、在一起。"'琴'何以堪",是无奈的咏叹,也是难以释怀的情感体验。

从一定意义上说,平面化叙述具有对生活的审美还原的品质。它描写生活、刻画人物,虽然同样经过作家的心灵创造,但依然按照生活的本来形态"艺术化地把现实交到人们手里",呈现出"生活的十足的真实",即如别林斯基评论果戈理小说时所说的,"不掩饰它的丑陋",也"把生活中一切美的、人性的东西显示出来"[1]。紫艳用平面化的方法刻画"日常化的"人物,人物的内在美也被她发掘和表现出来。二娘爱强、爱美、爱折腾,但她心地善良,也乐于助人。"我"小时候头上长了一个碗口大的脓包,要不是二娘陪"我"母亲,抱着"我"一路奔跑到县城医院开刀,命就没了(《二娘》);秦三妹打工的饭店老板娘刀子嘴豆腐心,总是在经济上资助她,暗中帮助她(《黄梅调》);千叶的姐姐去省城批发棉纱裤到彭泽上十岭去卖,在翻越小山岭时迷了路,天黑了,山里越来越危险,一对好心的采药夫妇将她救了,并送她回家(《隐秘的古道》);苏宛如夫妇将五百万投进齐辉的上海"一生一世"影楼公司,不见回报,心生怨气,憋屈了好几年,齐辉自知理亏,还了本金,又致歉,相互之间也就体谅了(《上海潮汐》)……"紫艳很善良"[2],她以善良之心写人情之美、人性之美,人物得以被多层面刻画,生活得到多向度展现,平面化叙述也就获得了立体化审美观照的效果。

"日常化"的人物、"个人化"的叙事、"平面化"的叙述,紫

---

[1] 别林斯基:《论俄国中篇小说和果戈理君的中篇小说》,《别林斯基选集》第一卷,上海:上海译文出版社,1979年,第187页。

[2] 姚岚:《个人生存境遇的体验式书写——小说集〈潮汐〉序言》。

艳合三维于一体,构筑出独属于自己的艺术天地。其文学性方面的可议之处在于,某些方言的运用未免粗俗,尚未完全摆脱生吞活剥之嫌。成熟的文学语言应当是生动性与典范性的完美融合。方言运用得当,无疑可以增加文学语言的生动性,尤其对于表现人物性格、增强作品地方色彩具有特殊作用。但方言的采用,应该把握其特点,并且经过必要的取舍和提炼,这样运用起来才能真正做到出神入化,表现出特有的韵味。总体说来,紫艳小说的语言是能够吸引读者的,但注意规范性使用方言会更好。

紫艳诗集《回声》序言

沙马

诗歌,是一道精神的闪电,洞穿事物,照亮心灵,为大地的存在构建家园,并通过语言的秩序来划定事物的秩序,从而使世界的存在有了理想与温暖。

诗歌,是一种生活方式,是一种思维方式,也是一种通过语言理解世界的方式,更是一种用理想之光烛照事物的方式。因此,只有将现实生活与精神生活融为一体时,诗意的世界才得以出现。

读紫艳的诗歌无疑能读出理想,也能感知温暖。她的诗歌是由内而外地呈现出人与事物的存在,用心灵观察、思考、感悟身边的生活,再将生活带进诗歌,使诗歌具有了现实意义。她以女性的细腻、温和、明亮的姿态在诗歌里再现社会场景,甚至不遗余力地试图挽回那些即将消失的事物,这就是对曾经故乡的眷念。"乡愁"成为她诗歌主题一个不可分割的成分,因此使她的诗歌具有了温婉、细腻、怀柔、伤感的风格。从这本诗集看,显示出三大主题。

紫艳诗歌的第一个主题是对家园的怀想与眷念。诗人从农村走向城市,经历艰难的创业获得了一定的物质财富,可以说是一个小有成就的创业者。但她并没有沉迷于城市的喧哗与躁动,也没有成为一个物质的狂欢者,而是逐步地走向一个人的内心,写起了诗歌。这使我感到好奇,或者说在某种程度上不理解。但她写出的一首首诗,证明她是在向某种精神向度靠拢。父亲、母亲、妹妹、河流、香樟树、拱桥、鸡鸭等无不在她的诗歌中得到生动活泼的体现。这些客观存在的事物通过她心灵的过滤,已经成为她理想的精神家园。如诗歌《布谷鸟叫了》:

"割麦恰窝"
布谷鸟叫了,清脆而嘹亮

麦子熟了
布谷鸟忙不迭地衔草做巢
囤积食物

阡陌中弥漫着丰收的气息
"割麦恰窝"
布谷鸟的叫声是一个庆典

家园的布谷鸟、麦子、割麦、丰收、庆典等构成了一种田园牧歌式的意境。这也许暗示着对现代都市喧嚣的抗衡,但诗人并没有直白地说出来,而是通过意象巧妙地组合,含蓄地表达着作者对家乡的眷念。可以说是一种象征,也是一种隐喻。

我想,诗人如果不用心靠近事物、审视事物、思考事物,并且有勇气敢于与事物对话,就很难写出好的诗歌。诗人如果把语言当作一种表达的手段,而不是融入灵魂深处,成为诗歌生命的一个不可分割的部分,那么诗歌就会远离他。紫艳的诗歌对家园的呈现,不仅有眷念,更重要的是有温度,有向往,有着内心的战栗。如诗歌《回音》:

> 我站在家乡的山顶上
> 对着空旷的山峦
> 大喊——喂,我回来了
> 我——回——来——了
> 声音,在空灵的山间
> 久久不散。我知足了
> 因为我获得了自己的回音……

是的,有些人在喧嚣城市的忙碌中丢失了自己的声音,随后就消失得无影无踪。在这首诗中,诗人站在家乡的山顶上对着空旷的山峦,大喊——"喂,我回来了,我——回——来——了"。这是回归的声音,也是对自我消失的声音的一种回顾。诗人用丰富的想象力和独特的表达角度,呈现出一种行为,表达出内心的感受。我以为在诗歌里,想象力是一个角度,是一种思想。有了新的角度、新的想象力,新的诗歌就出现了。在后工业时代,在现代文明的不断扩张中,农耕时代的文化逐渐消失,有些村庄几乎成了一个遗址,空虚而荒凉,诗人却在这个空旷地带中大声呼喊:"我回来了。"这喊声穿越时空久久不散,震撼人心,似乎也在响应着某种精神的回归。是的,回归,就如同叶落归根,最终回到大地的深处。这不仅是诗人的夙愿,也是她满怀深情的渴望。一个有着丰富物质财富的女性,却在诗歌里寻找着日渐消失的家园,她是在探寻着更为丰富的精神财富。这财富就是她的血脉,她的河流,她的田野,她的花朵,她的鸟儿,她的幻觉,她的梦想……在这类题材的诗歌中也有着对"家园"的担心与失落。现代人穿梭于物质世界时,不知不觉已经失去了精神家园,或者说成为"精神的流浪儿",很多"地址"变成了"遗址","自我精神"无处摆放,那么故乡的路通向哪里?如诗歌《不明朗》:

故乡变了,在我的词语里
已经变得面目全非

视线范围内勉强只有
山还是原来的模样

河道变得不明朗

水浅、草莽、高楼拔地而起

坚硬的水泥地面到处延伸
包围了我们的小屋

不知道若干年以后
故乡的道路,通向哪里

诗人以极为克制的手法并通过内心的影像,揭示出"新的时代"与"旧的家园"的对抗。这种对抗无疑是徒劳的,诗歌中隐藏着酸楚与无奈。是的,"我的家","我"越来越不认识了。家,已经走出了家园,从这里走出去就回不来了,"故乡变了,在我的词语里,已经变得面目全非"。某种无家可归的感觉袭击着一颗柔软的心,从而形成了一种艺术感染力。

"乡愁"似乎成了现代人的感怀,"乡愁"在广阔的物质世界里成为一道阴郁的、微弱的亮光,时隐时现,以至于成了灵魂的归宿。离故乡越远,离乡愁就越近。在这个物化时代,为什么总有某种精神与之抗衡?与其说是叶落归根,不如说是一种对家园的向往。紫艳的诗歌以其温暖的情怀和善良的心愿将故乡小心翼翼地放进了自己的诗歌中。从她的诗歌中可以看出,"乡愁"不仅是故乡的父亲、母亲、妹妹、映山红、白玉兰、鸟儿,更是一种源源不断的,流淌的血脉,日夜流动,生生不息。她不惜把

最美好的语言赠予故乡,仿佛是一种灵魂的馈赠,因而她的诗歌有了一定的感染力。如诗歌《不可言说》:

> 我梦见了自己的世界
> 比我看到的世界
> 更美,这个世界里有着
> 紫丁香、彩虹桥、老白干
> 也有着天高云淡的故乡
>
> 故乡的父亲抽着烟和我们
> 讲述古老的传说
> 故乡的母亲在河流里
> 把我们的衣服
> 和食物洗得干干净净
>
> 我在梦里徜徉,在梦里
> 嬉戏,在梦里沉浮
> 在梦里写诗,在梦里种植
> 花卉。梦里梦外
> 其中的界限,不可言说

诗歌里的梦乡,或许就是现实的家乡。"家乡"与"梦乡"既近在咫尺，又远在天涯。而"乡愁"在其间来回过渡，既在弥漫，又在穿越。作者将父亲与古老的传说，母亲与流淌的河流联系在一起，构成了人类的家园，扩大了诗歌的疆域，又升华了诗意的内涵。在梦里徜徉、嬉戏、沉浮、种植花卉、写诗，最后将"梦乡"与"家乡"融为一体，"梦里梦外，其中的界限，不可言说"。这首诗歌里没有"乡愁"二字，也没有多少伤感的成分，而是通过对物象的具体的呈现，平静的叙述，达到了很好的表达效果。可以说她的"乡愁"具有一定的独特性。

紫艳诗歌的第二个主题是对城市的困惑与失落。诗人对家园的怀想与眷念是建立在熙熙攘攘、匆忙喧嚣的城市的基础上的。她带着梦想从贫困的家乡走了出去，在城市实现了这个梦想，获得了足够的物质财富，过着衣食无忧的富裕日子，诗人反过来却厌倦了城市的生活，这是一种悖论。这无疑是一种精神上的悖论，这个悖论对抗冷冰冰的物质，使诗人有了质疑与困惑。在这个时代，那些拥有很多财富的人，在无形中沦落为"经济动物"，成了物质的奴隶。为此，诗人想通过诗歌在冷漠的物质里挖掘出温暖的人性，达到人与物的某种共融与和谐。如诗歌《胆怯的人》：

在城市里我是一个
胆怯的人，有些时候
我因胆怯显得

矜持，沉默的
面对这些纷乱的人与物

站在高高的山岗上，极目
远眺，看风云变幻
内心在涌动
那就让我坦然地
接受随之而来的命运吧

　　这种胆怯，是因为心里怀着一个"易碎的家园"，小心翼翼地走在现实的路上，沉默地凝视着匆匆忙忙的过客，面对着纷乱的人与物，或无序的城市，因而感到胆怯。处在一个碎片化的时代，又有谁能够将一地的碎片拼凑成一个完整的家园？为此，一颗心在风云变幻中涌动、战栗。既不能逃避，也不能熟视无睹，那就坦然地接受随之而来的命运。这个姿态是积极的、乐观的。这是紫艳诗歌中可贵的元素，她的诗歌没有悲观消极的东西，没有灰暗的情绪，没有虚无的倾向，而是满怀着希望营造出美好的事物。

　　我以为诗歌要在一个日益广阔的范畴里维持着现实与梦想，这个"梦想"是"理想"的通道，并通过词语在创造性的活动中获得平衡，从而提升诗歌的境界。诗人不能带着空想将自己引入到虚无里，这对诗歌无疑是一种伤害。谁伤害了诗歌，诗歌一定会反过来伤害他,这是艺术规律。诗人必须带着一颗真诚的心、一个善良的愿望、一个容纳的心怀、一个热情的姿态去容纳存在的事物——即使是卑微的、弱小的事物,这样才能写好事物。如诗歌《隐秘的空间》:

> 入夜,一只蝉鸣
> 在人类寂静的
> 地方唱着它的歌谣
> 我趴在阳台上
> 试图窥视蝉隐身的地方
>
> 但人类的活动掩盖了
> 它神秘的空间
> 我依然看见了蝉
> 以反常规的姿态出现
> 知了,知了……
>
> 蝉的独奏高亢聒噪
> 像带有前瞻性的语言
> 具有一定的教化意义
> 仿佛最好的时代已经过去

这首诗歌体现出人与自然的关系。一只蝉,在"人类寂静"的地方唱着它的歌谣,而"我"在窥视着这个隐秘的空间,试图看清内部的事物。"但人类的活动掩盖了它神秘的空间","我"也就难以看到其中的真相了。但"我依然看见了蝉,以反常规的姿态出现"。

这个"反常"对应人类的"正常"活动。从某种角度来说,丧失了隐秘的空间,就丧失了心灵的空间;丧失了心灵的空间,就丧失了存在的真相。以此推断,人需要这样的空间,如果不是这样,"仿佛最好的时代已经过去"。诗歌里的"知了,知了",到底"知道了"什么呢?这具有一定的象征意义。

紫艳的诗歌是朴实的、自在的、具体的、伸手可触的。她的诗歌所用的词语是明亮的、有温度的。她触及城市题材的诗歌,都有着自身的影子和感受,再化为意象表达。她把自己放在一个很低的位置去凝视、思考、感受身边的事物,并试图进入到深处去触摸事物的本质,从而使她的诗歌具有饱满的意蕴。如诗歌《坚守》:

　　江上架起了大桥,穿过南北
　　肆意的波浪拍打着
　　堤岸,试图冲出闸口

　　我在坚守着,仿佛在控制着

>一头桀骜不驯的野兽
>让两岸的事物井然有序

这座桥连接着城市与乡村,时代的风浪肆意地拍打着堤岸,随时都有可能将城市的物欲横流带到她心目中洁净而宁静的家园。这首诗带着诗人理想的热望,也带着无畏的勇气坚守着,"仿佛在控制一头桀骜不驯的野兽,让两岸的事物井然有序"。这个"秩序"就是城市和乡村的融合,家园与时代的和谐,内心与现实的共融,梦想与理想的统一,从而构建一个"诗意的居住地"。为此,她的诗歌是明亮的、通透的,有温度的、有气息的,没有多少悲观主义情绪,这或许是因某种理想的支撑吧。在城市里尽管感到厌倦,但她还是带着热情,尽力在诗歌中构建理想的精神家园,并把这种热情和信念传递给了读者。如诗歌《风吹向四面八方》:

>风吹向四面八方,与路
>交会。路上,只有
>我一个人,与我的影子
>
>彼此一起走过荒凉和
>繁荣,一起穿过
>黑暗与光明。路的尽头不是

青山应如是

> 人的尽头。我必须
> 和我的灵魂成为
> 相依为命,不离不弃的朋友

这是首一个人自言自语式的诗歌。从广义上说,每个人的人生都曾处在四面八方的风中,每个人都有过在路上只剩下自己和自己的影子的孤独时刻,每个人都曾与自己的影子共同穿过荒凉与繁荣。黑暗与光明时刻,这是现实,也是回忆,更是内心的投射。在这个时空里,诗人带着内心的想法穿游其中,并听从内心的召唤一路前行。她相信"路的尽头不是人的尽头",人们可以在路的尽头开辟出另一条路,这"另一条路"或许通向另一个世界,然后再走进这个世界。哪来这样的勇气和胆量?因为她和她的灵魂在彼此守护,成为不离不弃的朋友。一个人只要不背叛自己的灵魂就不会迷失自己。从这首诗歌中可以看出,诗人具有积极心态和乐观主义精神,并由此升华了诗歌的内蕴,体现出某种"信念"与"现实"的抗衡。诗歌短小、简洁、完整,有一定的冲击力。

从某种角度来说,城市诗歌是现代诗歌的一个重要元素。当年波德莱尔的《恶之花》就是一部自我的城市史,诗人游荡于城市之中,闲步于大街小巷,穿梭于白天与黑夜,来往于灯红酒绿,却又处处感受到城市繁华深处的荒凉,或者说掩藏于物质深处的人性的冷漠。工业文明的发展产生了黑暗的利润,黑暗的利润导致了冷漠的物质,冷漠的物质导致了麻木的人性,麻木的人性导致了时代的纷乱,因而绽开了伟大的"恶之花"。而紫艳的诗歌却朝着另一个方向发展,那就是作者带着个人理想主义倾向试图在故乡宁静的家园与繁华喧嚣的城市中建立一个和谐的纽带,彼此关顾,互为一体,共同构建一个美好的家园。如诗歌《新绿——给妹妹》:

在城里,你是一名出色的
导购员,一名业绩斐然的店员
一名朝九晚五的上班族

在老屋的后山坡上
你用绿色的钢丝网围成
篱笆,种上蔬菜、瓜果,栽上
茶树和果树,并流连其中

你甘愿成为一个名副其实的
乡民。你怀揣着
沉甸甸的"母亲"二字
在灰暗的老屋里,你逗着老人开心

> 所有的这片新绿都归属于你
> 归属于母亲。你用亲情
> 织成一道人间的好风景

诗中通过妹妹往返于城市与乡村之间,在超市与老屋之间,在上班族与乡民之间,也在超市的商品与果树之间建立了某种关系,既是矛盾的、差异的,也是共时的、同在的,从而形成了诗歌的张力。"新绿"作为一个美好的事物,蕴含着诗人的理想,连接着城市与乡村,而往返于其中的人,或许困顿,或许疑惑,或许疲倦,或许迷茫,但只要心中怀揣着家园,怀揣着母亲,怀揣着亲情,那么这片"新绿"就属于"你"。最后"你"就会用这片"新绿""织成一道人间的好风景",这种浪漫主义情结在诗中是难能可贵的。因为"浪漫"可以释放出无穷的想象力,来虚构人间和谐的存在。

紫艳诗歌中的第三个主题是通过自我反映与显现来触动现实。一个诗人的诗歌必须有可以触摸的现实感,抑或通过现实来揭示自我的处境,以及人与世界的关系,从而呈现出人在他所处时代的境遇和命运。紫艳的诗歌是有现实感的,且通过现实感来触动自身的生活环境,从而提升诗歌的表现力。

在个人与时代之间,在微观与宏观之间,在客观与主观之间,在词语与意象之间,诗人在徘徊着、思考着、权衡着、如何通过语言抵达内心的现实。这不仅需要观察,更需要感悟;不仅需要感悟,更需要想象,只有在创造性的活动中才能构建一个艺术现实。紫艳的诗歌一直游离于现实与想象之间,加以形象化的叙述,生动而具体。如诗歌《不惑之年》:

>到了不惑之年,我忽然如初生
>的牛犊,跃进了
>文字的海洋,面对浩瀚的
>世界,我只是边缘上
>一片漂泊的浮萍
>在水面上不停地颠簸,荡漾
>我奋起徜徉,在洪流中游弋
>试图探索古老而浑浊的
>黄河,用尽全身的力气不停地
>拍打着。岸上围观的人
>大声呐喊:喂,大胆地游过来,游过来……

从某种意义上说,在文字的海洋里,每个人都是一片漂泊的浮萍,"在水面上不停地颠簸,荡漾"。这种孤独感或许就是诗歌的重要来源之一。作者进入了不惑之年,对世界有了自身的认知,对时代也有了自身的理解,这个时候她却"如初生的牛犊,跃进了文字的海洋"。这或许是一种"新生",或许是一种"跨越",这种"质"的飞跃将物质化为了精神。她带着这种精神试图探索古老而浑浊的黄河,试图触摸民族古老的文明,试图进入岁月的深处,这是艰难的、不易的,只能颠簸、荡漾,用尽全身的力气不停地拍打着。彼岸似乎就在眼前,却又那么遥远,只能是不停地游弋。诗歌的结尾笔锋一转,出现了岸上围观的人,使诗意逐步达到了高潮。尤其在这个充满诱惑、好奇心的时代,哪儿都有围观的人,而"围观的人"很多时候都被贬称成"冷漠的人",而诗人在这儿却赞扬起"围观的人"。"理想"与"幻想"处在咫尺之间,从而道出了世间的美好,这个景象是令人向往的。他们对着一个在水中颠簸、奋力游弋的人齐声高喊:"大胆地游过来,游过来……"在这首诗里,诗人已经将个人的理想融合到现实中,已经将幻想融进了理想里,以至于读者难以分清其中的界限。诗歌中的文字干净、简练、有弹性,体现出较好的艺术表现力。

　　一个人的自我,既有个人的孤独,也有他人的情怀;既有自在,也有他在;既有乐观,也有悲观;既有灰暗,也有明亮;既有简陋,也有丰饶,是一个综合体。这就是所谓的"一人一世界"。在这个世界里,作者在倾力营造着美好的诗意来伴随着自己,也伴随他人,体现出了诗歌的温暖与力量。如诗歌《我有一栋房子》:

　　　　我有一栋房子依山傍水
　　　　适合于我的梦境

那是我的故乡,精神的家园

小河,菜园,篱墙
蚱蜢,松鼠,黄鹂
叶落归根,颐养天年

或许每一个事物都有
轮回,都有它的
道理,或许每一个道理
都有它内在的关联

  显而易见,这首诗歌里的一栋房子就是一个人内心的居住地,但不是封闭的,也不是独立的,而是依山傍水,从而将"自我"与"世界"连接了起来。这就是内与外的沟通、衔接、过渡、比较、平衡、共生。诗歌中的"房子"是具体的,"梦境"是抽象的,"故乡"是具体的,"精神家园"是抽象的,抽象与具象相结合就构成了诗歌的张力。这不仅是一种技巧,更是对事物的一种认知方式。或许每一个事物都有轮回,而"轮回"是事物运动和变化的存在方式。"小河,菜园,篱墙/蚱蜢,松鼠,黄鹂/叶落归根,颐养天年。"这些句子都很耐读,令人回味。这是作者的隐秘,也是自身的显现,最终抵达的是一种境界。
  说到境界,我一直认为,写诗写到最后,拼的是什么?拼的就是境界。当你的阅读时,你的现实、你的思想、你的行为、你的感悟、你的内心、你的观察力、你的认知、你对事物的态度等,都化为一种境界时,诗歌才会产生生命力。一个心中无境界的人,诗歌里就没有境界;一个人心中没有格局,诗歌里也就没有格局;一个人心中没有气象,诗歌里也就没有气象。诗歌的修为,最终归结为境界的修为。过多的玩弄技巧只会伤害到诗歌,所谓的语言游戏亦是如此。因此,人的境界决定了诗歌的境界,诗歌的境界决定了内心的高度,内心的高度决定了艺术的高度。

紫艳写诗歌的时间不太长,所以她的诗歌是质朴的、明亮的,有时是简单的。她不玩弄技巧,更不会玩弄语言游戏。她仿佛一个"不谙世事",刚刚来到诗歌里的孩子,带着好奇心写着她的诗歌,并且一路写了下来。她与诗歌的奇遇,也成就了她的创业,这如同她在诗集的《后记》里说的:"我只是一个行者,在这个世界上,穿游于物质与精神之间,相互辉映,彼此相携,进入不惑之年的我感到欣慰。"

她在这类体裁的诗歌中,也有着诗人的孤独与虚妄、体会与呈现。在个人的行为中,触及身外之物,从而拓宽了诗歌的空间。如诗歌《一本书》:

又一次无法安眠,我拉亮了
台灯,捧起一本书,
仿佛捧着一个难以言说

> 的故事,一个人类宿命的通道
>
> 有人说,一本书就是一个
> 伤口,人的不同的命运
> 在文字里跳跃、徘徊
> 一页页翻看,世界是你的,也是我的

"我"离书本很近,书本离世界很近。书籍里说尽了世界的苍凉与悲壮,道尽了人间的悲欢离合,却往往留下了宿命的不可知性。而人们恰恰就在这个"宿命"的通道里来来往往。因而"有人说,一本书/就是一个伤口,人的不同的命运/在文字里跳跃、徘徊"。"我"在一页页翻着,品味着,思绪着,不管是悲惨世界,还是喜剧世界,不管是命运的宿命,还是命运的注定,这个世界"是你的,也是我的"。诗人把自己带进了书中的世界,并融合到其中的故事里。这首诗里作者通过"书"这个意象,不断地拓展、延伸,以自我认知感受书里的世界,在这个时候她走出了孤独,走出了个人狭小的圈子,进入了他人的世界,从而提升了诗歌的意境。

综上所述,紫艳的诗歌不乏优秀之作,有的可以说是上乘之作。尽管她写诗的时间不长,但进步很快,这得益于她将诗歌的视角伸进了现实,具体可感,带着个人对生命的感悟再进入诗歌,从而使诗歌获得了自身的血液与温度。为此,我们有理由相信,紫艳的诗歌将会越写越好,为读者送来更美好的艺术礼品。

　　是为序。

2018 年 2 月 1 日晚于安庆

后　　记

"如果市作协评选最勤奋、最努力、进步最快的女作家,那会是谁?"一次采风中,安庆市作协原主席姚岚话音未落,"那肯定是紫艳姐姐",文友素心抢着回答。"嗯,一定是紫艳姐。"安庆市作协副主席余琳芳回应着。

我当时心中一惊,又一热。虽然大家随口一说,但我何德何能当此荣誉?

我承认,我很努力也很勤奋,但较之那些高产作家来说,小巫见大巫而已。我是取得了很大进步,可是,有谁知道我的付出与艰辛?我得到了什么?失去了什么?从我决心弃商从文跨入文学圈以来,舍弃的又是什么?我无心做生意,对于老公多次提出的开创新领域和做更多的投资等事宜更是愤慨和恼火。面对我的忽然发飙,老公常常觉得莫名其妙。可我无法同时兼顾家庭、事业和文学爱好,虽然三者缺一不可,但权衡之下,我还是选择了做自己喜欢的事。创作灵感来了,挡都挡不住,半夜窸窸窣窣地在手机上记录,在黑夜爬起来坐在电脑前是常事。为此,我们夫妻俩只好分床而眠。

特别是我一旦进入小说创作状态后,就像变了个人,性情大变,对家人漠不关心、视而不见,仿佛自己成了聋人和哑巴。谁吵到我,我便大发雷霆,把他们轰出书房,然后锁上门,并恶声恶气地说,不要吵我叫我,谁吵我我对谁不客气!刹那间,我老公和女儿怔住了,对我的无名之火大感不解,无辜地看着我,不敢吱声也不敢惹我,于是他们只好小心翼翼地吃饭做事睡觉。直到我完成了一篇小说((创作散文时不会这样子),他们才松了一口气,舒展了眉头。我也恢复了常态,温柔地歉意地赔着笑脸,并轻松愉快地无原则地答应他们提出的任何条件,甚至是无理要求,以表歉意。小女儿更是常常乘虚而入,譬如陪吃、陪玩、陪打牌、陪散步、陪逛街,我很乐意。

我在2016年因兴之所至,以"紫艳"这个笔名开始提笔写作,至今写作生涯已行进九年。我主要以小说创作为主,最早写诗歌,散文积累得并不多。一分耕耘一分收获,九年间我共出版了三部作品。2018年12月出版诗集《回声》,2022年8月出版中短篇小说集《潮汐》,如今又出版了这本散文集《青山应如是》。

对读者来说,有些更偏爱我的小说,有些更喜欢我的散文,取向不一致,而我会一直把小说、散文、诗歌交错着写下去,不会放弃其中任何一种——因为它们的属性完全不同。

小说对于一个写作者来说,是个大舞台,构思巧妙,人物轮番上场。小说主要依靠虚构,虚拟出一个个悲欢离合的世界,呈现写作者的价值观和思考,有探索个体和世间之秘密的动力。

而散文主要记叙描写真人真事。散文分为叙事散文、抒情散文、说理散文。而我的这本散文集只分为五部分,亲情篇、乡愁篇、游记篇、行走安庆篇、杂谭篇。

当我的文章成书后,我就忘了它们,我会继续筹划开始写下一本书,着重看与下一本书关联的文章及书籍。就像学生考试一样,考哪一门科目就着重复习哪门课。生活中,我会观察并记住扣人心弦的事件和动人的场景,在某一时段,回忆起细节,就像将行李打包起来,暂时搁置在某个角落。

学海无涯,我不断发奋学习,摸索巩固所学知识,在写作道路上虚心向那些优秀的作家学习,充实自己,以弥补自己的不足。

写作不是一蹴而就的,而是日积月累的叠加,作者需要付出常人难以想象的艰辛和努力。

好在我有创作激情,一头扑进去,不分昼夜地写,常常不吃不喝,夜不成寐,蓬头垢面。一篇篇小说作品出来,人也憔悴得不成样子。一开始,老公不理解,骂骂咧咧,说我哪像个女人,神经兮兮的,家务事不做,家里都成狗窝了,写东西有啥用,谁看?女儿也冷嘲热讽,一脸不屑。

后来,受其他写作者的启发和影响,我改变了写作方式。凌晨三四点或四五点起来写,写到上午十一点就暂时停笔。我懂得了劳逸结合,白天该做的事也不耽误。老公看到我的一篇篇作品被报刊刊登,被平台推广发表——还有稿费,稿费虽然不多，但总有酬劳——加之朋友的力挺，他也渐渐改变了看法。在这里，我要感谢姚主席和石校长夫妻，还有市作协副主席兼作协秘书长杨勤华、市作协副秘书长余琳芳、市作协原副主席沙马、文友房积忠等人，非常感谢这些良师益友，是他们的劝说和开导，才让我老公彻底改变了看法，真心实意地支持和接受我写作。现在，我老公不但非常支持我写作，还为我感到骄傲，家务事他全包了。我写作的时候，他从不打扰，默默地奉献；担心吵到我，便小声叫我吃饭，家中一切都是静悄悄的。

作为从事高层次精神生产活动的人，作家无疑应该有较好的文化素养，应具备较高的人格修养，以及具有对文学的强烈爱好，应该是一个境界较高的人。另外，作家创作不仅仅需要有丰富的内心世界和人生阅历，更要以高要求鞭策和提升自己，攀登新的高度。

书是一个大世界，我不断地看书学习来补充"养分"、提升自己。读书已成为我工作、生活的一部分，或者说是重中之重吧。空闲时看书、睡觉前看书，出门留宿也不忘带一本书。

看书，我有偏好。就如，人们选择自己阅读的书，书也一样在选择阅读它的人。我最喜欢看中短篇小说，朋友送我的《莫泊桑短篇小说精选》《陀思妥耶夫斯基中短篇小说选》《田园交响曲》……虽然是很老旧的国外书籍，但好书是不分年代的，有些文章我看得津津有味。我买了很多国内外获奖的中短篇小说集和国内著名作家的中短篇小说集，也订购了一些现代著名的

后记

中短篇小说书刊,长篇小说也看,但因为太长了,多数没看完。散文、杂文、小说等书籍穿插着看。国外著名书籍也买了不少,比如《红与黑》《简·爱》《百年孤独》《自卑与超越》《罪与罚》《悲惨世界》等等,它们都作为文学养料滋养着我。文友送的书多得堆砌如山,有的书都没有拆封。我还是喜欢看国内著名作家的作品。

我很小时就受文学的熏陶,更确切地说是受父亲的影响。父亲非常喜欢看书,闲暇时,总是手上捧本书。他熟读中国四大名著,总能绘声绘色地将书中有趣的情节说给旁人听,所以我特别崇拜父亲。那时候,我爱看课外书,放学后就迫不及待地找书看,只要是书就爱不释手。一上厕所看书,就忘了时间,常常挨母亲的骂。我除了看父亲收藏的四大名著,还对《钢铁是怎样炼成的》爱不释手。那时候没有多少书可供阅读,父亲不知道从哪里弄来一本《茶花女》,这本书成了我最喜欢的一本书。

长久以来,一本本好书成为我获得文学知识的源泉。

光阴荏苒,白驹过隙,一晃几十年过去了,书一直伴随着我走过风霜雨雪、岁月长河,文学梦想已然在我的内心盘旋已久、生根发芽。书山有路勤为径,学海无涯苦作舟。我放下所有,一头扑进文学的海洋。

龟兔赛跑,我就如那只乌龟,慢,就不能停歇,要花别人几倍的努力来看书学习。功夫不负有心人,由于自己的努力和不断进取,自开始写作以来,就惊喜不断。我的短篇小说处女作《二娘》问世,刊登在《清明》杂志;接下来,短篇小说《黄梅戏迷》刊登于上海《浦东文学》杂志,后被《中华文化》杂志刊登;散文《古镇》刊登在《安徽文学》;散文《罗马斗兽场》刊登在《城乡文化》;《夕阳红·彩蝶飞》刊登于《中国报告文学》杂志;《长河文艺》刊登了《走出去,飞回来》;《彭泽文艺》刊登了《照片背景》和中篇小说《隐秘的古道》。我的多篇拙作曾先后在有着40年刊龄的省级内刊《振风》上发表。短篇小说《"琴"何以堪》入选《皖西南文学作品精选》文集,散文《峡谷风情》被《湿地贵池》作品集收录。报刊陆续刊登拙作给了我极大的鼓舞和支持,也给了我不断奋进的动力。

虽然较之其他文学体裁,我更擅长小说创作,但我的散文《母亲的鹅》《在鲜活的生命面前,我们俯首》《盛满浮云的晚秋》《小交通员虎子》《雨的演技》《一壶清茶》《古镇》等等,还有记述欧洲游的散文,如《巴黎塞纳河》《欧洲袖珍国》《威尼斯水城剪影》等等,也得到了一些读者的好评。

"我见青山多妩媚,料青山见我应如是。"本书截取辛弃疾的《贺新郎·甚矣吾衰矣》里的这句诗,作为我的散文书名"青山应如是"。

在起书名时,我很纠结,想了几个书名都不满意,便向余琳芳求教书名。余琳芳说,你写了很多关于山水风情的文章,你看青山应如是如何?很有诗意的名字,正契合我意。于是,我又征求安庆师范大学余昌谷教授的意见。他问,《青山应如是》里有没有同名的散文？余教授的话提醒了我，于是，我又抓紧时间伏案写作，就有了本书里与书名"青山应如是"同名的散文。特别感谢余昌谷教授给我的小说集《潮汐》写的评论《紫艳小说的三个维度》，其评论全方位多层次深入剖析，很到位，也很理解作者的所思所想，说出了我想表达出来的东西。此评论刊登在2023年《振风》第二期上。

我是个怀旧的人，所以乡愁永远是我的软肋，不忘的情愫常萦绕回溯。随着年龄的增长，我越来越眷恋家乡的一草一木、一山一水，也写了不少有关家乡的文字。我还特意，也是呼应书名，写了《青山应如是》这篇囊括了六个小节的散文，来歌颂和怀念我的家乡。

我喜欢青翠绵延的山，迤逦墨绿的水，广阔的原野，寂寥的森林，植被丰饶的山峦，一泓泓碧绿的潭，翩翩起舞的白鹭，偶有一群大雁整齐地飞过，也有一些画眉鸟聒噪嬉闹。"曦光霁曙物，景曜铄宵祲。"正如唐代诗人韦应物的诗句：

独怜幽草涧边生，上有黄鹂深树鸣。
春潮带雨晚来急，野渡无人舟自横。

去旷野中畅游，去祖国的大好河山领略自然风光，出国游览异国风貌，是我人生中的追求和最惬意的事。

虽然文字记录了我的成长，我却不知道自己能不能坚守初衷,在文学之路上还能走多远,自己的最终目标到底是什么。路一直向前延伸……

记得在我的诗集《回声》读书分享会上,我说,将来我要出一本中短篇小说集,出一本散文集,出一本长篇小说。我按自己设定的目标,正一步一步地去实现。

如今,我依然满怀澎湃的创作激情,开始了长篇小说的酝酿和筹备,向文学的另一座高峰攀爬。